…ÊME AUTEUR

Essais

LA TENTATION DE LA FRANCE, LA TENTATION DU JAPON - Regards croisés (dir.), Picquier, 2003.

CÉLINE ET LA CHANSON DE QUELQUES CRUELLES QUE LA POÉTIQUE DE CÉLINE PRÊTE AUX FORMES CHANTÉES, Éditions du Lérot, 2004.

LE GOÛT DE TOKYO, anthologie, Mercure de France, 2008.

Maurice Pinguet: LE TEXTE JAPON. INTROUVABLES ET INÉDITS (éd.), Seuil, 2009.

JAPON: LA BARRIÈRE DES RENCONTRES, éd. Cécile Defaut, 2009.

Romans

IZU ([illegible]), [illegible], 2011.

TOKYO, PETITS PORTRAITS DE L'AUBE, Gallimard, 2004 ([illegible] 2005), rééd. Folio poche 2010.

SYMPATHIE POUR LE [illegible], Gallimard, 2010 (Prix littéraire de la Porte Dorée).

Récit

FUKUSHIMA. Récit d'un désastre, Gallimard, 2012; Édition Gallimard, Folio n° [illegible].

DU MÊME AUTEUR

Essais

LA TENTATION DE LA FRANCE, LA TENTATION DU JAPON – *Regards croisés* (dir.), Picquier, 2003.

CÉLINE ET LA CHANSON : DE QUELQUES OREILLES QUE LA POÉTIQUE DE CÉLINE PRÊTE AUX FORMES CHANTÉES, Éditions du Lérot, 2004.

LE GOÛT DE TOKYO, anthologie, Mercure de France, 2008.

Maurice Pinguet, LE TEXTE JAPON, INTROUVABLES ET INÉDITS (éd.), Seuil, 2009.

JAPON : LA BARRIÈRE DES RENCONTRES, essai, Cécile Defaut, 2009.

Romans

KIZU *(La lézarde)*, Arléa, 2004, rééd. Arléa poche, 2013.

TOKYO, PETITS PORTRAITS DE L'AUBE, Gallimard, 2004 (Prix littéraire de l'Asie 2005), rééd. Arléa poche, 2010.

SYMPATHIE POUR LE FANTÔME, Gallimard, 2010 (Prix littéraire de la Porte Dorée).

Récit

FUKUSHIMA. *Récit d'un désastre*, Gallimard, 2012 (Prix Édouard-Glissant), « Folio » n° 5549.

L'Infini

Collection dirigée
par Philippe Sollers

MICHAËL FERRIER

MÉMOIRES D'OUTRE-MER

roman

nrf

GALLIMARD

Pour mon père

Bien après les jours et les saisons, et les êtres et les pays

ARTHUR RIMBAUD

Je ne suis d'aucune nationalité prévue par les chancelleries

AIMÉ CÉSAIRE

Au cimetière de Mahajanga, il y a trois tombes. Elles brillent, insoupçonnables, au soleil de midi. Toutes les trois sont presque identiques, même taille, même couleur, mêmes dimensions. Des formes simples et lisses, des épures : sans sculptures ni gravures, sans jardinières ni ornements, les trois rectangles de pierre semblent posés sur la terre comme des navires qui filent sur l'eau. Orientées au sud-ouest, tournées vers la mer, elles sont placées au même niveau, groupées dans une texture géométrique et reliées par des couloirs de dégagement envahis par les herbes, parcourus de quelques lézards à l'œil vif, à la langue agile. À leur faîte, une croix simple, sans inscription, croix de chemin plus que de cimetière.

Dans leur élégance sobre et discrètement travaillée, les trois sépultures provoquent immédiatement la plus grande perplexité. Rien de lugubre, rien qui glace le cœur. Rien de sinistre ni de sépulcral. La pierre est claire, sûrement enduite et peinte, elle forme une surface plane, nue et dépouillée, d'une matière absorbant la lumière, absolument dénuée de détails. La blancheur des trois tombes attire le regard dès qu'on entre dans le cimetière : les gens du coin les appellent les Trois Lumières. À partir d'un coffre quadrangulaire, chaque pierre tombale est composée de trois gradins s'étageant progressivement vers le ciel en plates-formes superposées – comme autant d'accroissements du mastaba initial à plan carré – qui semblent en démultiplier l'éclat et suscitent un étrange pouvoir luminescent.

Alors, l'œil est saisi comme en un tableau par l'insolite réseau de courbes que les tombes suscitent : selon l'heure du jour et la course du soleil, la découpure des ombres et le passage des vents, le jeu des branchages dessine sur les dalles claires une série de motifs multiples et toujours recommencés : une ancre, une barque, un poisson... L'ensemble dégage une sensation de grâce dans le contour et dans les lignes, de légèreté et d'aisance dans la position des parties. Le rapport des formes et de la matière, des relations et des proportions, de la profondeur et de la perspective donne une impression unique, à la fois inexplicable et inépuisable : les angles et les arêtes des stèles semblent opérer une étrange conjonction du mouvement et de l'immobilité. On s'approche, on recule, le regard passe d'une tombe à l'autre, les trois croix dansent dans la douceur marine et le parfum léger des manguiers.

Elles ne sont jamais plus belles que maintenant, à midi, le soleil au zénith – illumination verticale... On aime à parler des cimetières comme des lieux de silence et de mélancolie, où viendrait se recueillir toute la moisissure finale de l'existence, comme si nos vies étaient vouées à la déchéance ou, au mieux, au mausolée. Mais non, pas ici. C'est tout un ramdam ici, son et poussière… À droite, le chuintement furtif d'un héron vient de surgir de la côte. Plus loin, sur l'océan, le bourdonnement d'un avion. Et là-bas, tout en bas, tout un orchestre tapi de menus mouvements dans l'herbe, glissade des grenouilles, crépitement des crabes, grésil des araignées blotties dans leur travail de toile… C'est le peuple des interstices, invisible et musical : il faut avoir l'oreille absolue pour l'entendre, sous le cliquetis des fourmis chargées d'un attirail de paille et de trésors dérisoires, pacotille bruissante des cimetières.

Alors, à mesure qu'on les regarde, des cercles de musique semblent monter et s'élargir autour du triolet de tombes. Les ombres tremblent. Les vangas à tête blanche tressaillent, des râles et des vanneaux s'envolent en sifflant des bambous. Les oiseaux tek-tek donnent le rythme, les serpents dansent, parfois croqués d'un coup de mâchoire par les chiens fureteurs. De temps en temps, un solo de libellule ou l'improvisation d'un papillon blanc… Maintenant, le moindre déplacement latéral ouvre un angle supplémentaire dans la vision et donne naissance à une multiplicité de souffles, de corps, d'accents, de personnages qui sont autant de traces ouvertes et qui ne se referment pas. Maxime, Pauline, Willy, Francis… Nuñes, Beau-Bassin, Maurice… Tous les prénoms du temps-longtemps… Tante Émilia, Marie

Adélia d'Albrède… Éliane… N'y a-t-il plus personne pour écouter leur histoire et recueillir doucement la rumeur bondissante des conques de mer et des nuits humaines ?

Ces gens étaient des aventuriers, des Outre-mer. Ils venaient de loin, de l'Inde ou de l'Afrique, d'Europe ou bien de Chine, ils venaient de bien plus loin encore sur l'éperon de leur désir : ils arrivaient de toujours, ils s'en allaient partout. C'étaient des explorateurs, des romanesques. Ils savaient lire les cartes et les cœurs, manier leur sexe et leurs sextants. Enclins au libertinage des mœurs et de la pensée, ils changeaient en quelques années de pays, de religion, d'état et de fortune. Ils restaient fidèles à eux-mêmes pourtant à travers leurs tribulations, maîtres de l'esquive et de la feinte, experts en l'art de la navigation.

Descendants d'esclaves ou d'hommes libres, d'Africains pourchassés, d'Indiens engagés, de Chinois émigrés, d'Arabes exilés, de Juifs excommuniés, d'Européens expatriés, de Grecs déplacés, d'insulaires dispersés, ils savaient depuis longtemps que l'origine n'est rien et n'a pas plus de valeur qu'une châtaigne enchâssée dans sa bogue ou qu'un manuscrit qui reste roulé dans son étui. En même temps, de ces origines ils gardaient la mémoire – sous forme de stigmate ou sous forme de fruit – et la portaient fièrement sur le déploiement des eaux.

*

En voici trois, maintenant, devant moi. Trois tombes, trois personnes, trois îles. La sépulture de gauche est la plus éloignée du chemin. C'est la seule à porter un nom, celui de Maxime Ferrier, gravé sur une feuille de cuivre au pied de la croix :

MAXIME FERRIER
(1905-1972)

Celle de droite est celle d'Arthur Dai Zong dont le nom n'est pas sur la stèle mais se trouve inscrit au registre, à l'entrée du cimetière. Il se décompose ainsi, en caractères chinois :

阿手 (Ha Chou, c'est-à-dire Arthur), 岱宗 (Dai Zong). C'est une signature étrange, dont on n'a pas encore compris tout ce qu'elle avait à dire.

Quant à la dernière tombe, au centre, elle ne porte aucune marque distinctive. Pas de date ni de nom : et pourtant c'est elle qui m'a conduit jusqu'ici.

Plus loin sur la droite, reposent des soldats de l'expédition coloniale menée par la France en 1895 et, un peu plus loin encore, des soldats anglais de la prise de Mahajanga, en 1942. Les morts français ont droit à un monument, « à la mémoire des militaires et auxiliaires indigènes morts au service de la France ». Les morts anglais n'ont droit à rien. Ce sont pourtant eux qui, ici comme ailleurs, s'étaient dressés – presque seuls – contre les troupes françaises du gouvernement de Vichy, dans cette île dont l'enjeu était autant stratégique que symbolique puisque, dès le XIXe siècle, les idéologues antisémites, rêvant d'étoiles jaunes sur l'île Rouge, y avaient songé pour servir de lieu de déportation aux Juifs d'Europe.

Terre d'esclavage, de colonie, terre d'exil et de relégation : dans l'humble cimetière de la Corniche les mémoires ne se déchirent pas, elles s'épaulent. Elles ne sont pas muettes de douleur mais elles ne sont pas non plus bavardes, elles ne s'interpellent pas, elles ne jacassent pas leurs misères. Elles savent que, chaque fois qu'une tombe disparaît, c'est le cimetière tout entier qui en est mutilé.

*

Les vents se lèvent. Les alizés soufflent du large et les trois tombes semblent désormais trois frégates en ordre de bataille, accompagnées par le cri des mouettes et le murmure des pluies. Le temps s'accélère et remonte à sa source. Sur chacune des trois tombes, je peux suivre désormais à la trace le déplacement des volumes, passant du vert au bleu et du bleu à l'or. Je vois les hachures et les contours, les segments et les stries, l'immense broderie du temps dans laquelle la mort intercale parfois un morceau de velours noir.

J'entends la rumeur du passage et des grandes migrations, l'énorme passade du courant, les voyages, les errances portées par les bras de mer et les épaules du vent. J'écoute. C'est une partition de roche et de feuillages, de tissus indiens et de bonbons anglais, une musique d'une légèreté incroyable, voltige des papillons, forêts et voix superposées.

Il ne me reste plus qu'à les suivre maintenant. Je m'avance sur la route qui descend en pente douce vers la mer. J'ai griffonné dans mon carnet à spirale les quelques mots qui figurent sur la tombe de Maxime. Sous son nom, en italique, une épitaphe crayonnée sous la forme d'une inscription malgache à même la pierre :

Ho velona fa tsy ho levona

C'est une phrase étrange, dont on saura plus tard tout ce qu'elle signifie. Elle joue sur deux mots qui se font écho et répercutent à l'infini le miroitement de leurs trois syllabes, *velona* (vivant) et *levona* (anéanti). Tout ce que l'histoire qui va suivre raconte, tout ce qu'elle dit de la vie tient dans ces quelques syllabes, dans leur déplacement délicat, dans le déploiement de ce phrasé en langue étrangère et ce qu'il signifie :

Pourvu qu'elle soit vivante et non anéantie

UN HOMME QUI PART

J'ai eu du mal à retrouver la trace de Maxime Ferrier. Normal, il a tout fait pour qu'on la perde. Nous sommes en novembre 1922, la Cour internationale de justice vient d'être établie à La Haye, à Gênes ont été définis les grands principes du Gold Exchange Standard : le dollar américain est indexé sur l'or, et les devises des autres pays indexées sur le dollar. En Russie, Staline est élu secrétaire général du Parti communiste avant que soit signé, à la toute fin de l'année, le traité qui fonde l'Union des républiques socialistes soviétiques (URSS). À Stockholm, Einstein reçoit son prix Nobel de physique, qui lui a été décerné l'année précédente « pour son hypothèse audacieuse sur la nature corpusculaire de la lumière ». C'est Niels Bohr qui lui succède, pour ses travaux sur la structure de l'atome : en une année, tous les éléments du XXe siècle se mettent en place, avec leurs tons divers, leurs couleurs, leur force explosive, leurs contradictions.

À Paris, on pose la première pierre de la Mosquée de Paris, tandis qu'à Marseille on inaugure une Exposition coloniale. Aux Pays-Bas, la nouvelle Constitution supprime le mot « colonies » pour l'expression « territoires d'outre-mer » mais les Indonésiens demeurent des « sujets » néerlandais... Il y a des années comme ça qui valent des siècles, des instants où tout s'accélère et se condense, une sorte de crête du temps où les choses prennent leur fil, leur *tournure*, leur vitesse, leur courbure la plus franche. Soudain, les directions s'esquissent, s'affirment, s'affinent, tout se soulève et se noue en un rien de temps, le passé, le présent, le futur se rejoignent et se résolvent : c'est le bouquet des siècles en quelques jours dévoilé. Bientôt tout cela va aller se perdre à nouveau, inconnu, dispersé... Fin de la vision. Mais pour l'instant, elle est là, sur la table, je saisis les rouages, les engrenages, je perçois les enchaînements.

La même année donc, à Paris, dans un détachement ironique à l'égard des clameurs du siècle, Sylvia Beach publie l'*Ulysse* de Joyce. Tous les mythes de la Grèce soudain revisités par un Irlandais enchevêtré. En Égypte, au bout d'une volée de marches creusées dans la roche et d'un petit corridor incliné, Howard Carter et Lord Carnarvon découvrent la tombe de Toutankhamon, dissimulée derrière une porte enduite frappée des sceaux de la nécropole royale et défendue par deux statues de sentinelles noires symbolisant l'espoir de la résurrection. En novembre, cette résurrection est effective, mais sans doute pas à la manière dont la pensaient les Égyptiens : reviennent à l'air libre des jouets et des jeux, des chaises, des tabourets et des lits, des pots à vin – tout un petit peuple d'objets et de pratiques – ainsi que d'aristocratiques armes de jet : des arcs, des flèches, des boomerangs...

Dans la chambre funéraire, on retrouve trente-cinq maquettes de bateaux et une statue d'Anubis, un dieu à tête de chien noir au sourire énigmatique : il a une clef à la main et, autour du cou, un collier de fleurs de bleuet. Les murs sont peints de scènes représentant le rituel de l'« ouverture de la bouche » et la barque solaire sur laquelle s'effectue le voyage vers l'au-delà. Au vent, les momies : rouverte, la chambre d'échos vibre de nouveau. Comme s'il avait appris la découverte, au même moment, Marcel Proust (dont les premières pages de la *Recherche du temps perdu* évoquent en passant le mystère tournoyant de la métempsycose) meurt dans sa chambre tapissée de liège, après une longue course-dispute avec la mort. « Mort à jamais ? Qui peut le dire ? »

Tout cela, Maxime Ferrier ne le sait pas. Mais certaines personnes sont ainsi, elles peuvent sentir le vent, humer les messages du temps, décrypter ses signaux. Quelque chose en lui l'a averti qu'il fallait partir, quitter le cercle de famille et passer par le creuset de l'exode. Sortir, déguerpir, passer à travers, laisser sur place le dedans et le dehors, devenir le plus possible étranger : rien ni personne ne pourra l'en empêcher.

À plusieurs reprises, il le montrera par la suite : Maxime est pourvu d'un système nerveux de chat, une disposition intérieure particulière – inflorescence végétale, corps caverneux, sens tactique –, une écoute particulière aux vibrations alentour, tout ce qu'on ramasse habituellement sous le nom d'intuition et qui est en fait une extraordinaire sensibilité aux ondes du temps. C'est un fluide, un félin ou un loup, un corps-radar. À partir de là, tout s'enchaîne, voyages, rencontres, projets, catastrophes, bonheur fragile d'être vivant, mais tout aura été pensé à partir de là, de ce corps sensible et de ses ajustements, comme une gigantesque carte intérieure indiquant les voies de la pensée et, selon les circonstances, l'attitude à adopter.

Maintenant, le bateau oblique vers la côte ouest de Madagascar. C'est un petit cargo surchargé de vivres, d'hommes, d'animaux et de fleurs : il se nomme *L'Étoile*. L'inventaire que j'ai pu retrouver donne une idée assez précise de son chargement : sucre, textiles, vêtements, épices, parfums, aromates, or et cristal de roche, farine de Bombay... Sur un autre document, on trouve aussi des dattes, du beurre de chamelle, des meubles et des portes sculptées. Étrange tumulte du monde.

L'équipage est polyphonique, porté d'un peu partout dans le désordre puissant et ordonné de la mer. À bord, ça parle français, malgache, créole mauricien et créole réunionnais, anglais, hindi, urdu, telugu, chinois et italien... Dans quelle langue communiquent-ils ? Le français, pour la plupart. Un français frotté de plusieurs langues, ouvert, fluide, ondoyant mais redoutablement précis, pas la langue plate et racornie qu'on veut désormais nous faire passer pour la seule possible. On dit par exemple : « Alors, vous aussi, vous avez sauté la mer ? » Ce qui signifie – aujourd'hui, il faut traduire – : vous êtes parti du pays. Sans oublier le langage universel des sourires, des menaces, des chants et des gestes.

C'est un opéra millénaire. L'océan Indien est le plus ancien espace marin constitué par les hommes en espace d'échanges, depuis plus de cinq mille ans (cinq cents ans pour l'océan Atlantique et deux mille ans pour le Pacifique). Comores, Seychelles, Maldives, Mascareignes… : tout un réseau d'îles de tailles très différentes et de peuplements diversifiés. Depuis la nuit des temps, les langues et les regards s'y croisent, les monnaies circulent, les ambitions s'affrontent, les règles et les rites s'importent et s'exportent – contrats, retours, contreparties. Les traditions permutent et les croyances communiquent. Hommes à la grammaire espagnole, voyageurs toqués, Hottentots, Cafres, Malgaches, Sénégalais, tout un monde de visages et de voix, venus d'Inde, d'Afrique, d'Europe, d'Asie, de l'Empire du Milieu et du Soleil levant, tout cela se déplace sur le plissé de la mer, dans le roulis des courants et sous les glissements du vent.

Ce cargo-ci est encore plus singulier : il transporte deux cargaisons spéciales qui lui donnent une allure à la fois loufoque et poétique. Tout d'abord, de pleines brassées de fleurs, coupées ou en pots, des orchidées pour la plupart, vanilles, vandas, cattleyas, soigneusement rangées sur le pont du navire et qui l'enlacent de parfums. Déjà, sur le quai, Hassan Ali attend, le grand propriétaire terrien de la région. Cet homme est fou de fleurs. Ce n'est pas un hasard s'il s'est installé dans cette ville : Mahajanga est une des plus importantes cités de l'ouest de Madagascar. Située sur la côte des îles Vierges, on la nomme « la cité des Fleurs » : d'Afrique, d'Arabie et d'Asie arrivent ici bottes, bouquets et jonchées, rangées par ballots sur le quai aux Boutres.

Tout a l'air calme sur le bâtiment qui vogue vers la ville. Mais dans la soute du bateau, un peu à l'écart, se trouve un autre chargement insolite. Sous la ligne de flottaison, dans un obscur remugle de fauves, des étendues de toile bleue pliée voisinent avec des tiges d'acier, des cordes et des arceaux. L'odeur prend à la gorge quand on s'approche des cages, tandis que les oreilles sont traversées de feulements, de murmures, de grognements… Cris perçants de singes, vocalises d'oiseaux dans le remue-ménage des eaux… Les yeux s'habituent à l'obscurité et l'on découvre une assemblée tachetée et grondante, comme l'envers des fragrances du pont : panthère d'Asie, léopard d'Afrique, jaguar d'Amérique, toute une population confuse et barattée par les mouvements du bateau. De grosses têtes de tigres roulent sur le bois.

Dans un coin, une enseigne rouge et or frappée de caractères étincelants : « Cirque Bartolini ». Madame Bartolini est une forte femme, qui a fait fortune dans le transport des plantes rares et des spectacles étonnants : L'Homme-Serpent, La Femme à deux têtes, L'Enfant-Rat ou L'Homme-Araignée. Dans cette troupe foraine, il y a aussi, pour le contraste, un Hercule, une Cléopâtre et même – abondance de biens ne nuit pas – deux Vénus : la « Vénus du matin » et la « Vénus du soir », deux sœurs au visage gracieux, aux formes impeccables. Le journal de bord du capitaine nous apprend que, pendant la traversée, une lionne a donné naissance à un petit : la vie se transmet dans l'absurde et le désordre de ce voyage.

Maxime voyage sans papiers, presque sans argent et sans la moindre inquiétude. Il est aussi à l'aise avec les fleurs qu'avec les monstres. À son âge, et dans sa situation, il n'a pas le droit d'entrer à Madagascar et il le sait. Il a saisi l'occasion du cirque pour quitter l'île Maurice dans la plus parfaite clandestinité : jeune, flexible, subtil, une musculature déliée, il n'a pas laissé passer la chance du chapiteau itinérant. L'œil d'aigle de Madame Bartolini a tout de suite compris le potentiel du jeune homme et de son « drôle de corps ». Maxime a « de la caisse », selon l'expression consacrée, c'est-à-dire un thorax surpuissant s'appuyant sur deux jambes longues et fines, comme un coffre-fort en équilibre sur deux bois d'allumettes… « Le physique idéal pour un acrobate », note Madame Bartolini dans un de ses carnets à l'issue de la séance d'embauche. « Ce drôle de corps lui donne en même temps puissance et fluidité », ajoute-t-elle de sa fine écriture penchée, et pour finir : « Cage thoracique énorme et souplesse des attaches : il peut tout faire, renverser, tourner, grimper, enchaîner et manipuler en variant la vitesse, aller vers l'avant en passant par l'équilibre. Très grande qualité des saisies. »

En attendant l'accostage, l'acrobate regarde le rivage qui se rapproche. Je l'imagine entouré de ses multiples compagnons, tels que les décrit le programme du cirque :

l'homme qui marche avec ses mains parce qu'il n'a pas de jambes,
la femme qui mange avec ses pieds parce qu'elle n'a pas de bras,
l'homme-squelette qui est le mari de la femme à barbe,
les Aztèques au crâne pointu,
l'avaleur de sabres et la lanceuse de couteaux...

Chacun d'entre eux a son corps, un corps unique au monde, un corps parlant et farceur. Celui de Max n'est pas moins étrange que les autres, avec son immense poitrine et ses deux jambes très fines, mais sur la seule photo en pied que nous ayons de lui à cette époque, il se dégage une grande élégance de ce corps si particulier : chemisette blanche, pantalon de flanelle ou de coton blanc, petit chapeau beige retourné à la main. Il est très bien habillé mais paraît se moquer de ses vêtements. La tête est tournée vers la mer, légèrement de profil, on voit un pied chaussé d'un mocassin en appui sur le bastingage. L'air libre souffle autour de ce grand corps. Si l'on ne savait pas qu'on a affaire à un acrobate, on le devinerait aisément : l'équilibre est parfait, la pointe du soulier levée vers le ciel. À quoi pense-t-il en cet instant, nul ne saurait le dire, mais tout dans son allure et son maintien suggère qu'il est heureux.

Autour, fleurs toujours, c'est une joie de tiges et de tubes, de branches et de bulbes, de feuilles et de fruits : derrière la ligne de ses épaules, on distingue des souches et des greffons, des boutures, des racines et des marcottes, des rameaux portant des yeux. Comme si Maxime était devenu une fleur lui-même, un être étrange et végétal, indifférent au chaos du monde et poussant désormais de sa propre loi. Derrière encore, dans la partie sombre, un léger ruban d'écume qui remonte jusqu'à moi et que je dois suivre maintenant, une odeur ou une ombre, un vestige, une voie, à peine une buée de bruits de pas.

*

Paris, rue du Fer-à-Moulin, j'ouvre un livre…

Il est signé de deux noms délicieux, Kumari R. Issur et Vinesh Y. Hookoomsing. J'aime cette lettre solitaire, plantée au beau milieu de ces patronymes, intercalée entre le nom et le prénom. Quelque chose se glisse là, une pause, un accent… qui tinte différemment… une possibilité de syncope.

Je lis à haute voix :

« Depuis le XVIe siècle, on écrit en français sur et dans l'océan Indien : récits de voyages, robinsonnades, utopies, fantasmes en tout genre, puis poésie exotique, romans coloniaux et enfin les littératures autochtones ou d'exil. Cette production riche et diversifiée demeure encore peu connue. »

Ça, on ne saurait mieux dire. Poètes et romanciers des Mascareignes ? Exit. Malcolm de Chazal, le « météore poétique inouï » encensé par Breton ? Aux oubliettes... Rabearivelo et Rabemananjara ? Comment, mais c'est imprononçable !

Ah, la France et sa mémoire... Ses mémoires, devrait-on dire : la complexité des mémoires, leur tourmente, leurs turbulences... Très difficile en France de parler d'autre chose que de la France. Et encore, d'une certaine France... Pas facile de faire admettre aux gens que la France ne se réduit pas à l'Hexagone.

Cet après-midi, j'ai vu Xavier pour lui annoncer mon départ... Xavier, un ami, un écrivain. Très connu dans le milieu parisien. Blond, hâlé, il revient d'un festival littéraire en Corrèze. Le comble de l'exotisme pour lui... Une phrase me traverse l'esprit : « Ils croient qu'ils sont heureux parce qu'ils sont immobiles. »

Nous étions au coin de la rue Bonaparte et de la rue Jacob, *Le Pré-aux-clercs*... Hemingway venait souvent par ici... et Breton... et Bataille... d'autres encore. Mémoire du lieu...

— Mais qu'est-ce que tu vas faire à Madagascar ? Un mois entier au bout du monde !

— Il y a la tombe de mon grand-père là-bas.

— Ah, je vois, un roman familial.

— Non, ce n'est pas ça… Ce serait plutôt… comment dire ? Un jubilé jubilatoire. On remonte le temps mais aussi on le descend, on le traverse et on le reprend…

— Ah bon ?… Mais quand même, le retour à tes racines !

— Pas du tout.

— Un roman exotique ?

— Non, c'est même très précisément le contraire. Madagascar, Maurice, l'océan Indien font partie intégrante de l'Histoire de France : on ne peut la comprendre si on ne passe pas par eux, et par quelques autres encore. Ce sont des générations d'hommes et de femmes jetées sur les mers et qui, quelques années plus tard, allaient donner naissance à des Français comme toi et moi.

— Comment, ces trois saltimbanques, avec l'Histoire de France ?

— Parfaitement. Entrelacs délectable ! C'est démontrable. Tu verras… la France vient de loin.

Il lève les yeux au ciel. Je le vois qui renâcle, qui rechigne… Mais voici mon amie Li-An, qui débarque à point nommé : minois mutin, grande, élancée, cheveux noirs et fins jusqu'aux fesses, un plaidoyer vivant pour la rencontre des cultures. Du coup, on passe un peu en anglais, on *switche*, elle est d'accord avec moi, on le prend en sandwich entre deux ou trois langues… Li-An est épéiste. Membre de l'équipe olympique d'escrime chinoise, c'est pour ça qu'elle est à Paris, pour un tournoi à Bercy. Elle reprend : elle le fleurette, elle l'escarmouche !

— *Yes, yes,* très difficile en France de parler d'autre chose que de la France. *Very difficult !*

— Et pourtant, pour comprendre la France, il est nécessaire de passer par d'autres pays. Il faut aller voir ailleurs pour comprendre ce qu'est la France…

— *Other countries… Yes, yes !* Il y a une perte de mémoire intensive sur certains sujets : *no more memory, no more memory…* Il est d'accord sur presque tout maintenant, il regarde les jambes de Li-An…

On joute là, on réinvente le lieu, à l'ouest de l'abbaye et du bourg Saint-Germain… Li-An doit partir à l'entraînement, elle s'en va, laissant dans son sillage un dernier sourire et un léger parfum de fleur. Xavier a l'air un peu déçu qu'elle ne reste pas plus longtemps. Je le sens tout prêt à être plus profondément convaincu maintenant ! Il feuillette d'un air distrait un magazine littéraire… Je reprends une gorgée de Perrier et renverse doucement la tête au soleil.

*

À Paris, j'habite la rue du Fer-à-Moulin.

Anciennement : la rue des Morts… Car ici, précisément sous mes fenêtres, se déploya longtemps le cimetière de

Clamart. Peu de gens le savent : c'était le plus grand cimetière de Paris. Rien à voir avec la ville de banlieue qui porte aujourd'hui ce nom : il se trouvait à l'emplacement des anciens jardins de l'Hôtel de Clamart, propriété des seigneurs de Clamart, près de l'ancienne place Poliveau, juste à côté du Jardin des Plantes.

L'Histoire de France m'intéresse. Aujourd'hui sorti de presque toutes les mémoires, ce cimetière était fameux pour avoir reçu les restes des condamnés à mort et, en particulier, des guillotinés de la Révolution. Mirabeau lui-même, quand il fut dépanthéonisé, y fut jeté : on n'a jamais retrouvé ses restes. Rue de la Clef, il y avait la prison Sainte-Pélagie, où furent séquestrés tant de chansonniers (Bruant, Béranger), de gredins, de poètes... Tous les penseurs un peu libres finissent un jour par faire un tour par la case prison : Daumier y passa six mois, pour des caricatures ; Nerval quelques jours, pour tapage nocturne. Le marquis de Sade aussi, dont ce fut la dernière cellule avant l'hospice de Charenton. Mme Roland, lectrice de Montesquieu et de Voltaire, égérie des Girondins, y fit un séjour (« Moi la seule femme dans cette geôle ! Quelle horreur et quel honneur... ») – juste avant qu'on lui tranche la tête.

Il y a tout un peuple de morts là-dessous. C'est d'ici que je vous écris.

Le cimetière de Clamart était le cimetière des pauvres, ceux qui ne pouvaient pas se payer le cimetière des

Innocents. Il n'y avait pas d'argent pour payer le bois du cercueil : alors, on cousait les morts dans une serpillière, on les jetait dans une carriole puis on les amenait vers les fosses communes. Louis-Sébastien Mercier décrit la scène dans son *Tableau de Paris* : « Les corps que l'Hôtel-Dieu vomit journellement, sont portés à Clamart. C'est un vaste cimetière, dont le gouffre est toujours ouvert… Ce chariot lugubre part tous les jours de l'Hôtel-Dieu à quatre heures du matin ; il roule dans le silence de la nuit. La cloche qui le précède éveille à son passage ceux qui dorment ; il faut se trouver sur la route pour bien sentir tout ce qu'inspire le bruit de ce chariot, et toute l'impression qu'il répand dans l'âme. On l'a vu, dans certains temps de mortalité, passer jusqu'à quatre fois en vingt-quatre heures : il peut contenir jusqu'à cinquante corps. On met les enfants entre les jambes des adultes. On verse ces cadavres dans une fosse large et profonde ; on y jette ensuite de la chaux vive ; et ce creuset qui ne se ferme point dit à l'œil épouvanté qu'il dévorerait sans peine tous les habitants que renferme la capitale. »

La mémoire est un muscle : si on ne l'exerce pas, elle s'atrophie. C'est pourquoi je cherche à retrouver la trace de Maxime Ferrier. Maxime, mon grand-père, l'acrobate… Dans ma famille, tout le monde connaît l'histoire folle de cet homme, parti de son île natale, l'île Maurice, à l'âge de dix-sept ans, engagé dans un cirque comme acrobate et qui fit fortune à Madagascar avant d'y être ruiné par la guerre dans des circonstances mystérieuses.

J'ai rencontré Maxime quand j'étais enfant. Mais les seuls souvenirs qui m'en restent sont très confus. Je me souviens d'un vieillard fatigué, juste avant sa mort, alors que sur les photos que je retrouve, ou les articles de journaux qui évoquent sa spectaculaire ascension et sa non moins brutale chute, c'est un jeune homme qui a l'air très dynamique et qui fait presque peur. C'est pour combler le fossé entre ces deux images que je me suis lancé sur sa trace.

Il y a autre chose : avant de mourir, Maxime avait fait construire trois tombes dans le cimetière de Mahajanga, une ville dans le nord-ouest de Madagascar où il repose maintenant. Trois tombes toutes blanches et presque parfaitement identiques. La première fut construite pour son ami Arthur Dai Zong, un Chinois avec lequel il a formé pendant quelques années le duo d'acrobates le plus époustouflant de tout l'océan Indien. La deuxième lui était destinée. Mais la troisième tombe, qui y est enterré ? Nul ne le sait. Et que signifie l'étrange épigraphe qui y est apposée ?

Pourvu qu'elle soit vivante et non anéantie...

Je n'en ai pour l'instant pas la plus petite idée.

Pourtant, il ne s'agit pas seulement d'un pèlerinage familial. Ce soir, la télévision passe et repasse en boucle les résultats des dernières élections. Les « responsables politiques » se succèdent : trop d'impôts, trop de chômage, pas assez de compétitivité, une insécurité croissante, une justice irresponsable, une émigration galopante, l'assistanat aux frais du contribuable, tout y passe... S'y ajoute désormais une surenchère pour savoir qui est le plus français, le mieux français... Exclusion, homogénéisation, réorganisation... Il faut réapprendre aux gens à devenir français, à penser français, à acheter français. Combien d'entre nous ces derniers mois, pourvus d'ascendants d'origine étrangère et confrontés aux délires de la France d'aujourd'hui, combien d'entre nous ne se sont pas demandé si leurs ancêtres pourraient aujourd'hui devenir français comme ils le purent autrefois ? Li-An a raison : très difficile en France aujourd'hui de parler d'autre chose que de la France. Mais qu'est-ce que la France ? Je persiste et je signe : pour le comprendre, il est nécessaire de passer par d'autres pays.

°

Il faudrait notamment en savoir plus sur ces générations d'hommes et de femmes jetées sur les mers et qui, quelques années plus tard, allaient donner naissance à des Français comme vous et moi. Peut-on renouer la chaîne du temps ? Faut-il réunifier l'Histoire française dans une sorte de grand récit, qui irait bien au-delà d'une simple saga familiale ? Ou bien y a-t-il une autre manière de rendre hommage à cette multiplicité mobile et de lui prêter langue ? Et que serait la littérature si elle ne donnait pas une voix aux silences de l'Histoire ?

Par un heureux hasard de circonstances, c'était à mon tour d'avoir à l'université une année sabbatique : j'ai sauté sur l'occasion et j'ai décidé de partir sur la piste de Maxime. Maintenant, sur la terrasse du Fer-à-Moulin, au 24, juste en face du square Théodore-Monod, cet errant magnifique... Octobre souffle. J'ai écrit toute la nuit, il est quatre heures du matin : à droite, l'hôtel Scipion, le seul hôtel parisien datant du Moyen Âge. Au-dessous, les morts. « Les morts, les pauvres morts, ont de grandes douleurs », écrivait Baudelaire. Ils m'appellent. Je rentre, je reprends mon stylo, j'écris – j'embarque en clandestin sur le chariot de la nuit.

*

On n'a jamais su pour quelles raisons au juste Maxime a pris le large et s'est engagé dans le Cirque Bartolini pour gagner Madagascar. Les hypothèses les plus folles courent à ce sujet. Une histoire d'amour qui a mal tourné ? Des problèmes familiaux ? Mais non... Des morceaux de journal, des fragments de lettres, quelques témoignages oraux nous apprennent qu'il laisse derrière lui une mère aimante, qui cherchera toujours à le revoir, et une jeune fiancée au nom merveilleux, Jeanne Wilhelmine Bhujoharry, qui lui écrira des lettres bouleversantes jusqu'à la fin de sa vie. Rien ne le fera jamais revenir.

De son père, aucune trace, comme s'il était enfui, lui aussi. On sait seulement qu'il était marin. Il a reconnu son fils (on peut toujours consulter l'acte, à la mairie de Souillac, île Maurice), puis il a repris la mer : à partir de là, on ne sait plus rien de lui. Il est tentant de se demander si le geste de Maxime ne répète pas cet autre geste, traumatique et fondateur, celui de l'abandon, mais je n'en crois rien. L'imaginaire moderne est tellement standardisé, tellement appauvri par la bêtise télévisuelle déferlante, qu'on se tourne tout de suite aujourd'hui vers ce genre de causalité mécanique, comme si le petit problème psychologique des familles ou l'immense nappe sentimentale des relations amoureuses pouvaient tout expliquer.

Un désir d'aventure, alors ? Tenter sa chance, chercher fortune ? Oui, bien sûr... Au début du siècle, d'importantes mines d'or ont été découvertes sur la Grande Île, et depuis tous les aventuriers du coin se ruent vers Madagascar. Créoles désargentés de Maurice et de la Réunion, Comoriens, Indiens, Européens, Chinois... Le Sud et les hauts plateaux regorgent de quartz aurifère, de manganèse, de platine et de fer. Les premières découvertes de pétrole datent de 1911, de nombreuses prospections ont révélé la présence d'hydrocarbures sur toute la côte ouest. Au nord, ce sont les bois précieux de la région d'Antalaha : les spécialistes connaissent déjà l'ébène de Madagascar, qui fut – on l'ignore souvent – la variété la plus utilisée pour les meubles français du Grand Siècle, mais on découvre aussi les immenses réserves de bois de rose et surtout le palissandre, aux figures veinées de rouge et de noir sombre, qui va progressivement s'imposer comme l'un des meilleurs bois du monde pour les chevilles de violons, d'altos et de violoncelles. Les grands musiciens le savent, et il suffit aujourd'hui encore d'y passer quelques jours pour l'*entendre*, c'est-à-dire pour le comprendre par l'oreille et les vibrations du pas sur le sol : Madagascar est un immense continent de sons et de chansons, un poème de timbres et de voix chuchote en cachette dans ses savanes et ses forêts, une réserve de musique pour le monde entier.

Sur les hauts plateaux, l'élevage des vers à soie se développe, sur lequel on fonde d'immenses espoirs : « La sériciculture est appelée à un grand avenir en Émyrne. Le mûrier y pousse bien et les populations malgaches, ennemies des efforts musculaires, trouveront là un emploi conforme à leurs habitudes nonchalantes », comme l'écrit un administrateur de l'époque. C'est là, dans le livre *Colonies françaises*, publié dans une grande maison d'édition française en 1906, écrit « par un groupe d'écrivains, d'explorateurs et de fonctionnaires », ouvrage honoré des souscriptions du ministère de l'Instruction publique et des Beaux-Arts, de la Ville de Paris, etc., avec cette pointe finale sur la nonchalance des Malgaches, dans le style si immédiatement reconnaissable de la colonisation.

Enfin, depuis la mise au jour d'un gisement de rubellite de grande qualité dans la vallée de la Sahatany, il se murmure que toute l'île est semée de gemmes : améthystes, grenats, topazes, saphirs aux chevrons de couleurs gisant dans la tourbe des placers, rubis étoilés dans le lit turbulent des rivières. Le correspondant du *Times* de l'époque, un certain Knight, parle d'un *Madagascar boom* : on plante des cocotiers par centaines de mille à Analava, en face de l'île de Nosy Be. Imaginer cent mille cocotiers qui l'attendent, dans leur extase heureuse, avec leurs têtes grosses et vertes, doit plonger Maxime dans une belle effervescence.

Mais sait-on jamais exactement pourquoi les gens s'en vont ? C'est une question banale, souvent la première qu'on pose aux exilés que l'on croise. Les réponses peuvent être variées, tour à tour précises, succinctes ou évasives, elles ne viennent jamais à bout de l'énigme du départ. À partir de là, la grande usine interprétative de la société se met en marche, tout comme les dents et les roues d'une machine. On soupçonne, on subodore, on suppute, on traque et au besoin on truque… on augure, on conjecture : il faut retrouver la chaîne des lieux et le nombre précis des liens, avoir le sentiment de comprendre, éventer les ruses et les raisons, démêler les contradictions.

Dans son film *Mémoires d'immigrés*, Yamina Benguigui – dont les parents, Kabyles d'origine algérienne, ont émigré en France dans les années 1950 – pose elle aussi cette question lancinante, qui hante la mémoire de tous les enfants d'immigrés : « Pourquoi sont-ils partis ? » Elle apporte une réponse qui suggère l'ampleur du mystère : « On ne l'a jamais su. C'était un sujet tabou : ils n'en parlaient jamais. » Ensuite, tout le film tournera autour de ce mystère.

Dans l'immense littérature de l'exil, certains pourtant effleurent la réponse. J. M. G. Le Clézio par exemple, d'une histoire simple, éclaire le problème. Dans son livre *L'Africain*, il relate l'histoire de son père, un médecin qui s'en va un beau matin au bout du monde pour n'avoir pas à supporter la férule d'un chef d'hôpital lui ordonnant, dès leur premier contact, dans un rituel proche de l'adoubement, de lui envoyer ses cartes de visite… Comment, partir si loin pour des cartes de visite, pour quelques bouts de papier ? Oui, pour refuser le type de rapport au monde que cette pratique suppose. Ce sera donc la Guyane, puis l'Afrique, parce qu'une mappemonde sera toujours plus large qu'une carte de visite. On croit avoir tout lu de l'exil quand une histoire simple comme celle-ci vous touche et vous surprend : chaque histoire est unique, mais une ressemblance frugale vous est comme un trésor en partage. La phrase suivante par exemple, qui est belle et qui dit tout du départ : « Il avait choisi autre chose. »

Un homme qui part provoque toujours une sorte de frémissement anxieux, entre le désir et la crainte, et suscite généralement la plus unanime des réprobations. Après son départ s'ouvre aussitôt la ronde des ragots et des récriminations. Les collègues médisants, les amis bienveillants, tout un chacun y va de sa petite phrase. Mais qu'est-ce qu'il a à s'en aller comme ça ? *Il ne tient pas en place.* Un homme qui part brise à lui seul le fil des heures, l'ordre des années et des mondes, il montre que les rangs peuvent se mêler ou se rompre, que la musique du temps est multiple et qu'il est libre de vivre comme il l'entend.

Tout d'un coup, il est seul : le seul à savoir, le seul à sentir qu'il faut sortir, s'échapper, trouver le point de fuite de l'aventure humaine.

Maxime est un homme qui part. Tous les témoignages s'accordent à le décrire comme un causeur habile, prompt à se défaire de ses liens, comme le prestidigitateur Houdini, une grande vedette de l'époque, célèbre pour ses évasions spectaculaires, dont il a épinglé une affiche sur le mur de sa loge. On l'entrevoit, il arrive, fait sonner quelques mots. Puis il s'esquive, un peu comme un escrimeur, dont il a la détermination pointue et l'élégance gestuelle. Parfois, un coup de gueule. D'autres fois, un coup de poing. Mais il ne se laisse jamais embarquer dans une polémique stérile, une discussion interminable ou – surtout pas – une querelle amoureuse. Il ne laisse jamais l'insulte prendre le pas sur la volte, la récrimination l'emporter sur le bond. D'ailleurs, il a une manière inimitable de laisser en plan les interlocuteurs qui l'ennuient, et qu'il suspend littéralement au milieu de leur phrase : il se lève, une poignée de main ou un signe de tête, rapide, salut l'artiste.

*

Le bateau est à quai maintenant. Il faut imaginer cet homme, au milieu des fleurs et des fauves, aborder à des rivages dont il ne sait rien ou presque. Il n'a pas de papiers, il semble n'avoir besoin de rien ni de personne. Aussitôt, la police s'intéresse à lui, c'est fatal.

Ce jour-là, il est donc aux environs de midi, comme l'attestent les registres de la douane, qui évoquent un « incident sérieux » entre « Maxime Ferrier, passager sans papiers » et les forces de police. C'est un vieux gendarme presque à la retraite qui officie, un dénommé Coquillard – ça ne s'invente pas. Il est resté célèbre pour son patronyme, car il n'est pas si courant qu'un gendarme porte le nom d'un brigand. Il va faire beaucoup de difficultés pour laisser entrer le jeune homme. On manque de bras certes, mais ce n'est pas une raison pour accepter n'importe qui : il s'agit d'« assurer l'essor des échanges mais aussi le contrôle du pays », comme le rappelle la brochure destinée à la formation des douaniers d'outre-mer.

C'est le début d'une longue altercation quasi ininterrompue entre Maxime et les forces de l'ordre, qui traversera les époques et les régimes et lui laissera la réputation d'une tête brûlée incontrôlable. Cette fois-ci, c'est « grâce à l'entremise de Madame Bartolini » que le problème va être résolu, mais le rapport de police, rédigé dans les termes gris et généraux de ce genre de prose, ne donne pas plus de détails. On peut pourtant facilement se représenter la scène : Madame Bartolini s'approche. Élégante, raffinée, volubile comme une Italienne qui a passé par toutes les mers du monde, elle mêle le commerce et le théâtre avec un égal bonheur : cette année, elle a affrété tout le bateau pour ses fleurs et ses monstres, elle tient avec le jeune homme un acrobate exceptionnel, il est hors de question qu'on lui résiste.

Rieuse, enjouée, le nez pointu, les doigts fins qui virevoltent avec grâce, elle est toujours vêtue de robes blanches légères qui lui donnent l'air de voler. Elle est blonde, blonde comme les blés, ce qui ne laisse pas de surprendre pour une Italienne, mais avec le Cirque Bartolini on n'est jamais au bout de ses surprises. Elle parle, elle parle beaucoup, mélangeant l'italien, le français et le créole dans des tirades perlées, ponctuant le tout par de grands éclats de rire… Elle aime les contrastes, les raccourcis provocants, les rapprochements audacieux. Dans une interview de l'époque, elle déclare que le cirque est né, au XVIIIe siècle, du rapprochement de deux sociétés qu'en apparence tout opposait depuis le Moyen Âge : « les descendants des chevaliers d'une part, aristocrates, écuyers, et les artistes de rue et les forains d'autre part, qui sont les héritiers des bateleurs et des baladins. » Elle-même se dit tout à la fois socialiste et catholique, patriote et anarchisante, volontiers frondeuse et délibérément réactionnaire. Sa phrase préférée, dont elle a fait la devise du cirque :

Meglio vivere un giorno da leone che mille da capra.

Mieux vaut vivre une journée de lion que mille journées de chèvre… Tout un programme ! En quelques minutes, ce jour-là, la lionne Bartolini dévore la chèvre Coquillard.

La famille de Madame Bartolini est une grande famille de la *commedia dell'arte*. Depuis des siècles, elle jardine dans le spectacle vivant. Elle en a gardé l'art du geste et celui de la musique : sur le programme du cirque, tous les numéros sont accompagnés d'un air d'opéra. Vivaldi pour l'entrée des artistes, Monteverdi pour les acrobaties, et pour l'équitation : Mozart. Beaucoup de baroque. Mais la Bartolini est aussi à l'aise dans les dialogues improvisés, les interludes musicaux. La bouffonnerie même ne lui fait pas peur. Pantalone le vieux, Capitan le menteur, le divin Arlequin... Elle connaît par cœur tous ces personnages bien reconnaissables, elle sait chaque rouage de leur gestuelle, elle décrypte immédiatement les masques et les situations. À partir de quelques répliques, elle peut construire des centaines de situations différentes : ce n'est pas un douanier tatillon qui va la décontenancer. Elle entraîne immédiatement le matamore dans un ballet de gestes et de mots qui vont lui faire perdre la boule, elle séduit et elle menace, elle manie le compliment et le sous-entendu, peut-être même glisse-t-elle quelques billets en sous-main. Et puis, Hassan Ali lui-même est sur le quai, il s'impatiente, il attend sa bonne amie et la cargaison. On ne fait pas attendre les fleurs. Les grands principes du douanier s'en trouvent soudain amadoués : dès le lendemain, Maxime est enregistré.

Bientôt, dès qu'il aura fourni ses quatre photos d'identité réglementaires (« de face et sans chapeau », comme le précise le Code des douanes), on lui donnera une « carte d'identité définitive » contre un droit fixe de quarante-cinq francs (celui exigé pour tout mâle de plus de dix-huit ans). Il le paiera en deux fois, avec une impressionnante batterie de timbres-poste de « 1F » et de « 2F », collés sur un carton portant au dos le dessin d'un chien et celui d'un oiseau. On lui rend la monnaie en jetons de la chambre de commerce de France, en bronze d'aluminium, et quelques pièces de nickel de vingt-cinq, dix et cinq centimes.

Le premier visa de séjour, valable sur tout le territoire de Madagascar et Dépendances, était valable un an. Maxime Ferrier y restera toute sa vie.

*

De ces quatre photographies, il n'en reste qu'une. Une seule, maintenant sur la table, face à moi. Maxime a les cheveux très courts, presque ras, ce qui lui donne un air de résistant, de déporté ou de bagnard. La chemise, sombre, fait ressortir le visage, un pur ovale lumineux : c'est une chemise à col vénitien, comme il les affectionnera toujours, à pointes très écartées. « Chic et décontracté » selon le tailleur italien que j'ai interrogé à Venise, qui a ajouté : « On en voit déjà dans les tableaux du Tintoret. C'est le modèle le plus classique, il traverse les siècles. »

Les plis qui se dessinent autour des épaules laissent deviner la puissance du thorax. Maxime a le regard droit, presque dur. On sent qu'il s'est forcé pour faire face à l'objectif et, de fait, son épaule gauche est encore un peu penchée vers l'arrière, comme si son corps résistait sourdement à l'image qu'on était en train de lui assigner : c'est comme s'il avait un petit signe d'ironie caché dans l'épaule. Il a l'air de dire : « Que me voulez-vous ? » Il ne pose pas pour la postérité, il est là, dans l'instant, on ne voudrait pas être à la place de celui qui tire le portrait – comme on dit – de ce jeune éphèbe à cou de taureau.

*

Pour retracer la vie de Maxime Ferrier à cette époque, les sources sont rares. Il y en a de trois sortes : les programmes du cirque, feuilles volantes variées et colorées, ornées de dessins ou, plus rarement, de photographies ; certains journaux de l'époque qui rendent compte des spectacles et surtout des incidents qui émaillent les tournées ; et enfin, les rapports de police qui commencent au moment précis où Maxime pose le pied sur la Grande Île et, dès lors, ne le lâcheront pas d'une semelle. Pour le reste, quelques témoignages oraux, auxquels on peut – ou pas – prêter crédit. J'ai tout cela sous les yeux, coupures de presse, bouts de papier, paroles volées, reprises et déplacées : à moi de me débrouiller.

Programmes de cirque, articles de journaux, rapports de police… La réunion de ces trois types de documents laisse une impression étrange. Les programmes du cirque sont vivants et bigarrés, les articles de journaux éblouis et rutilants, la prose de la douane – ou celle des tribunaux – plate et répétitive. La vie de Maxime se glisse entre ces trois écritures dont aucune ne semble pouvoir l'arraisonner.

Alors, j'erre. J'herbe. Je fourrage. Je passe des semaines entières dans une chambre obscure – une antichambre devrais-je dire. Autant vouloir attraper un fantôme… Je dors très peu, j'écris sans cesse, matin, midi, le soir, la nuit. Li-An de temps en temps vient m'apporter un café. Elle me dit que je devrais songer à prendre du repos, que je ne devrais pas travailler tant. Je songe à la phrase de Kafka : « Je suis une mémoire devenue vivante, d'où l'insomnie. » Tout cela pour traquer la trace d'un homme dont on ne connaît guère plus que le nom. Et encore… Parlons-en de ce nom…

*

Il faut ici tenter d'éclaircir un mystère, celui de mon propre nom. En effet, lorsqu'il arrive à Madagascar, Maxime Ferrier ne s'appelle pas Ferrier mais *Février*. C'est ainsi en tout cas que le nomment les registres d'état civil de la ville de Souillac, dans le district de Savanne, à l'île Maurice, où il est né.

On connaît les multiples déformations du nom – volontaires ou non – que peuvent faire subir à un migrant les aléas de ses pérégrinations. Migrer, c'est bien souvent d'abord changer de nom. Dans les *Récits d'Ellis Island*, Georges Perec et Robert Bober rappellent les innombrables changements de patronymes qui eurent lieu à quelques encablures de la statue de la Liberté, sur l'étroit banc de sable à l'embouchure de l'Hudson où étaient installés les services du Bureau fédéral de l'immigration américaine et par où transitèrent pendant plusieurs dizaines d'années les immigrants qui allaient construire les États-Unis d'Amérique : un prénommé Vladimir devient Walter, un Skyzertski devient Sanders, un homme venu de Berlin est nommé Berliner tandis qu'Israel Baline, lui, se transforme en Irving Berlin... Ce petit immigrant juif deviendra, quelques années plus tard, l'un des plus grands musiciens américains de tous les temps, l'auteur notamment de *God Bless America* ! Ainsi, de ce débarcadère – endroit que l'on désigne parfois sous le nom de *terminal* –, certains font, eux, un commencement.

L'anecdote suivante est la plus connue. C'est une nouvelle fois Perec, qui n'est pas pour rien, avec Proust, le plus grand écrivain français de la mémoire du XXe siècle, qui nous la raconte : « On conseilla à un vieux Juif russe de se choisir un nom bien américain que les autorités d'état civil n'auraient pas de mal à transcrire. Il demanda conseil à un employé de la salle des bagages qui lui proposa Rockefeller. Le vieux Juif répéta plusieurs fois de suite Rockefeller, Rockefeller pour être sûr de ne pas l'oublier. Mais lorsque, plusieurs heures plus tard, l'officier d'état civil lui demanda son nom, il l'avait oublié et répondait, en yiddish : *Schon vergessen* (j'ai déjà oublié) et c'est ainsi qu'il fut inscrit sous le nom bien américain de John Ferguson. »

La transformation de Février en *Ferrier* se situe dans un registre un peu différent, mais tout aussi instructif. Sur cette transformation, plusieurs versions circulent, comme si le simple glissement d'une seule lettre avait lui-même ouvert une ronde sans fin de commentaires et de différenciations.

Certains parlent d'une simple erreur de graphie, lors de l'inscription à l'état civil : entre le *v* de Février et le *r* de Ferrier, le geste est presque le même et la main s'égare vite. D'autres évoquent sa situation de fugueur et expliquent ce changement de nom par la volonté de brouiller les pistes : mais la simple modification d'une lettre pouvait-elle tromper qui que ce fût ? Curieusement, on prête peu de crédit à l'explication du principal intéressé, Maxime lui-même... Interrogé quelques années plus tard sur son changement de patronyme, il répondit tranquillement : « Il était hors de question que je porte le nom du mois le plus court de l'année !... »

Étrange boutade, qu'on met généralement sur le compte de sa verve sarcastique. J'y vois pour ma part la plus profonde et la plus pertinente des réponses, dans son impertinence même : en dehors de sa portée symbolique – qui est tout simplement celle d'un baptême, Maxime comme Moïse changeant de nom au sortir des eaux –, le changement de Février en *Ferrier* est aussi une belle manière de se désinscrire du calendrier des hommes, de leur temps contracté. En *forgeant* ainsi son propre nom et en le chargeant d'une certaine densité (le *fer y est*), Maxime change d'âge et d'époque, il brise la chaîne biologique et se retrouve, seul porteur de son nom, joyeux, vivant, rempli d'une fertilité neuve et d'une nouvelle science du temps.

Toutes les histoires liées au nom des migrants sont tour à tour cocasses et dérisoires, anecdotiques ou pathétiques, et bien souvent émouvantes. Elles ne sont jamais insignifiantes. À Ellis Island, comme le rappelle encore Perec, « le destin avait la figure d'un alphabet ». Toute une série de lettres, tracées à la craie sur les épaules des arrivants, décidaient de leur sort, de leurs prétendues maladies et de leurs infirmités supposées : C pour la tuberculose, K pour la hernie, L pour la claudication, TC pour le trachome, X pour la débilité mentale… Au même moment, de l'autre côté du monde, un homme à lui tout seul inversait cette logique et, par la grâce d'un simple changement de lettre – geste ténu, fragile, *enlevé* –, choisissait de se donner, par l'alphabet, la forme propre de sa liberté.

*

Un homme qui part : la fissure dans le mur, la déchirure dans le tissu. Quelle grâce, mais aussi quelle violence dans cette vie… Partir, tout foutre en l'air. Surtout, ne pas revenir, partir sans demander son *reste*. Se dégager de l'hypnose, des routines mécaniques, sommambuliques, sortir de l'horlogerie de la mort…

Il y a de la cruauté, bien sûr, dans ce passage à la limite. Par exemple : laisser sa mère mourir seule, là-bas, sur un coin de terre oublié, pour tout connaître du crime d'exister. Maxime, qui avait dix-sept ans au moment de sa fugue, ne reverra plus jamais sa mère.

Et puis : occuper son nom de part en part. Le forger – une seule lettre et s'en délivre –, le porter, l'exporter, l'importer, l'imposer… C'est la grande geste des migrations, leur ressort secret : tout à la fois oublier et affirmer son nom.

Migrez et multipliez… Les migrations sont un « déplacement d'individus parasites au cours de leur métamorphose », comme dit le lexicographe Bouillet dans le *Dictionnaire universel d'histoire et de géographie*, avec son style très XIXe… Aujourd'hui, il en existe surtout des visions réduites, misérabilistes : elles mettent l'accent sur les menaces politiques, les guerres, les contraintes économiques. Les histoires d'immigrés eux-mêmes insistent souvent sur la tristesse, la nostalgie. Et pourtant : la joie des départs, le déploiement qu'ils offrent à l'imagination et à la mémoire… On ne comprend rien aux migrations si l'on n'a pas un peu le sens musical : canons, strette, répons… Liberté de la fugue, art de l'improvisation… Tous ces gens de passage et ces gens de travers… Ils déjouent les fusions et les collections, ils *jouent* les dissensions contre les recensions, ils se glissent dans les interstices.

Toujours la même histoire en fait, infinie depuis la nuit des temps. Depuis les Grecs, depuis Homère, les Africains, depuis le nègre qui se lève dans la vallée du Rift, le Juif qui s'extirpe de son lopin d'esclave... Soudain, rien qui agrippe ou qui bloque, rien qui retient. Arthur, Maxime, Madame Bartolini... Chacun d'entre eux avec sa propre histoire, sa trajectoire, son style comme un projectile.

Tout départ s'accompagne d'une clarté. Partir, partir très loin, se perdre pour se trouver, passer par l'autre pour s'extraire, la grande plongée aux abysses et le dégagement rêvé... Le roman finalement n'est qu'une façon de retrouver ce rythme, souffle délié, mémoire acrobatique, perception aiguisée.

*

Qui est Maxime Ferrier ? Pourquoi le Cirque Bartolini, faisant escale à Mahajanga, n'en est-il jamais reparti ? Que sont devenus Madame Bartolini et Arthur Dai Zong ? Comment Maxime a-t-il pu devenir en si peu de temps aussi riche puis tout perdre en l'espace de quelques années ? Pourquoi a-t-il fait construire trois tombes presque identiques dans ce vieux cimetière de la Corniche ? Qui est dans la troisième tombe ? Et quel est le sens de cette épitaphe énigmatique inscrite à même la pierre sur la sépulture de Maxime ?

Pourvu qu'elle soit vivante et non anéantie...

La mémoire est comme la mer, obscure et remplie de l'amer des algues. Certaines traces sont perdues, enfouies ou bien volatilisées. D'autres restent, mais elles ne nous parlent pas, ou alors *vaguement*, confusément, comme le murmure de l'océan dont on ne sait trop s'il s'approche ou s'il s'éteint.

Il y a beaucoup de points obscurs dans cette histoire. Il faut chercher, remonter dans les archives et dans les témoignages, descendre dans les bibliothèques et les caves, dépouiller jusqu'aux commissariats de police. Et puis, passer au crible toutes ces malles de vieux journaux, de photographies et de prospectus. Il faudrait que je comprenne qui sont ces gens si proches et si lointains de moi, que je rentre dans leurs vies, dans le déroulé de leurs jours et le silence des nuits, que je puisse retrouver jusqu'à l'accent de leurs voix.

Pour cela, il faut partir, partir encore – et c'est ainsi que je sens, déjà, l'empreinte que sans le savoir ils ont laissée en moi, le mouvement qu'ils impriment du fond de leur tombe à mon existence, comme une immense remontée du temps lui-même.

Prochaine étape donc : Madagascar.

FRANÇAIS DE BRANCHE

— Oh !
— Quoi ? Qu'est-ce que tu as ?
— Oh !
— Enfin ?
— Écoute !
— Encore tes journaux ? Oh non.
— Mais si.
— Non.
— Vingt lignes.
— Non.
— Dix.
— Rien. Viens plutôt à la plage avec moi…
— Nous irons plus tard. Mais tu as tort… Cela en vaut la peine.
— Je te plains.
— De quoi ?
— De faire le chiffonnier.
— Je ne comprends pas.
— Tu brasses toute cette masse de papiers, de journaux,

de lettres, de carnets comme si tu fouillais dans un panier d'épluchures ! Au petit bonheur, le vrai chineur... Est-ce que cela aide à comprendre quoi que ce soit ?

— Précisément.

— Et tu es tout suffoqué !

— De joie.

— Bon, si tu y tiens. Allez, vas-y alors...

— Écoute : « La peur des politiques de saper les bases d'une identité nationale fragilisée, les tabous de l'inconscient collectif, l'absence de motivation des milieux universitaires, la routine des programmes scolaires et les intérêts des éditeurs de manuels se conjugueront-ils une fois de plus pour tuer dans l'œuf le questionnement sur la configuration anachronique de l'historiographie nationale ? Toutes les histoires fabriquées au XIXe siècle pour célébrer les États-nations émergents ont plus ou moins gommé ce qui faisait tache sur leur image. Mais le contexte intellectuel et le projet idéologique qui ont conditionné la construction d'une Histoire de France des origines à nos jours, officialisée et transmise par l'école de la IIIe République, est l'une des clefs du malaise identitaire actuel. Les historiens républicains, qui voyaient la France comme la lumière du monde, comme une patrie-Messie, ont élaboré un schéma du passé destiné à nationaliser les Français et à forger leur patriotisme. Le récit historique instillait l'imaginaire d'une France homogène, une, indivisible, essence métahistorique mystérieusement présente dans une Gaule mythique originelle. Ce schéma ignorait le mélange des peuples et des cultures, pourtant constitutif de l'espace géopolitique forgé par la suite des conquêtes et des annexions du pouvoir capétien. »

— Une France pluriculturelle ?... Diable ! Et pourquoi pas multilingue tant qu'on y est ? Tu plaisantes !

— Pas du tout. Écoute la fin : « Inventée pour et transmise par l'école de la IIIe République, notre histoire multiculturelle et poly-ethnique doit être réécrite dans la France d'aujourd'hui, une France post-vichyste, post-coloniale, amarrée au char de l'Europe, insérée dans la complexité du monde du XXIe siècle. »

Voilà, c'est signé Suzanne Citron, un joli nom, qui sent à la fois la crêpe et le fruit, le suave et le pimpant.

*

Les Français ne savent pas où me mettre. On n'a pas idée d'être français comme ça, me disent-ils. Trop compliqué, tes mélanges ! Quelle rigolade... Les Français, ils ne sont unis que quand un attentat leur tombe dessus – et encore, pas pour bien longtemps, faut voir comment ils se mettent sur la gueule après. « Français de souche », qu'ils disent... Bêtise de bûche, oui ! Comme s'il n'y avait qu'une manière d'être « vraiment » français... La souche, en plus : ce bois mort, ce fût sans fond, ce moignon.

Chez Molière, Monsieur de la Souche, c'est Arnolphe : un bourgeois, qui d'un vieux tronc pourri de sa métairie s'est fait dans le monde un nom de seigneurie. C'est écrit là, noir sur blanc, dès la première scène du premier acte de *L'École des femmes*. Il n'aime que les femmes laides et bien sottes. Et l'on voudrait en faire un modèle pour la France !

> *Quel abus, de quitter le vrai nom de ses pères,*
> *Pour en vouloir prendre un bâti sur des chimères !*

Alors, de tronc, de buis, de bois... de talon ou de tige ! Et pourquoi pas de branche ?... de feuille ? de papier ! Quelle langue de bois, c'est le cas de le dire... Tout ça n'existe pas au fond. Je suis français d'oreille et de conviction.

Dans l'avion, en route vers Madagascar, je feuillette les journaux, les magazines, je regarde les actualités télévisées... Quelle confusion, quelle confiture, quelle marmelade... Quels troubles de mémoire ! Dès qu'on touche à la France, tout devient trouble, compliqué, opaque... L'histoire, la géographie, le temps même sont désormais sujets à caution. Il y a des nœuds, plusieurs niveaux temporels qui s'opposent ou se superposent, des pans de mémoire qui demandent à surgir, remontant en tempête du fond des abîmes. Il faut savoir se mouvoir là-dedans, dans cette énorme archive, être à l'écoute, aux aguets : certaines mémoires sont emmurées, d'autres empêchées, d'autres encore récalcitrantes et vindicatives, et on tente de poser là-dessus le couvercle d'une grande mémoire unique, monocorde, monotone, prétendument nationale.

Aujourd'hui, on dirait que la cartographie de la France s'est refermée sur l'Hexagone. J'ai apporté avec moi *Le Tour de la France par deux enfants*, manuel-phare de la IIIe République... Finalement, près de cent cinquante ans plus tard, nous n'en sommes pas encore sortis.

Vous êtes français, vous connaissez l'histoire : André et Julien sont deux petits Lorrains, ce qu'on appelle des Optants, car ils ont choisi de quitter les territoires annexés par l'Allemagne en 1871 pour conserver la nationalité française.

Nous voilà donc en leur compagnie sur les chemins de France : à pied, à cheval, en voiture, au fond d'une forêt profonde ou sur la crête d'une montagne, dans une laiterie ou dans une papeterie, une usine, une fromagerie... Pas moins de cent vingt tableaux, cent quatre-vingt-seize gravures et dix-neuf cartes de géographie, dans l'édition de 1877, pour décrire la France et ses héros.

La déambulation des deux enfants est ponctuée de paysages poétiques, d'aperçus géographiques, de rappels historiques et d'adages civiques. De la foire d'Épinal aux forges du Creusot, des monts d'Auvergne à la vallée du Rhône, en passant par l'Artois, l'Orléanais et les ports de Marseille, le parcours est plaisant, varié, et par-dessus tout instructif. On explore Rouen et ses cotonnades, Versailles et ses colonnades, le cirque de Gavarnie et le gave de Pau. On découvre les verres, les cristaux et les glaces de Lorraine, la vaste plaine de la Limagne et ses fruits confits.

Un jour, nous voilà dans les montagnes du Jura, en compagnie des « grands troupeaux des communes, conduits par un seul pâtre ». Un autre, on découvre le flottage des bois sur les rivières et les grands marteaux-pilons à vapeur. Ici et là, le voyage est agrémenté de leçons de choses et de morale : on apprend « l'honnêteté », « l'économie », « le moyen de gagner la confiance » de son prochain en même temps que « les soins à donner aux chevaux ».

Mais il n'y a pas seulement des paysages géographiques dans cette grande fresque itinérante. Le manuel regorge aussi de moments historiques : Jeanne d'Arc, Vercingétorix et l'ancienne Gaule, Desaix et la bataille de Marengo, Bayard, le chevalier sans peur et sans reproche, les expéditions de La Pérouse... On y rencontre aussi la mère Gertrude et la mère Étienne, le père Guillaume (on songe à Balzac, *Le Cousin Pons, La Cousine Bette*)... On y croise le voiturier jovial, l'ivrogne endormi et la dévideuse de cocons (on pense à La Fontaine, *Le Laboureur et ses enfants*, *Le Savetier et le financier*)... À la fin, tout le monde se retrouve dans la ferme idéale de la Grand'Lande : alors, on se souvient de Rabelais et de l'abbaye de Thélème.

La France, celle que l'on aime, est peuplée d'agriculteurs besogneux, d'ouvriers industrieux, d'horlogers méticuleux… de militaires courageux… d'artistes prodigieux… de savants audacieux… d'écrivains fabuleux !

La Fontaine ? « C'est un des écrivains qui ont immortalisé notre langue : ses fables ont fait le tour du monde ; on les lit partout, on les traduit partout, on les apprend partout. Elles sont pleines d'esprit, de grâce, de naturel, et en même temps elles montrent aux hommes les défauts dont ils devraient se corriger. » Mais oui, comme c'est vrai !

Certes, les maximes placées en exergue de chaque chapitre peuvent tour à tour faire sourire, lasser ou agacer : « Soyez propres et décents, les plus pauvres peuvent toujours l'être »… « On estime toujours ceux qui travaillent »… Mais certaines pages sont remplies d'une poésie merveilleuse, comme la description de la Provence, avec ses « bois toujours verts d'orangers, de citronniers et d'oliviers, qui descendent des hauteurs de la montagne jusqu'au bord de la mer ». Et qu'ajouter à cette sagesse désarmante : « Il suffit de savoir les vingt-quatre lettres de l'alphabet et de vouloir ; avec cela, on apprend tout le reste » ?

Texte admirable, à la fois panoramique et précis, pédagogique et précieux. Découverte du pays par le sol, par l'air, par la lumière : tout un poème, tout un paysage en une seule inhalation. Se déroulent tout au long de la frise une série enfantine de jouets et de jeux, de touchants tableaux de vignes et de fonderies, de mûriers et de magnaneries, des ponts tournants, des armes et des rubans, sans oublier les nobles paysages des bois d'orangers aux environs de Nice ou la dentelle des vers à soie sur les claies de roseau du Dauphiné.

Pourtant, cette histoire a ses zones d'ombre, et même ses points aveugles. Julien est – à juste titre – « bien fier pour la France » lorsqu'il se rappelle que « c'est la France qui a la première aboli l'esclavage dans ses colonies » (chapitre 87), faisant allusion à la décision de la Convention, le 4 février 1794… mais il ne dit mot sur son rétablissement par Napoléon dès 1802. Il y a aussi cette petite phrase du chapitre 76, sur « la race blanche, la plus parfaite des races humaines », terriblement d'époque. Bref, c'est la France, avec ses nuances improbables, ses paradoxes, ses contradictions.

Étrange livre d'ailleurs, écrit par un homme, G. Bruno, qui est en réalité une femme (Augustine Fouillée, née Tuillerie), dans une langue très châtiée alors qu'elle s'adresse à des enfants, et relatant la recherche d'un oncle Frantz qu'on pense trouver à Marseille mais qui est parti pour Bordeaux… Ah, Bordeaux ! Toujours là-bas que la France finit par trouver refuge, entre le bleu de l'océan et la clarté du vin, tout près des rivages d'outre-mer. Et le patronyme de ces deux enfants de France ? André et Julien Volden… un nom norvégien ! En bref, c'est un étrange fouillis qui soutient la clarté de l'ensemble.

Mais le grand absent du *Tour de la France par deux enfants*, c'est ce qu'on pourrait résumer d'un mot, superbe et lumineux dans son opacité même : *l'outre-mer*. Il y a bien, dans les éditions tardives, quelques passages sur ce qui s'appelle encore l'Annam (chapitre 122) ou « les essais agricoles aux colonies » (chapitre 123), mais ces « quatre millions de kilomètres carrés, peuplés par trente-huit millions d'hommes », que « la France possède ou protège » (étrange ambiguïté dans la formulation), sont chaque fois expédiés en quelques lignes…

C'est que le livre est sous-tendu par une idée et une seule : la « résolution de rester français et d'habiter en France ». Français, on ne pourrait donc l'être qu'en France, et c'est ce que vous serineront huit millions d'exemplaires sur une centaine d'années de ce best-seller increvable.

On pourrait, sur ce modèle dix-neuviémiste aujourd'hui complètement périmé, imaginer une réécriture permanente du *Tour de la France* au fil des âges. André et Julien céderaient successivement la place à :

Michel et Martine dans les années 1950,

Philippe et Catherine (ou Anquetil et Poulidor) dans les années 1960,

Christophe et Nathalie (ou Stone et Charden) dans les années 1970,

Nicolas et Céline – pas Louis Ferdinand, entendons-nous – dans les années 1980,

Kevin et Élodie dans les années 1990,

Thomas et Léa dans les années 2000,

Emma et Nathan dans les années 2010, etc.

On prendrait bien sûr en compte l'urbanisation, l'industrialisation et les mutations technologiques les plus récentes. Dans *Le tour de la France au XXIe siècle*, la Galerie des Gravures serait entièrement photoshopée. L'Index des Cartes serait numérisé et tiendrait sur un DVD-Rom avec palette interactive. L'Index des Techniques serait en pleine expansion et celui des Hommes Célèbres serait peuplé de *people*. L'Index des Morales aurait peu ou prou disparu.

Ou encore – rêvons un peu : on pourrait aussi dessiner une autre Histoire de France, par intervalles et par traversées, toute une série d'anfractuosités, de pas de côté.

Plutôt que le panorama, la plongée, multiple et renouvelée.

À la logique circulaire du *tour* de « la » France, substituer celles du détour, de l'aléa.

Autrement dit : désarticuler les normes, réintroduire du jeu, explorer les points aveugles de la France, ce qu'elle a toujours considéré comme son dehors ou ses extrémités, ses *boutures*. Aller jusqu'au bout. Se représenter tout ce qui a si souvent été tenu à l'écart, comme une aire privée de représentation – et singulièrement colorée.

Cet itinéraire alternatif passerait par exemple par tous les départements et territoires d'outre-mer, mais aussi par tous les territoires où l'histoire de la France s'est formée, déformée, transformée, recomposée : colonies, comptoirs, protectorats… Pour ne parler que des premiers : Guadeloupe, Martinique, Guyane, Réunion, Mayotte, Polynésie, Saint-

Pierre-et-Miquelon, Wallis-et-Futuna, Saint-Martin, Saint-Barthélemy, Nouvelle-Calédonie, Terres australes et antarctiques... Sans oublier les bien nommées îles Éparses : Bassas da India, Europa, îles Glorieuses, Juan de Nova, Tromelin... (qui font toutes l'objet de revendications territoriales concurrentes).

Et l'île Clipperton, à douze mille kilomètres de la France mais qui est la France quand même, depuis le 28 janvier 1931, par l'arbitrage de la Cour internationale et du roi Victor-Emmanuel III d'Italie. Le saviez-vous ? Nous avons des compatriotes en plein cœur de l'océan Pacifique, dans l'atoll le plus isolé du monde (selon les savants calculs de l'Union internationale pour la conservation de la nature), dans cet amas de graviers, de sables coralliens et de guano, peuplé de reptiles, de crustacés et de poissons, tous français comme vous et moi.

Comment ? Une France multi-territoriale, aux temporalités qui s'ignorent, se répondent, s'enlacent, se superposent ?... Topographie déconcertante, encyclopédie improbable... Surprises à répétition ! Il s'agirait non plus d'« apprendre la France à la semelle de ses souliers », mais de se rappeler qu'elle fut aussi forgée par des hommes et des femmes aux semelles de vent, poètes et politiques, migrants ou voyageurs. Cette France-là a plus d'un tour dans son sac.

Ce déplacement du point de vue – même pas une possibilité, à l'heure où je vous parle, à peine une hypothèse – révélerait bien d'autres tournures de la France, fugaces et résistantes, fragiles, indubitables – bien vivantes et bien françaises. Toute une géographie parallèle aussi, terrestre et maritime, sensuelle et intelligente, mouvante et émouvante. Alors, on arriverait peut-être à montrer que la variété a constamment accompagné la création historique de la France, à l'intérieur comme à l'extérieur, en Europe comme aux Antilles, en Afrique ou dans l'océan Indien.

Alors, le pluriel reviendrait, dans les noms, les lieux et les mémoires. La France redeviendrait ce qu'elle n'a jamais cessé d'être, un terrain hétérogène et pourtant cohérent, parfois conflictuel bien sûr – comme à Haïti, quand les colonisés s'emparèrent des mots et des idéaux de la Révolution française pour, contre la France elle-même, faire entendre ce que la France avait dit de plus vibrant dans le siècle. On y parlerait de Fanon et de Vivant Denon, de Molière et de Césaire, ou encore du chevalier de Saint-George, cet escrimeur incomparable et ce musicien exceptionnel, non pas tant le « Mozart noir » ou le « Voltaire de la musique », comme on le surnomma en son temps, que tout simplement l'une des grandes figures du XVIIIe siècle français. Et tous les autres encore, les invisibles, les anonymes, les morts sans sépulture, ceux sans qui la France ne serait pas la France.

Basse-Terre et Marigot... Cayenne ou Saint-Denis... Mamoudzou et Gustavia... Mata-Utu ou Nouméa ! Import-export : un autre montage, d'autres réglages... Alors prendrait enfin vraiment tout son sens l'exergue si juste du chapitre 53, que je suis en train de lire juste au moment où l'avion entame sa descente vers l'aéroport d'Antananarivo :

« Il y a peu de pays aussi variés que la France : elle a tous les aspects, tous les climats, presque toutes les productions. »

LE CIRQUE ROUGE

Voilà. Ça commence ici. C'est abrupt, très abrupt. Ça surgit. Un infini de cailloux et de crêtes. Antananarivo naît ici dans la fureur des montagnes. C'est un événement.

Antananarivo est une ville qui monte et qui descend. Aussi loin que porte le regard, il est continuellement relancé par une succession de lignes et de traits : rues qui montent et rues qui tournent, chapeaux pointus des toits, mines graves des palais, sentiers à la pente quasi verticale, raidillons époustouflants qui contournent des hameaux ébouriffés. Il faut dire que la ville se déploie le long d'un extraordinaire paysage de collines et de roches, « une mer houleuse dont les vagues immenses se seraient brusquement figées pendant une tempête », disait Paulhan. Trois montagnes, puis douze, et aujourd'hui dix-huit ont accueilli ses expansions successives, comme si la ville était née de la décision d'une assemblée de collines qui se seraient donné rendez-vous dans un pays lointain.

Quelle surprise ! quelle jubilation ! Au premier coup d'œil, un fou rire colossal vous prend devant cette capitale de beauté. De la ville basse (qui part du marché d'Analakely) à la ville haute (du quartier d'Isoraka jusqu'aux vestiges du palais de la Reine qui, au sud-est, surplombe la ville), ce ne sont que ruelles pavées et pentues, escaliers de basalte gris sur collines de granite, roses à l'aurore, orange au couchant, traversées par les variations de la lumière, trouées de routes et de chemins de traverse, criblées de petites maisons de pisé accolées à de somptueux tombeaux de pierre sèche. Ci et là, des palissades faites de bois aiguisés comme des accents circonflexes. Partout, des toits de tuile à double pente et des balcons de bois, de petits volets ouverts sur des ravins immenses, des varangues et des vérandas déployées sur l'émerveillement du vide dévoré par les arbres, les gens, les jardins.

Les marches des escaliers sont peuplées de marchands et de mendiants. Des éclopés vous poursuivent pour une pièce, pour vous vendre un chapeau, un bracelet, une roue de voiture, un verre d'eau, tandis que des petites filles en robe blanche chantent des cantiques et brillent au loin comme des pépites. Les jeunes eux-mêmes semblent des rochers en surplomb, et les vieux des arbres au bord du précipice.

De volée de marches en volée de moineaux, les ruelles descendent, cloche-pied et pas menus, du plein soleil d'Antaninandro au corail rouge d'Andravoahangy, puis bifurquent en s'élargissant vers Ankaditapaka, où s'ouvre toute la plaine de l'Ikopa et les carrés verts de ses rizières. Car, fille des montagnes, Tana est la reine des rizières. Selon les saisons, elle trône sur un vaste paysage de poules et d'épouvantails, de javelles et de gerbes, de semis ou de herses, mesuré par les gestes précis des piqueurs et ponctué de leurs chants.

À chaque pas, le piéton est repris par la voltige des chemins. Ils trottent, gambadent, claquent, sautillent, remontent vers le ciel ou se catapultent dans une ravine voisine. Ici, rien ne pose ou ne se pose, rien ne s'attarde. Filons…

On passe la petite forêt d'Analakely, on traverse le village de l'alouette, on franchit le fossé du peuple (la fatigue vous donne des ailes) et on se retrouve dans le quartier de la bonne réponse. Autour de vous, c'est tout un cirque, c'est le cas de le dire : cimes, dents, épines, houppes et huppes, sillons et parapets, passements, promontoires, saillies, gouffres, sentines, vallées, vallons, entailles, aiguilles… Et puis soudain, là-bas, un rocher sauvage fleuri en un fin clocher.

Cauchemar des voitures, qui marinent en bas dans une pollution épouvantable, mais délice des promeneurs : toute une cité à gravir ou à dévaler. « Remontez le courant, vous êtes la proie du caïman, descendez-le, vous êtes la proie du crocodile », dit un proverbe malgache. Ça y est, plus moyen de s'en sortir : Antananarivo vous a pris à son piège délicieux.

Toute la ville semble en alerte perpétuelle, offerte aux nuages et aux vents dans son écrin de rocailles. Alors, évidemment, on cherche à savoir. On bouge, on se déplace. On monte, on monte, on se promène tout près du ciel. Près du point culminant de ce site superbe (1 400 mètres), derrière les vestiges du palais de la Reine se trouve justement une table d'orientation. C'est ici que pendant la monarchie les condamnés à mort étaient exécutés, décapités à la hache ou transpercés à la sagaie. C'est à l'amoncellement de tous ces ossements, entraînés par les pluies après avoir été rongés par les oiseaux de proie que le lieu doit son nom terrifiant : Ambohipotsy, « l'endroit blanc ». Aujourd'hui, repris par les fougères, les arbres, les dahlias, il abrite une des plus belles roses des vents qu'on puisse trouver au monde. On s'arrête un instant, on se pose, on se repose. Du haut du belvédère, vue imprenable. On se dit qu'on va pouvoir enfin la saisir, la ville.

À première vue, elle semble épouser la forme d'un Y, orienté du sud-est au nord-ouest, les deux branches supérieures de cet Y s'infléchissant vers l'ouest pour encercler le centre de l'agglomération, qui s'est édifié sur une vaste dépression assez bien nivelée. Historiens et géographes vous le diront : au début de la colonisation, le quartier neuf, quadrillage de rues, d'avenues et de commerces, a surgi tout en bas, entre les branches du Y, lui donnant un semblant d'ordre et d'organisation. Pourtant, on ne vient pas à bout de l'éblouissement initial, de sa portée explosive : très vite, au hasard des quartiers, des arrondissements créés par l'homme ou des escarpements de la nature, voilà que d'autres lettres tanguent, se dessinent puis se détachent : le P du stade de Mahamasina et de la route qui y conduit, les E jumeaux d'Isotry et du plateau voisin d'Isoraka, le R un peu fier de l'ancienne place Colbert, le C délié d'Ambadinia et bientôt les formes, depuis longtemps prévisibles dans leur ironie même, d'un M, d'un F ou d'un S. La ville déploie son alphabet : c'est un *claybook*, un livre de terre et de signaux.

Un trajet aléatoire et ondoyant, fait de torsions de phrase et de changements de ton, modulations qui semblent s'adapter à chaque changement du relief et de la sensibilité, musique, partition de briques et de branches, d'églises escarpées comme des falaises, rugueuses, étoilées çà et là d'une touffe de lauriers. Aérienne et volubile, fragile et élancée, une improvisation permanente soutient cette topographie intempestive. On a la sensation étrange que la ville disparaît en même temps qu'elle se fait, qu'une harmonie immense s'y dérobe et traverse tout pourtant de sa présence. Dès qu'on essaie de l'expliquer, on manque son mouvement, comme si la ville voulait laisser toutes choses en leur élan.

Cette joie dérange, inévitablement : tant d'insouciance dans la misère, de trouvailles dans la pénurie, d'efflorescences dans l'architecture ne pouvait qu'exciter la verve des censeurs et des moralistes. Une si belle batterie de palais italiens et de châteaux français, un feu d'artifice de styles, néoclassique, baroque, colonial, anglican, mauresque, sakalava, mahafaly, moderne, contemporain, néoroman, suscitent irrésistiblement le rappel à l'ordre sourcilleux et pointilleux des artistes officiels. Ainsi l'architecte du gouvernement général sous Gallieni, Anthony Jully, complètement dépassé par les événements, et qui écrit dans un article du bulletin officiel de 1898 (l'île est colonie française depuis deux ans) :

« Des architectures diverses, gothique, bâtarde, classique, hindoue, jetées en pâture à l'indigène, est sorti un chaos sans caractère. C'est ce qui nous a frappé à notre arrivée à Tananarive en 1890, et voilà pourquoi, en construisant l'Hôtel de la Résidence de France, nous n'avons cherché qu'un résultat : faire dans l'architecture française tant dans la manifestation extérieure que dans l'aménagement intérieur. La période de notre histoire qui caractérise le mieux notre art étant la Renaissance, c'est dans les œuvres de cette époque que nous avons cherché nos documents, en essayant d'inspirer aux indigènes, dans les formes comme dans les détails, l'idée française. »

Soucieux de remettre de l'ordre dans cet étrange fouillis, et de mettre en avant le « rôle positif » de la colonisation française, Jully serre la jugulaire. Évidemment, la Résidence en question ne fit qu'ajouter de plus belle au style hybride et polyvalent qu'il fustigeait de sa plume gourmée…

Un jour, pas si lointain peut-être, on s'apercevra que, dans son désordre même, cette cité est l'une des plus belles du monde, qu'elle en porte la mémoire, plaque tournante des Chinois, des Indiens et des Occidentaux, et l'on viendra d'un peu partout pour se délecter de cette merveille. La ville entrera dans une nouvelle ère. Mais pour l'heure, puisque aucune position de maîtrise n'est possible (ni surtout n'est requise), il est déjà possible de la suivre comme un amoureux suit sa belle du regard, et d'entrer dans cette science d'un nouveau genre.

Alors, seuls les rayons, les parfums, les couleurs semblent avoir du prix. Antananarivo est une des seules villes au monde qui puisse rivaliser en coloris avec Venise ou les peintures de Titien. *Colorito alla malagasy!* Délice ouvert dans une palette inépuisable de bleus, de rouges et de gris... À midi, la ville est complètement ocre, comme irradiée de l'intérieur par le pulsar des quartz et la teinte sourde de l'oxyde de fer, brûlée par la braise des falaises. Le soir, la rumeur de l'air s'apaise : à la terrasse d'un café, vous prenez l'apéritif avec des amis dans la douceur du crépuscule, la tête baignée de reflets lie-de-vin, de taches d'orange et de cerise. Au-dessus de votre tête, le feuillage vert diapré des manguiers. Près du pied de la table, une petite bande de lumière dorée merveilleuse, impalpable comme un reflet et superposée comme un tapis.

Alors, vous devenez sensible à la qualité du vent, à la délinéation des détails, à la forme, à la couleur et au parfum des fleurs.

Vous voyez les zinnias aux teintes multicolores, les

cosmos rouges, roses et blancs, la richesse folle et incalculable des violettes, des géraniums, des palmiers.

Vous admirez le port admirable des camphriers, leur ombrage, la qualité de leur bois parfumé et veiné de brun clair.

Vous écoutez les noms délicieux des fougères aux fractales déployées : adiantes… polypodes… cornes de cerf…

Vous apprenez que la plus grande orchidée de Madagascar se nomme « la comète » : elle est ornée d'un bouquet d'étoiles blanc mat et munie de longs éperons verts. C'est important, j'essaierai de ne pas oublier.

Proust écrit dans la *Recherche* que « les fleurs ébruitent en quelque sorte un secret de la nature : elles trahissent le fait que quelque part en ce monde doivent se trouver la vie, l'espoir, la lumière, la couleur ». Mais ces fleurs, qui sait encore les voir, les décrire, les nommer ?

Vous apprenez l'écriture des lilas, des goyaviers, l'odeur douce et grasse de la vanille, celle un peu piquante des mûriers.

Alors, le temps se met à vibrer différemment. Quelquefois, la ville se pare de ses plus beaux nuages – voyages de coton blanc dans le ciel bleu. Le feu du soleil s'empare des toits. Les balcons, transportés par la lumière, semblent flotter devant les maisons comme des nuages d'or. Tout est couvert de fruits, de fleurs et d'oiseaux variés.

D'autres fois, c'est un orage gonflé de foudres, la ville est environnée de grondements, de roulements de tonnerre, d'abîmes béants et de sinistres présages. Les craquements du bois ont une profondeur et une intensité fulgurantes, les lézards détalent à toute vitesse, des pluies diluviennes s'abattent avec un bruit d'émeute et de cavernes.

Dans les pages de ce paysage, de cet almanach de roches et de feuillage, les Malgaches se promènent, en costumes, en haillons, en chapeaux. Leur démarche est célèbre dans le monde entier : on la dit nonchalante, lente, parfois même avachie. Un mot circule, que même les touristes connaissent, qui résume ce rythme du corps léger, fluide, épanoui :

mora mora

On traduit souvent par : « lentement » ou « doucement ». Parfois pourtant, des accélérations soudaines, des gestes d'une précision incalculable – celui des enfants qui, sur les terrains les plus accidentés, font rouler au bout d'une branche un cerceau de ferraille avec la justesse du funambule, celui des joueurs de dominos qui font claquer sur la table les rectangles de bois. Il faut se laisser porter par le pas du pays lui-même, par le pouls de la ville, sa pulsation ocre. On comprend alors que le *mora mora* n'a pas grand-chose à voir avec la vitesse et la lenteur (ou ce qu'on désigne ainsi) mais qu'il révèle bien plutôt une autre façon de se mouvoir dans le temps, désinscrit de ses cadres et réfractaire à ses coordonnées : il faut sortir du calendrier des hommes et de sa régulation asphyxiante pour entrer dans l'énergie des corps, leur histoire secrète, leur liberté vibratoire.

Quelque chose est dans l'air, tout simplement, auquel on donnera le nom suivant : Antananarivo, la joie, la grâce ou l'allégresse, comme on voudra.

*

L'aéroport international d'Antananarivo-Ivato est calme : en une journée, seulement six arrivées et six départs internationaux.

On arrive de Bangkok, Maurice, Paris, La Réunion, Johannesburg et Dzaoudzi.

On part vers Paris, la Réunion, Maurice, Johannesburg, la Réunion encore et encore Paris.

Georges est venu me chercher à l'aéroport. Georges, l'ami de la famille : c'est un vieux créole indien, à la peau cuivrée et aux yeux de chat. Il est spécialisé dans la vente de voitures. Surtout, son père a connu Maxime, il a fréquenté Arthur Dai Zong, il est même allé au Cirque Bartolini quand il était tout petit… Il était fou de cirque et il a laissé à sa mort tout un ensemble de papiers, des coupures de journaux, mais aussi des feuilles et des fiches, des articles, des billets… J'ai bon espoir que cet amas de documents, que Georges me dit avoir rangés dans deux valises et une commode à trois tiroirs, va m'en apprendre beaucoup sur cette période. Dès l'aéroport pourtant, il me prévient :

— Ton grand-père, Maxime, c'était une société secrète à lui tout seul. Les papiers de mon père vont te servir, mais si tu veux le comprendre, il faut aller jusqu'à Mahajanga et interroger plusieurs personnes très différentes. Je te prêterai une voiture.

— Merci. Mais as-tu une idée de qui est enterré dans la troisième tombe ?

— Non. Quand tu m'as dit que tu allais venir, j'ai interrogé beaucoup de monde, personne ne semble le savoir. Certains disent que c'est lié à la Seconde Guerre mondiale, mais je n'en sais pas plus. En revanche, dans le tas de papiers dont je t'ai parlé, il y a de nombreux articles de journaux et des programmes du cirque. Il y a aussi les carnets de Madame Bartolini. Et une malle qui a appartenu à ta grand-mère, Pauline. Tu trouveras peut-être quelque chose là-dedans…

*

Le lendemain matin, après une bonne nuit de repos. Le jour se lève sur Antananarivo. On entend d'abord quelques râles de voiture et des éclats de voix. Puis, dans le couloir, quelqu'un frotte le parquet de bois. Palabres, voitures, et partout un petit air de moquerie aiguë. Des mobylettes passent sans arrêt, bourdonnement motorisé entrecoupé de chants d'oiseaux.

Je me lève, j'ouvre les volets. Georges habite en plein centre de la ville, dans une vieille maison de bois, onctueuse et agréable, qui sent la cire d'abeille et la résine de pin.

À gauche, on voit les murs d'une vieille maison de brique, tous volets clos. Pourtant, la porte en bas est ouverte et j'ai vu quelqu'un s'activer dans l'ombre de l'escalier, dont on distingue presque la rambarde. Cette maison est très belle mais me masque le palais de la Reine. Hier, un adolescent y jouait dans la cour avec un chaton.

En contrebas, des gens passent, des mères mènent leur enfant à l'école. Un paille-en-queue traverse le ciel. Au loin, un arbre accueille un buisson d'oiseaux.

À l'angle, une vendeuse de cartes téléphoniques (deux mille francs malgaches la carte) vient d'installer son stand de bric et de broc, petite table instable sous parasol penché. Elle doit avoir vingt ans et tient dans les bras un bébé pas plus grand qu'un saucisson.

Plus loin, une rue pavée en pente comme on n'en trouve qu'à Tana mène le regard vers des toits de tuile orange et la ligne souple d'une montagne, là-bas, très nettement dessinée sous la bande pâle d'un nuage.

*

Georges, qui est d'une gentillesse et d'une bienveillance exquises, m'a apporté le journal.

Dans le zodiaque malgache, j'apprends que je suis du signe *Alahasaty*. C'est le cinquième mois de l'année dans le calendrier. À la septième page, je tombe sur l'horoscope à la fois le plus concis et le plus pertinent qu'il m'ait jamais été donné de lire :

Travail : Ne vous laissez pas intimider par des gens plus faibles que vous.

Amour : Vous le trouverez facilement. Ne perdez pas votre temps dans le bavardage.

Santé : Buvez beaucoup d'eau.

Eh bien voilà. Tout est juste et bien dit !

Georges m'a aussi apporté la documentation que son père avait accumulée sur le Cirque Bartolini. Deux valises et une petite commode – sans oublier la malle de ma grand-mère Pauline. Je jette un œil aux valises : des pages et des pages de vieux magazines, d'articles découpés et rangés dans de vieilles chemises de carton jaune, serrées sous une sangle métallique.

Maintenant, je peux me mettre au travail.

*

Dès son arrivée à Mahajanga, le cirque s'installe. Il s'installe dans un cirque, logique. Il faut de la place pour les cages, les roulottes et le grand chapiteau de toile bleue. Un peu à l'écart de la ville se trouve justement une zone de petites collines encerclant une arène circulaire rouge, traversée de multiples ravines creusées par l'érosion. Ses couches successives de terre se distinguent par une fantastique palette de teintes pastel, ocre et sanguines, qui en fait aujourd'hui l'un des endroits à visiter de la région. À cette époque, le lieu est vide, simplement peuplé de quelques lézards et survolé par les aigles : on l'appelle le Cirque rouge.

C'est un site étonnant, un ancien delta sculpté par les siècles et l'interminable érosion des collines. Le vent tournoie en rafales, ouvre, trouve, s'engouffre, remonte en colonnes le long de la broussaille des pentes et s'en va heurter plus fort les plus hautes cimes. Au-dessus, le soleil brûlant du Boina, immobile, en surplomb… Pour lui, le temps n'est pas le temps, il n'est qu'une immense patience d'argent. Il gratte les roches, les effrite, les décroche, les transforme en cuivre, en fer, en plomb… Sur un fond jaune, rose ou bien rouge, se détachent des formations tachetées : on y voit des zones claires dévorées par le quartz, des aréoles d'argent, des rectangles rubis. La mer toute proche y mêle ses embruns. Elle humecte les plantes, les pierres, les fleurs de sa douceur salée.

Les couleurs sont variées et puissantes. Ici, des concrétions ferrugineuses, des puits de calcaire, des siphons anthracite. Là, une éblouissante succession de couches de grès : chacune avec sa couleur, sa vibration propre, chacune selon son gré. Des pans de noir, de rouge, de jaune s'emboîtent et se superposent sous le bouclier du ciel bleu. Dans une théorie de roches brunes, parfois un éclat de fer-blanc, une lame de mica scintillant, comme des restes de carapaces ou des rebuts de cuirasses, vestiges de combats ancestraux… Palette broyée des typhons… C'est dans ce paysage – dont on ne saurait dire s'il est humide ou sec, terrien ou maritime, lunaire ou équatorial – que le cirque installe ses fauves, ses artistes et ses monstres.

Maxime se trouve tout de suite bien dans cette assiette désertée par le babil des hommes et inépuisablement colorée. Enfin, après les trépidations de la fugue, le souffle court de la poursuite, rien d'autre en face de lui que le pur espace et la saison. Et, quand le jour s'éteint, le silence d'une nuit seulement traversée par le cri des aigles, une nuit unique, toujours la même depuis la nuit des temps, une nuit millésimée.

*

Le Cirque rouge n'a évidemment pas été choisi au hasard. Non seulement il y a de la place, mais on peut imaginer que la population de la ville préfère tenir un peu à distance l'étrange aréopage des saltimbanques. De plus, il se murmure que les Vénus du cirque ne dédaignent pas exercer leurs talents en dehors des horaires du spectacle, sous l'œil tolérant – pour ne pas dire bienveillant – de Madame Bartolini… Les deux sœurs travaillent toujours en famille : saphisme, sadomasochisme et même zoophilie (il faut bien que les fouets et les fauves servent *en dehors* du spectacle)… ici, la scène se joue à huis clos et les informations sont rares. Il semble qu'un certain nombre d'édiles et de fonctionnaires coloniaux soit impliqué dans cet ensemble de numéros d'un genre nouveau. Selon certains, Madame Bartolini, fervente catholique, donne sa bénédiction. Selon d'autres, elle en retire même quelques subsides non négligeables… Dans tout le pays, ces séances sont connues sous l'appellation délicate de « soirées Bordelini ». De l'avis de tous, elle ne voit rien de mal à ce que l'on se fasse du bien si cela ne trouble pas la bonne marche du cirque et reste dans les limites du raisonnable. Les yeux flambent, le sang chante, les os s'élargissent : rien de mal à cela, n'est-ce pas ?

Maxime a-t-il prêté main-forte (et ses talents athlétiques) à ces pirouettes non homologuées ? Rien n'est certain, mais c'est probable. Il est jeune et libre, vient de quitter sa famille, sa patrie, ses soucis, avec pertes et fracas : c'est le moment ou jamais. On ne peut rêver situation plus propice pour laisser parler enfin tout ce que les familles toujours enfouissent, l'intense secret des corps, leur énergie volatile. Il faut l'imaginer aussi au milieu de toute cette vie de trapèzes et de cordes, de costumes d'argent et de cuivre, de proues d'or et d'acier menant leur existence au grand galop de vingt chevaux de cirque… Mais qui saurait décrire aujourd'hui ces saltimbanques gratuits, libres, monstrueux, formidablement insolents, à l'heure de la platitude des écrans et du divertissement omniprésent ? Notre temps se veut bien-pensant, égalitaire, fraternisant : il n'y a qu'à voir le sort qu'il a réservé aux révoltes festives du cirque pour mesurer à quel point il est triste, élitaire sans le savoir, haineux, peureux, terrorisant. Où sont passés la danse, le jonglage, le jeu ? Le mime et la musique ? La bravoure des hommes et le respect des animaux ? Disparus de la circulation, et de la plupart des cirques eux-mêmes. Cette disparition est aussi la nôtre.

À la fin du XIXe siècle encore, Rimbaud, lui, savait : « Dans des costumes improvisés, avec le goût du mauvais rêve, ils jouent des complaintes, des tragédies de malandrins et de demi-dieux spirituels comme l'histoire ou les religions ne l'ont jamais été. » Ou encore : « Maîtres jongleurs, ils transforment le lieu et les personnes et usent de la comédie magnétique. » Maxime et tous ses saltimbanques sont donc des demi-dieux tout autant que des malandrins – quel beau mot, entre le marin et le mandarin. Pendant trois ans, ils vont régaler les habitants de la région de leurs acrobaties et de leurs facéties magnétiques.

*

Le cirque est un ventre de toile, on y entre la nuit seulement. Il faut attendre le silence des ténèbres alentour, la pulsation ralentie du sang et le déploiement de l'encre sur le monde pour entrer dans la vraie vie des hommes, leurs désirs, leurs secrets, leur présence réelle.

Nuit de cirque. Attente joyeuse, l'immense théâtre de toile est rempli d'une foule bariolée, Européens à chapeau blanc et à voilettes, Malgaches en *lamba* (ces fines toges de coton qui les font ressembler à des Grecs), Indiennes en saris rouges et bleus... Les hommes fument, les femmes rient, les enfants crient ou pépient.

Dans le Cirque Bartolini, il y a un géant, un nain et un ventriloque. Il y a aussi une femme à barbe, une femme sans bras et un homme-tronc. De vrais phénomènes. Ce sont eux qui ouvrent le spectacle : musique, magie, jongleries, ils chauffent la salle, ils l'entraînent vers les mystères de la nature et les profondeurs du rire.

Non, la vie n'est pas ce que vous croyez, il y a un revers de l'existence où l'on peut vivre plus fort, plus vif, plus chantant, plus vrai : c'est ici tout ce que les monstres montrent – admirable précision de l'étymologie. Équilibristes, contorsionnistes, transformistes, fildeféristes, antipodistes... il y a de tout parmi eux, un véritable capharnaüm de qualités et de pratiques. Admirable est leur sens de la farce, étonnante leur ingéniosité corporelle.

Amanda, la femme sans bras, allume une cigarette avec ses pieds... Un sautoir placé au sol lui permet de se propulser dans les airs grâce au bond d'un homme-torpille à l'extrémité opposée de la planche. Le nain Groseille, juché sur les épaules de l'Hercule, la réceptionne, puis il enchaîne en jonglant avec des assiettes, des verres, des couteaux et fourchettes… Adresse, concentration, les accessoires voltigent dans une boucle incessante et changeante.

Dans l'ombre à gauche, voici venir une écuyère en livrée rouge, avec ses écailles couleur bordeaux et son sourire carmin. Elle grimpe d'un bond sur un cheval qui trottine, puis rebondit sur l'encolure d'un autre comme une balle élastique. Une seconde écuyère la rejoint, coiffée d'un grand chapeau et faisant tournoyer son lasso. Ce sont les sœurs Bartoletty (sont-ce les filles de Madame Bartolini ? mystère…). Brune et Blonde, les deux sœurs Vénus : chez elles, tout est inversé. L'une se prénomme Brune : elle est blonde, c'est la Vénus du matin. L'autre s'appelle Blonde : ses cheveux sont noirs comme le jais, c'est la Vénus du soir. La première monte un pur-sang couleur neige et la seconde une jument anthracite. On dit que Brune est blonde en haut mais brune ailleurs, et que Blonde… c'est l'inverse. Toutes deux ont de véritables crinières de lionne : on sent qu'elles ne connaissent pas souvent les rigueurs du peigne.

« Elles n'ont rien à envier aux petites filles modèles de la comtesse de Ségur… », note un journaliste goguenard. En effet ! Une photo de l'époque les montre les jambes écartées, le décolleté généreux, la poitrine en avant, la bouche gourmande… « Spectacle frais, désaltérant, ensoleillé », comme dit le programme.

Elles ont été mises en selle avant presque de savoir marcher, minuscules fillettes se dandinant sur le dos d'énormes percherons ou se tenant bien droites sur des alezans anglo-arabes, la tête et l'encolure légères, dans l'élancement nerveux de leurs longues échines. Elles ont bien grandi maintenant… Blonde, les jambes croisées et très dénudées, en mousseline blanche, souriante, radieuse, adresse un grand salut au cirque, assise sur un rebord d'escalier, entourée de ballons. Le sourire vole, de ses lèvres à celles du public : elle enflamme la salle. Quant à Brune, elle porte une mini-culotte de satin ornée de plumes rouges : maquillage prononcé, bouche pulpeuse, rouge et luisante comme une cerise. Ses yeux noirs sont soulignés de bleu et elle arbore sur le biceps un tatouage de deux bracelets – dont le bleu rappelle celui des yeux – enlacés à la manière de deux serpents. Elle fume une cigarette, un foulard noué autour du cou et son regard brille comme ses lèvres. Le ventre blanc, ferme, musclé, attire tout de suite le regard, le petit renflement du ventre, soyeux, doux au regard comme il doit l'être au toucher, comme si toute la douceur du monde s'était déposée là, et dans le galbe délicieux de la cheville.

L'« Air de la Reine de la nuit » retentit quand la seconde Vénus – celle du soir – fait son entrée sur une jument noire dans le numéro dit des « Étoiles filantes » : le corps souple et tendu, en équilibre sur la monture, elle chante en lançant des coupelles de verre qui ressemblent aux étoiles. Tout est d'une habileté extrême, d'une précision étagée... Bal, poussée des chars, tout le monde qui roule, monte au poteau... Les manipulations complexes et la diversité des tours offrent à la vue, à l'ouïe, un extraordinaire incendie.

*

Des drôles très solides... Des yeux hébétés à la façon des nuits d'été, rouges et noirs... La démarche cruelle des originaux... Les affiches et les articles défilent, poèmes d'encre et de satin, inondés de lumières et traversés de bouffées de crottin. Rien ne donne à voir comme le cirque la douce, riante et cruelle vérité de l'existence.

Le plus étonnant dans les comptes-rendus des journaux sur le Cirque Bartolini est l'impression générale de grâce qui se dégage de tous ces corps déformés. Dans le numéro du tremplin par exemple : « Lors de bonds en l'air, les monstres exécutent des figures gracieuses qui réjouissent les spectateurs. » Ou quand l'homme-squelette se love dans une étroite roue de bicyclette à laquelle il s'accroche par les pieds et les mains : le curieux athlète longiligne à la tête conique et aux membres caoutchouc, dont il ne reste malheureusement aucune photographie – comme s'il avait été trop *fin* pour se laisser saisir par l'image –, exécute alors une série de pivots et de manœuvres en équilibre sur une planche suspendue... « S'ensuivent des prouesses aériennes, puis de gracieuses retombées sur la scène », note le journaliste… Grâce dans l'art des bonds, grâce dans les retombées, toujours la grâce, à partir de n'importe quel point de l'espace, tout cela plus merveilleux que le ciel.

Au milieu du spectacle, ce sont les clowns. Là, pas besoin d'animaux : on fait le chien, l'oiseau, le singe… Western, épopée, féerie exotique… tous les genres se mêlent et l'intrigue n'est qu'un prétexte à leur fantaisie, sans le moindre souci de cohérence. Parfois, les corps chutent en claquant sur le bois… Alors, les tout-petits se cachent. Les petits garçons roulent des yeux apeurés et les petites filles se mordent les lèvres… Mais les clowns toujours se relèvent en riant. On les méprise, mais ils s'en moquent : tandis que le monde entier sombre dans la mort et le marasme, ce sont les derniers tenants du rire et de la poésie, une écriture spectaculaire et des proucsses sans cesse reconductibles.

Mais le clou du spectacle, ce sont les acrobates. Envoleurs de voiles, tournoyeurs de tissus, dévoreurs de draps lancés à la verticale. Ils se hissent à la force des poignets sur des plateaux presque inaccessibles ; ils sautent des crevasses larges et profondes ; les bras ajoutés aux bras remplacent les cordes et les épaules servent d'échelons, tandis que tous les autres restent aplatis en bas, dans la sciure. Miss Tamara et Miss Julia… Miss Julia : souplesse et virtuosité à la corde verticale. « Un numéro plein de grâce et d'audace… » Miss Tamara et son drapé aérien, suspendue à plus de dix mètres du sol par un bandeau de soie… Et puis Axel le Funambule… Son numéro est « la forme la plus stupéfiante d'équilibre sur un fil dans le monde du cirque ».

Ce sont des artistes aériens, on les appelle les *icariens*. Comme Icare, ils montent aussi haut qu'ils le peuvent, à l'étoile, à l'infini. Même s'ils ne s'en souviennent pas, ils savent – d'un savoir presque aussi ancien que le corps et plus ancien que le savoir lui-même – que le mot « cirque » vient de « *circulus* », terme de l'Antiquité qui renvoie aux orbites des planètes… Là-haut donc, en orbite, ils prennent la lumière en tournant, vaste révélation giratoire. Ils diminuent et ils s'allongent, ils se réinventent en permanence. Ils crèvent l'espace, ils enjambent le temps… C'est un rite agile, un poème aérien, une grande roue ouverte dans le ciel et qu'on nommera comme on voudra : spectacle vivant, éphémère, intermittent.

Intelligent.

*

Voici par exemple un programme du cirque : il date de 1925 et tient sur quatre feuilles de papier beige : dos jauni, scotch sur les angles intérieurs, il porte quelques traces de rouille sur la pliure centrale et de petites déchirures aux bordures latérales, mais il est parfaitement lisible, toutes ces années après.

En haut au centre, une photo de Madame Bartolini en médaillon : elle a les bras croisés, les sourcils relevés, une grande écharpe autour du cou. Ses cheveux blonds volettent autour de l'ovale du visage. Le nez est pointu, le buste légèrement penché vers la droite, le menton un peu relevé dans la même direction comme si tout le visage était attiré vers l'avant. Madame Bartolini sourit. Elle doit avoir une cinquantaine d'années, la peau est marquée autour des yeux – les rides du sourire –, mais le regard lui-même garde une fraîcheur étonnante. Il semble venir vous chercher au bout de toutes ces années, entrer dans la pièce, sautiller aux murs, rebondir drôlement sur le bord de la photo et le message est clair : le temps est en train de lui déchirer le visage, bout par bout, morceau par morceau, mais elle ne lâchera pas.

La photo du médaillon central est surmontée d'une banderole en grosses lettres noires : « Cirque Bartolini » et entourée de deux indications en caractères plus petits, toujours à l'encre noire : « 30 tigres, 120 acrobates ». Dans le coin supérieur gauche, une autre mention, encadrée celle-ci : « Fondé en 1856. » Sous le médaillon, une phrase en lettres capitales annonce fièrement, en français et en anglais :

The largest Circus in the Indian Ocean
Le plus grand Cirque de l'océan Indien

Au-dessous encore, une large photo rectangulaire de la piste, panorama un peu flou d'où émerge un public nombreux, brouhaha sensible, petits juchés sur les épaules des grands. La piste est ronde et mesure un peu plus de treize mètres. Le cirque compte environ mille places : il faut trois jours entiers pour le monter et le démonter. Le chapiteau est tendu à se rompre, les rires des enfants montent et colorent l'espace tendu de cordes, de poteaux et d'agrès. Des danseuses vêtues de jupes fendues dévoilent des hanches rondes, des chevilles légères, et passent comme des ombres entre les tubulaires.

À l'intérieur, dans un vacarme de musiques et de rire, les artistes déploient le ballet infini de leurs péripéties, de leurs dialogues et de leurs personnages : Coralis est à la corde et Vitalis est à la perche, Igor dresse les singes et l'Hercule dompte les tigres… On y fait la connaissance d'Anna l'équilibriste et d'Olga la transformiste, de Régis le fildeferiste, d'Éliane, la femme à l'épée… On y croise les chimpanzés de Kate Storm, les ânes dressés de Saint-Cyr, les éléphants d'Amédéo, les tigres de Java emmenés par Maia Landwoska. Sans oublier une armada d'écuyères aux noms délicieux : Honorine, Apolline, Rosine… Toute une nomenclature furieusement XVIIIe. Quand Madame Bartolini a besoin d'un nom, elle va le chercher chez Choderlos de Laclos ou chez Restif de la Bretonne. Parfois, une touche de Molière : Célimène… Elle ouvre un livre, elle le transpose immédiatement dans le réel, circulation infinie entre la scène et la piste, commerce, échange, mouvement, roulement du roman de la vie.

Comme me le signale Georges, il y a fort à parier que ces programmes étaient en grande partie fictifs. En fait, le cirque semble n'avoir compté qu'une dizaine d'animaux et une vingtaine d'employés mais Madame Bartolini sait multiplier le temps et les personnes. Dans une toilette blanche toujours très élégante, bras nus gantés jusqu'au coude, le corps qu'on devine pétulant mis en valeur par un long fourreau blanc, elle fume sans arrêt d'interminables cigarettes. Elle fume, elle fume, elle fume, elle répond avec désinvolture à toutes les demandes et elle fume, elle ennuage toutes ses réponses de nuées de fumée blanche s'échappant avec une grâce infinie de ses longs doigts délicats.

— Madame Bartolini, où doit-on mettre les agrès ?

— Mais par ici voyons, là-bas, où vous voudrez... (*ample geste de la main vers la gauche – un panache de cigarette s'envole de ses mains gantées*).

— Madame Bartolini, le régisseur se plaint qu'il n'a pas été payé.

— La semaine prochaine j'ai dit, je paie tout le monde. Allez, ouste ! (*petit geste du poignet, la cigarette lance quelques étincelles sur la droite*).

Elle boit, elle boit beaucoup, du punch et du campari « *con limone e ghiaccio* » : « elle a une sacrée descente », comme dit l'Hercule – qui la craint comme la peste –, mais personne ne l'a jamais vue ivre. Il suffit qu'elle arrive dans une loge pour que les artistes s'affairent, se pressent, se bousculent, pour que soudain les écuyères se maquillent plus délicatement, que les gymnastes s'étirent méthodiquement, que les jongleurs se livrent à leurs exercices le plus méticuleusement possible.

Elle a sans cesse de nouvelles idées. C'est elle qui, un matin, rapporte du marché un drôle d'adolescent d'origine indéterminée, le corps tout en longueur et en décontraction, les yeux tirés, le nez pointu et le teint blême. Cette sorte de squelette ambulant deviendra « l'homme-caoutchouc » : sa maigreur terrible, sa face hâve et ses pommettes saillantes, le tout accentué par un maquillage somptueux, feront de lui une des vedettes du cirque. Une autre fois, ce sera un marin farfelu embauché sur le quai aux Boutres qu'elle transformera en quelques jours en un plongeur délirant, enchaîné et cadenassé dans un coffre recouvert d'un velours sombre au fond d'un aquarium encerclé de trois alligators.

Elle gère ainsi la vie quotidienne de la troupe, conseille la costumière, aiguillonne les trapézistes, houspille le metteur en scène, enguirlande le décorateur... Avec elle, tout est calculé, et pourtant l'imprévu est partout. Elle est toujours prodigieusement occupée mais elle ne fait jamais rien. Elle promène sa silhouette excentrique et sportive au milieu de tous ces gens hâlés, aux vêtements bizarres et aux yeux curieux.

Sa passion pour la musique classique est dévorante, inébranlable. Elle veut du Mozart pour les chevaux et du Monteverdi pour les acrobaties. Le plongeur ligoté et menotté descend au milieu des crocodiles au son d'un quatuor de Haydn. Dans l'agitation confuse et désordonnée du cirque, elle dépose sur toute chose un rythme unique mêlé d'une élégance étrange et d'une bienveillance aristocratique.

Dans ses grandes robes blanches, elle improvise l'impossible. Elle transforme une guenon phtisique en gorille triomphant, de quatre enfants souriants juchés sur un cheval fourbu elle fait un carrousel tourbillonnant. Un éléphant gris à l'air sec et maigre, aux yeux rouges, au poil usé par le frottement contre les parois de la cage, se métamorphose en quelques instants en un grand Éléphant blanc, un pachyderme sacré venu tout droit du royaume du Siam, la robe couleur de neige et les yeux couleur de miel, les oreilles triangulaires déployées comme des ailes ! Elle adapte, elle arrange… elle modernise, elle modifie…

Les vêtements des artistes ? Des débris de toilettes anciennes qu'elle métamorphose en saris semés de fleurs, des kimonos vert crabe ou rouge crevette, des tuniques uniques, de somptueuses robes violettes où des oiseaux courent sur les branches des manches…

Les instruments de musique ? Au milieu des violons et des cordes, on discerne des manches de casseroles, des becs de cafetières, des tuyaux de poêle… : toute une quincaillerie de cymbales et d'objets ménagers échappés des cuisines. On dit qu'un soir, sous son commandement, les musiciens de l'orchestre ont démonté les grilles du jardin public, aussitôt transformées en sistres et triangles… Dans le Cirque Bartolini, rien ne se perd, tout se crée, se recrée. Elle remanie, elle renouvelle, elle rénove, elle renverse et elle retourne, elle transmute – elle transpose. Elle sait tous les secrets et les métamorphoses.

Tout cela suscite en même temps de l'inquiétude et de l'émerveillement : c'est à ce mélange après tout qu'on reconnaît le cirque et c'est pourquoi il s'agit d'un art à part entière.

Parfois le public gronde, il se rend bien compte de la supercherie… Un soir, une opérette féerique et nautique montée de bric et de broc avec trois figurants recrutés à la hâte suscite un tonnerre de jurons, une tempête de protestations. Appelé en renfort, « Rex le roi des clowns » – un vieil énergumène usé en maillot blanc et bretelles qui a l'air d'un pauvre diable au faciès argenté – ressort sous les huées et les jets de mangues pourries. Le public est terrible !… Quand le mécontentement explose, les objets les plus divers sont catapultés des tribunes, galets des plages, cailloux des montagnes, bananes-missiles, ananas survoltés, poules vivantes au plumage hérissé… On les hue, on les conspue, on les accuse de vols, de viols, de grivèleries, d'enlèvements !

Mais les gens reviennent, dix fois, vingt fois de suite. Quand on présente le numéro de l'Éléphant blanc, il faut élever des barricades pour encadrer la foule.

« Blanc comme neige – seul son pénis est rose ! »

précise le programme, allègrement. La file d'attente s'allonge sur une centaine de mètres, un murmure sans fin s'élève dans la nuit du cirque, un tintamarre burlesque à donner le vertige, ponctué de crachats d'hommes, de cris perçants de femmes et de rires d'enfants, une procession de pieds qui pataugent dans les flaques fangeuses et la poussière du temps.

Les artistes, les danseuses, les animaux… les acrobates… les musiciens, surtout… ils les détestent mais ils ne peuvent pas se passer d'eux. C'est leur petite réserve de vie, leur exutoire du soir… La seule parcelle de vérité dans le rance de leur existence… Car, au fond d'eux-mêmes, les gens savent bien qu'ils n'ont que cela pour vivre, qu'il leur faudra après ces éblouissements ramener dans la nuit noire tout le souci de leur vie, le poids de leurs tourments et le désespoir de leurs enfants.

Et c'est ainsi que, chaque soir, le petit Cirque Bartolini se transforme en *The Largest Circus in the Indian Ocean.*

ÉLOGE DE L'ACROBATE

C'est dimanche. Volée de cloches au réveil. Les draps blancs, la petite chambre dévorée par les papiers, l'odeur de la cire, que le soleil qui entre par la fenêtre décompose en brins de poussière chargés de nuances de résine, de plâtres et de poix.

Comme chaque matin, Georges m'apporte le journal. Je lui dis combien l'horoscope malgache me réjouit. Trois calendriers régissent la vie des Malgaches, m'explique-t-il : le calendrier officiel (grégorien), le calendrier agricole, lié au cycle solaire qui rythme les travaux des champs, et le calendrier des destins, qui compte trois cent cinquante-cinq jours. C'est ce dernier, luni-solaire et d'origine arabe, qu'utilisent les devins pour déterminer le moment favorable pour chaque activité et dresser les horoscopes. Ce peuple chevauche les temps et enjambe les planètes.

L'horoscope de ce matin me ravit particulièrement, rempli de conseils aussi simples que savants :

Amour : Il faut savoir se lever et oublier les mauvais moments.

Santé : Nettoyez bien votre jardin et videz votre poubelle. Réparez la toiture de votre maison.

Mais surtout celui-ci, en plein cœur de mes préoccupations :

Travail : Ne négligez pas les détails même si vous n'aimez pas les petites choses.

Les astrologues malgaches, les fameux *mpanandro*, ont raison. Ne pas négliger les détails. La commode de Georges est dans un coin, elle m'attend. J'ouvre un tiroir… J'ouvre un deuxième tiroir…

*

Parmi les artistes du Cirque Bartolini, trois se détachent, qui sont toujours placés en point d'orgue, à la fin du programme. Ce sont les figures les plus marquantes, celles qui ont droit dans les journaux aux articles les plus détaillés. À tout seigneur, tout honneur : Arthur Dai Zong.

Arthur : c'est lui qui est dans la première tombe, la plus à droite, contre le mur, comme si elle cherchait à sortir de la clôture du cimetière. Un petit gymnaste chinois bondissant, aux mains fines et aux mollets musclés, dont le nom sonne comme un gong : Arthur Dai Zong.

Arthur : les yeux bridés, le nez pointu, la bouche traversée d'un sourire indéfinissable (« une sorte de Mona Lisa chinois » dit de lui Madame Bartolini). Son menton très allongé est dévoré d'une petite barbe qu'il caresse constamment. Mais le plus impressionnant, ce qui frappe tous ses interlocuteurs, ce qui revient comme un refrain dans tous les témoignages à Madagascar comme en Chine, ce sont ses mains. Les mains d'Arthur ne tiennent pas en place, elles volettent toujours de son menton à son sourcil, d'une cigarette au cendrier, elles tracent dans l'espace des volutes sans nombre et qui semblent n'avoir jamais de fin. Un couteau, un caillou, un stylo... les mains d'Arthur ne sont jamais vides, elles ne peuvent rien laisser en place, toujours elles travaillent à déranger les choses, à les faire voltiger, à les déplacer, à les mettre en équilibre, à la lisière, en suspens... Les gens disent de lui qu'il a des ailes à la place des mains.

Arthur est né au sud de Pékin, dans la région de Wuqiao, à la frontière des provinces d'Hebei et de Shandong. Son vrai nom est Ha Chou, mais tout le monde l'appelle Arthur : comme Maxime, en changeant de pays, il a changé de nom. Depuis plus de vingt ans, la famille Dai Zong multiplie les voyages à Madagascar : c'est d'abord son oncle qui s'y installe à la fin du XIXe siècle pour fuir la première guerre sino-japonaise. Puis son père, qui débarque en 1905 pour, comme des milliers d'autres Chinois, bâtir les lignes de chemin de fer. Resté seul avec sa mère, le jeune homme grandira dans la légende de ce père voyageur. À peine âgé de vingt ans, lui aussi partira vers l'océan Indien. C'est à l'île Maurice qu'il sera recruté par Madame Bartolini comme « cuisinier et acrobate ».

Il faut connaître un peu la Chine pour comprendre. J'ai fait le voyage il y a deux ans. J'en garde un souvenir merveilleux, parce que c'est un très beau pays d'abord, et aussi parce que c'est là que j'ai rencontré Li-An. Il y a deux ans donc, je procède par trouées successives, je pars de Tokyo, je remonte par Paris, puis une escale à New York pour une conférence, et je me translate vers la Chine… le xian de Wuqiao… le port de Canghzou… l'avion, puis le train, puis des routes de plus en plus étroites, Xiaomachang… J'avance encore, je troue New York pour passer une centaine d'années auparavant, dans la campagne immense, où le ciel s'abaisse vers les arbres. C'est là, dans le parfum des rizières et parmi les gens qui parlent de la récolte qui approche, après une heure de marche nocturne sur un chemin de sable jaune, que j'ai retrouvé la trace d'Arthur, au milieu de la vaste plaine de la Chine du Nord.

Baigné à l'est par la mer de Bohai et adossé à l'ouest aux monts Taihang, Wuqiao est un pays de plages et de plateaux, de montagnes et de vallons. Le district est réputé depuis des millénaires pour ses acrobates : on dit que, dans ses villages, chaque famille est une troupe en puissance. J'ai vu, dans un hameau de Xiaomachang, certains tombeaux couverts de fresques datant de la dynastie des Wei de l'Est. Nous sommes au VIe siècle avant Jésus-Christ, et on y trouve déjà des filles jonglant avec des assiettes et des garçons se déplaçant sur les mains. Ils sont accompagnés de musiciens en costumes avec des cithares, des cloches, des tambours et des instruments à vent. Au centre, un homme danse, une croix en équilibre sur le front, tandis que deux jeunes gens autour de lui imitent le vol des hirondelles pour s'infiltrer dans des anneaux très étroits : le corps joyeux et attentif se transforme, il passe à travers les cerceaux de l'espèce, roulades et cascades, il se fait vent, dragon, oiseau.

Autant dire que ce n'est pas à un Chinois, surtout natif de Wuqiao, qu'on va donner des leçons d'acrobatie. Les registres du district font référence à un écrit de Fan Jingwen, un conseiller du cabinet des Ming lui aussi originaire de Wuqiao. Intitulé *Visite du Jardin du Sud*, ce texte décrit un spectacle équestre à la Terrasse du vent (porte sud de la cité) : « Quelques chevaux galopent sur la piste avec la rapidité de l'éclair. Les cavaliers adoptent toutes sortes de postures : couchés sur le dos ou à plat ventre, recroquevillés sur eux-mêmes ou simplement accroupis, en amazone ou à califourchon, les mains embrassant le cheval ou en l'air, sautillant ou figés debout, les pieds touchant le sol ou mis à côté du cheval ; parfois ils lâchent les rênes et quittent les étriers. Lorsqu'on croit qu'ils vont tomber à terre, ils remontent à cheval avec une habileté incroyable. »

On ne s'étonnera pas de trouver tant de chevaux dans ces exercices d'adresse. Car la province de Shandong est aussi le pays de Sun Tzu, l'auteur de *L'Art de la guerre*. L'acrobatie, sous ses dehors festifs, n'est pas un simple divertissement : c'est une manière très spéciale d'être au monde, un combat aérien en même temps qu'une lutte *en sous-main*. On devrait peut-être lire en ce sens les dernières pages du livre de Sun Tzu, le fameux chapitre XIII où il insiste sur l'importance des agents secrets et en dresse une typologie... Dans le réseau magique qu'il met en place – le « divin écheveau » – une place de choix est réservée à certains espions, qui sont appelés « les agents vivants » ou « les agents volants » : sous une allure commune ou même disgracieuse, ce sont « des hommes lestes, vigoureux, hardis et braves ». Ils peuvent bien avoir l'air gauche ou inoffensif, mais ce sont eux que l'on envoie collecter des informations au moment opportun. De l'acrobate, ils ont les manières furtives et la rapidité d'exécution, le coup d'œil et l'intrépidité. À la différence des agents-suicides, ils reviennent faire leur rapport après leur mission. Le paradoxe est que ces fils de paysans, toute leur vie attachés au travail de la terre, aient donné au monde – en même temps que des poires juteuses et de petits jujubes à robe rouge, à pulpe jaune – les acrobates les plus véloces et les stratèges les plus subtils.

Ce côté agent secret lui servira plus tard, nous le verrons. Mais pour l'instant, Arthur est davantage dans le registre cavalcade, chevalier volant. Dans ses numéros, clin d'œil peut-être à ses origines terriennes, il utilise un ensemble d'objets venus du domaine agricole, vases, récipients, cruches, marmites, pichets… Mais c'est pour aussitôt les faire valser dans les airs. Dans le *Jeu des jarres* par exemple : « les jarres destinées à contenir les grains des récoltes ne sont plus de lourdes amphores de terre, elles s'envolent sur ses pieds puis retombent en équilibre sur sa nuque ». Les porcelaines, la poterie, la terre cuite, l'émail cloisonné, tout lui est bon : dans chaque matière, il puise un réservoir intarissable de mouvements qui semblent naître des ustensiles eux-mêmes, soudain libérés de la férule du travail et rendus à leur vie frémissante, bondissante, tournoyante… À son contact, les outils se soulèvent, les bibelots s'enchantent.

Je continue à feuilleter les programmes… On ne dispose pas de descriptif pour tous les numéros d'Arthur, mais leurs simples titres suffisent pour redessiner les contours d'un paysage tourbillonnant, à la fois poétique et athlétique. Comme pour signifier qu'il va vous mettre la tête à l'envers, Arthur commence souvent avec une *Pagode*. Qu'est-ce qu'une *Pagode* ? Des bols sont saisis par les doigts de pied et posés sur la plante, ils passent d'une jambe à l'autre, sautillent, s'enroulent le long des chevilles, puis remontent en équilibre à la pointe de l'orteil en suivant les accents aigrelets d'une flûte en bambou. L'acrobate fait le tour du cirque sur les mains. Il faut savoir vivre ainsi, avec la tête penchée, regard oblique, perspective décalée.

Pagode de bols avec appui sur la main, *Pagode de bols des deux hirondelles en plein vol*… Soudain, un *Pagodon de paniers à fleurs* ! Pourquoi cela s'appelle-t-il une *Pagode* ? Parce que, comme dans une pagode, le rythme monte régulièrement, les numéros s'enchaînent ou se superposent, on passe aux agrès, aux anneaux, aux cordes, aux échelles… – et l'on se retrouve soudain sans s'en rendre compte là-haut, tout là-haut, dans le bleu du ciel.

Certains soirs cependant, Arthur s'ennuie des roulades et des pagodes, il sort son vélo. C'est sa spécialité, sa botte secrète : le vélo acrobatique. Tout ce qui est cycle, cercle, roue, le propulse dans une ronde joyeuse. Juché tour à tour sur un monocycle, une bicyclette, un tricycle et même un cyclo-pousse – toute une corolle de vélos au Cirque Bartolini – il virevolte comme une toupie, multiplie les pivots et les manœuvres, les pirouettes et les déviations…

Dans le *Jeu de bols sur monocycle*, le voici ondoyant sur une table ronde : son pied gauche pédale tandis qu'avec son pied droit il lance des bols, des fourchettes et des cuillers qui retombent avec une précision inouïe dans le panier placé sur le sommet de sa tête. À vélo, Arthur peut tout faire : endroit, envers, rétropédalage, descente subite sous le cadre, passage à l'équerre, montée à la verticale… La foule ne le lâche pas d'une semelle dans ses circonvolutions. Debout sur le guidon, accroupi sur les ailettes des roues ou pédalant à reculons, il est en même temps la force et la souplesse, la hauteur et le renversement. Sur le sol, sur une planche, sur un fil, rien n'arrête cet encyclopédiste du vélocipède, déployant dans le cercle de la piste son catalogue vivant de postures virtuoses.

C'est que le rond est libre, il n'a ni commencement ni fin. À la fin de son numéro, presque à l'arrêt – bras écartés pour l'équilibre, la victoire et le salut –, il tourbillonne à droite et à gauche des milliers de tours, sans se lasser, sans s'arrêter.

*

La deuxième figure de proue du Cirque Bartolini, c'est Axel, le funambule. C'est un garçon un peu pâle, au teint fragile. Le plus âgé des trois saltimbanques est aussi le plus influençable : il y a fort à parier que c'est Maxime qui l'a embarqué dans ce voyage. Axel, qui est l'aîné d'une grande famille de notables de l'île Maurice, ne s'entend pas avec son père, trop bourgeois, trop sérieux à ses yeux. Lui aime le cirque et les poèmes, il rêve de devenir artiste ou baladin. Quand il rencontre Maxime, il est immédiatement fasciné par cette boule d'énergie issue d'une famille bien en dessous de la sienne mais qui tire de cette pauvreté un surcroît de liberté.

Languide, longiligne, un peu efféminé, Axel est d'une grâce touchante. Mais sous ses allures graciles, c'est un athlète redoutable : on dit que des trois acrobates, c'est le plus assidu à l'entraînement, et qu'il peut rester toute une soirée en équilibre sur son fil à répéter un exercice jusqu'à ce qu'il en soit satisfait. « Qui, s'il est normal et bien pensant, marche sur un fil ou s'exprime en vers ? demande Jean Genet dans son merveilleux poème *Le Funambule*. C'est trop fou. Homme ou femme ? Monstre à coup sûr. » Effectivement.

Dans le Cirque rouge, son numéro plonge le public dans un subtil mélange de suspense, d'angoisse et de contentement. Axel évolue sur un mince fil de laiton tendu, suspendu à grande hauteur et soutenu par deux croix métalliques posées au sol. En bas, l'arène, la vaste étendue de sable. En haut, dans les airs et le feu : Axel doit passer par une série de cercles, de grosses cordes de raphia tressées et enduites de suif qui s'enflamment quand il les traverse. Il se sert d'un balancier pour garder l'équilibre, lesté aux extrémités de petites poches de sable, ce qui augmente et distribue sa masse et lui donne le temps de corriger sa position. Il est là, entre la mort et le miracle. La vie est suspendue à un fil, et pour une fois l'expression veut dire quelque chose. Il a de l'*aplomb*, à coup sûr. Danseur solitaire, merveille embrasée.

Vers le milieu du parcours, plusieurs journaux le signalent, Axel connaît souvent une période difficile : « Tu connaîtras une période amère – une sorte d'enfer –, dit encore Genet (qui s'y connaît décidément en funambule), et c'est après ce passage par la forêt obscure que tu resurgiras, maître de ton art. » Spectacle dantesque, donc. Arrivé au milieu de son pèlerinage, seul sur son fil, Axel regarde devant, puis il regarde derrière : pas question de faire demi-tour, le chemin du retour est aussi éloigné que celui qui l'attend, d'ailleurs voyez c'est le même, il suffit d'être ainsi suspendu pour le sentir, pour le savoir, et au-dessous c'est le gouffre, le plus simple au fond serait de s'y laisser glisser...

Le funambule au milieu de son fil est comme le nageur entre deux rives – un citoyen entre ses deux pays – à égale distance de l'une et de l'autre. Perdu outre-mer. Ne croyez pas qu'il soit si facile d'être un enfant d'outre-mer. Les continents ne sont plus en vue, les repères s'éloignent... Alors il n'est rien d'autre qu'un feuillage fragile, traversé par les vents. La moindre brise lui est tempête, le plus petit souffle de l'air un tourbillon affolant. La désolation le guette, le marasme, l'apeurement. Les muscles se raidissent, un peu fatigués déjà. Il sent l'engourdissement qui gagne les doigts, une rigidité lui grimpe le long des mollets... Il serait si facile de s'en tenir là. S'accroupir sur la corde, rejoindre un bord ou bien l'autre – qu'importe – en rampant...

Mais ce n'est rien, les meilleurs ont connu ça. Le modèle d'Axel, c'est Blondin... Jean-François Gravelet, le Grand Blondin, le premier à traverser les chutes du Niagara sur un câble et qui répétera plusieurs fois son exploit au milieu du XIXe siècle. Quand Blondin arrive au milieu de ses trois cent trente-cinq mètres de corde, au-dessus du précipice grondant, auréolé d'une brume de vapeur montant du gouffre et d'une infinité de gouttelettes poudroyantes, il débouche une bouteille de vin et se sert un pichet, là, au-dessus de l'abîme ! Une autre fois, il sort un réchaud et se fait cuire une omelette sur le fil. Toujours à cet instant de la traversée, il y a ce moment d'épouvante, auquel il choisit de répondre par l'humour.

Le Grand Blondin franchira à plusieurs reprises les cataractes blanches, en corsant chaque fois un peu plus la difficulté de l'exploit : une fois, ce sera les yeux bandés, une autre fois les pieds dans un sac, ou encore les mains menottées… Il s'agit bien sûr d'inventer des exploits de plus en plus audacieux, mais aussi de se singulariser de plus en plus, de confirmer à chaque pas l'infinie précision de sa propre personne dans le vacarme ambiant.

Avec cela, il entraîne le monde entier avec lui, ses amis, sa famille, son imprésario… Au Crystal Palace de Londres, en 1862, il pousse à cinquante-cinq mètres au-dessus du sol une brouette dans laquelle il a installé sa fille de cinq ans : celle-ci, tout sourire, lance sur la foule en contrebas des pétales de roses à pleines brassées ! Spectacle irréel, poétique et fleuri, une belle preuve d'amour filial : évidemment, interdit tout de suite par le ministre de l'Intérieur, alerté par la presse qui se répand en récriminations sur le sort de l'enfant. Mais que voulez-vous dire à ce monsieur qui est là-haut comme chez lui ?

La scène de Blondin, c'est le monde. On l'a oublié, mais les chutes du Niagara furent longtemps surnommées « les chutes à Blondin » : il s'était approprié ce lieu, le laissant libre et ouvert à tous vents mais l'habitant de sa présence singulière. Un fil tendu entre l'air et l'eau, un élan.

Alors Axel se remet en route, doucement. Les reins ont retrouvé leur assise, le pied mord plus solidement le long de la corde tendue. La respiration est à nouveau fluide, silencieuse. Toutes les articulations sont en état de marche, vertèbres, rotules, rouages, la pensée progresse le long des cartilages. Il traverse le gouffre, les cercles, le feu, et il ressort là-bas, dans des nuages de fumée et une explosion assourdissante. Il sourit. Le funambule est une île, qui se souvient des continents et les salue de loin.

*

Je m'arrête un instant, j'ouvre le dictionnaire. Le mot « acrobate » est de la même famille que « microbes » : il vient du grec, de *acro* (extrémités) et de *bios* (la vie). L'acrobate grec était celui qui savait se déplacer sur la pointe des pieds ou sur un fil, sur un mât, sur un agrès : à l'extrême. En un mot, il s'agit de vivre sur des pointes. Maxime en est l'exemple parfait : il est têtu, il est pointu.

La vie aux extrémités, la vie des doigts, du bout des lèvres, de la plante des pieds… Orgueil des orteils, des ongles, grâce des cils. C'est le tact en ondes, le mot sur la pointe de la langue. Les mains parlent et les pieds tracent sur le sol une étrange calligraphie, comme si l'on posait physiquement la question du langage.

On dit souvent que l'art du cirque est celui qui consiste à composer entre eux tous les autres. Toujours, ils chevauchent. Ils *composent.* Ce sont des multi-appartenants. Ils n'ont cure d'établir des frontières bien précises à leur souveraineté. Dans chacun de ces gestes, il y a un certain rapport au savoir (« on dirait que la connaissance a trouvé son acte », écrivait Paul Valéry des danseuses) et une grande science du multiple. Chacun de leurs pas, chacun de leurs gestes ouvre un espace entre-deux, un idiome alternatif, une science des intervalles qui peut se pratiquer dans de nombreux domaines : langue, cuisine, musique, médecine…

Dans le Cirque Bartolini, les écuyères, tréteaux du cœur volant, *savent* sauter de diverses manières sur un cheval en marche ou arrêté. Elles peuvent aussi se tenir à genoux sur la selle, assises sur la plante de leurs pieds retournés. Arthur Dai Zong *savait* chanter la tête en bas, avec une toupie tournante sur la plante du pied gauche et un sabre en équilibre sur la plante du pied droit. Axel le Funambule *savait* monter à vélo sur un fil et brandir un foulard de soie. Ils semblent à chaque volte nous poser une question : et vous, de quelles traversées êtes-vous capable ?

*

Mais le plus étonnant de ce trio, c'est Maxime.

Il y a ceux qui savent porter et ceux qui savent lancer. Ceux qui font le pont et ceux qui font la roue. Ceux qui soulèvent, ceux qui retiennent, ceux qui projettent… Les spécialistes du juché et les adeptes de la rotation… Maxime, lui, sait tout faire, c'est précisément pour cela qu'il a été engagé. « Possibilité d'alterner les rôles, porteur, voltigeur, joker… » : cette phrase, je l'ai retrouvée dans un des carnets de Madame Bartolini. Elle l'a rédigée à la hâte juste après la séance d'embauche de Maxime. C'est la première description écrite que j'ai retrouvée de mon grand-père, et je trouve qu'elle lui va bien.

Au sol, porteur, observateur, voltigeur… Au ciel : équilibriste, danseur de corde, trapéziste. Il peut remplacer *au pied levé* la plupart des autres artistes. C'est ce qu'on appelle, dans le vocabulaire du cirque, un *joker*. Jeune homme au corps buissonnier, gymnaste étincelant.

Un carnet de croquis – peut-être lui aussi de la main de Madame Bartolini – nous le montre dans toute la palette de ses dispositions. Maxime a un superbe costume couleur rubis avec des découpures noires : c'est un elfe cerise, un lutin carmélite. Lorsque la gardine s'ouvre, le grand rideau de velours rouge qui sépare les coulisses de la piste, toute une vivacité de situations et de sensations différentes le parcourt. Il entre dans le champ clos de sa chair attentive, au pays qui respire et qui bat sous sa peau… doigts-doigts, pieds-poings, mains-poignets, mains-coudes, il pense déjà où, quand et comment poser chacun de ses appuis.

Il frappe dans ses mains. La magnésie réduit la transpiration et améliore la prise, mais c'est aussi l'entrée, avec son odeur d'oxyde, dans un spectacle de poudre blanche où toutes les formes se dissolvent. Le sang circule, la porte s'ouvre et le corps parle. Alors, c'est la joie de l'en-piste qui commence.

Ici, les carnets de notes de Madame Bartolini sont précieux et précis : Maxime est « vif, attentif », il « s'ouvre comme une corolle à la réception des sauts », il sait aussi « se resserrer pour se protéger ».

Canevas technique : « alternance des temps forts et des temps faibles ».

Ligne du corps : « élancée, élégante ».

Posture : « tonique ».

Elle note aussi l'extrême variation des vitesses, et la ponctuation quasi musicale des appuis sur le sol, comme en témoigne cette notation étonnante, semblable aux indications d'une partition : « Modéré, vite, fort, doux, gai. »

Un défaut cependant, relevé lors des entraînements : « il rechigne à l'alignement ». En revanche, il peut intervenir dans toutes les combinaisons, assis, debout, couché, statique ou dynamique, en pyramide, en bloc ou en colonne, en solo ou en trio… Joker : je t'aide à monter et à te maintenir en équilibre sur un porteur. Le but est que tu tiennes seul, seul contre le monde entier s'il le faut. Puis je t'aide à descendre simplement. Je peux aussi t'aider à descendre de façon acrobatique : je te porte, je te soulève, je te projette et je te maintiens. Je te lance dans l'espace ouvert, dans la féerie du ciel de toile blanc et bleu. Je t'exulte, je te catapulte.

Quand vient son tour, Maxime scrute d'abord les parties osseuses saillantes, il évalue les masses musculaires, leur élasticité, leur robustesse… Étrange rapport de ce corps à lui-même et à tous les autres. Il les palpe, les enrobe, les survole, du plat de la main ou de la volte de l'œil ; il reconnaît au passage les surfaces d'appui les plus solides, les zones de positionnement stratégiques, les parties les plus aptes à l'envol… C'est la grande géographie des corps.

Mains sur bassin, mains sur épaule et bassin, mains sur épaules : la première chose est d'envisager les différentes possibilités de contact. Puis, très vite, passer sous les membranes, détecter les nervures et les articulations. On capte, on grimpe, on se saisit, on s'envole : les choses les plus importantes se jouent là, dans l'intervalle.

Puis-je poser mon pied ici, ma main à cet endroit ? où et quand précisément, et pour combien de temps ? Dans quelle forme est mon partenaire ce soir ? Est-ce que je le propulse pour un saut, un double saut ou pour une vrille ? Un bon acrobate est d'abord un excellent physiologiste : il radiographie le corps des autres, il le traverse de part en part, et tout cela doit être fait très vite, *à l'instant*. Les yeux, le front, les lèvres, la langue, les organes de la voix, les bras, les jambes, le maintien, la couleur du visage, les glandes salivaires, le cœur, le poumon, l'estomac, les artères et les veines, et tout le système nerveux, frissons, chaleur… Tout est important. Balayage externe et interne, scanner intégral : il connaît le monde par ses cinq sens, et par un autre sens encore. Il sait ce qui se passe dans le corps à chaque instant.

Et maintenant, roulement de tambour infini… C'est le dernier numéro, le clou du spectacle avant la parade finale : le trapèze. À la fin, tous les autres épuisés, lui seul encore debout, plus personne ne peut le suivre. D'abord un crocheté des deux jambes, suivi d'une traction des bras : le voilà qui monte, il va chercher la lumière, projecteurs en surimpression sur le corps. Corde lisse, corde volante, il monte, il va rejoindre le trapèze…

Le trapèze est un bateau : on entend le bruit du bois qui craque, les cordages tanguent, on sent le souffle du vent. La traversée va commencer… Quelques instants de silence, deux ou trois balancements, il commence par quelques passes pour tester progressivement son équilibre. Les figures s'enchaînent : la *Grenouille basse*, la *Grenouille haute*… *Cigogne avant*, *Cigogne arrière*… Tous ses esprits animaux s'échauffent, se posent, se disposent… Il sort de la confusion, il s'ordonne. Il est synchrone. Un tour de corde et puis, très souplement, il enchaîne avec des figures géométriques : d'abord l'*Équerre*, puis le *Carré*. Les muscles des bras se tendent, mais le visage ne montre aucune trace d'effort. Montée à la verticale… Attention, station. Une bascule en avant, voilà *La Sirène et le Goéland*.

Il y a l'engagement physique de l'agrès, la force musculaire, mais il y a aussi autre chose : le rythme et la respiration, une certaine manière de pas être dépassé par la vitesse et par l'énergie qu'il développe, d'être toujours présent à la bonne pulsation. L'équilibre est un déséquilibre constant, un jeu de forces et de mouvements. Surtout, ne pas forcer. Au contraire, lâcher du lest… Le savoir-faire, ici, est un lâcher-prise : compression du muscle et détachement de l'esprit, tout est dans le souffle. Tout est dans la *détente*, c'est le mot qu'il faut, qui signifie à la fois l'impulsion et le repos. Alors le corps tout seul s'ajuste, la jambe autour de la corde, la main posée sur le bois… Soudain, tous les appuis tombent juste, et cette exactitude est l'autre nom de la beauté.

Maxime sourit, remonte sur son hauban, agrippe une seconde corde… Un peu de repos et voici la figure du *Hamac*. Suspendu à cinq mètres de haut, il s'allonge entre les deux filins, d'un air nonchalant. Madame Bartolini envoie un petit air de clavecin… C'est du Couperin. Courante, sarabande… Le public rit, lui aussi reprend son souffle. Mine de rien, pendant ce temps, le chapiteau s'est transformé en une grande cathédrale de silence. Là-haut, l'archange volant reprend : *Le Bateau*, *La Cavale*, *Le Drapeau* et – retournement complet – l'étrange figure du *Temps cambré*. Enfin, *L'Avion* et puis, toute simple, *La Croix*. Là, il tient plusieurs secondes, ses bras sont deux grandes ailes blanches.

Puis soudain, c'est l'envol.

Le triple saut périlleux avec vrille est la spécialité de Maxime : d'un seul mouvement, il va passer d'un trapèze à un autre situé à quelques mètres en contrebas dans le silence religieux d'une foule suspendue à ses épaules, à ses bras, à ses jarrets. Trois tours dans l'espace dans son costume rouge comme une roue incandescente. C'est un moment étrange, où le temps n'est pas arrêté – comme le veut un cliché tenace – mais bien plutôt déployé dans sa diversité folle.

Il y a une seule photographie de Maxime en train d'accomplir sa célèbre vrille, je l'ai retrouvée dans les papiers de Georges. Elle est de mauvaise qualité, décor trouble, cadrage flou, visage bougé. Mais il y a quelque chose d'émouvant à voir cet homme seul, lancé dans l'immensité d'un ciel de toile bleue soudain rendu à la nuit un peu bistre du papier dévoré par les ans. Le photographe a dû appuyer sur le déclencheur peu après le départ du saut et, compte tenu de la vitesse de réaction de l'objectif, Maxime a été saisi – ou, pour mieux dire, intercepté – au moment où il est au sommet de sa boucle, bras tendus dans le noir, un peu comme les plongeurs olympiques juste avant le piqué. Malgré la médiocrité du cliché – ou peut-être précisément grâce à elle –, on comprend vite l'extraordinaire puissance légère de ce fou volant. Il est debout dans le noir, les bras ouverts, les mains cherchant le ciel. Là, il rompt le cercle de l'espèce, il s'extrait du cycle, il s'éclipse – et c'est comme si chaque roue lui faisait franchir un nombre infini de degrés de liberté. C'est un nouvel espace-temps, tissé par la lumière, gravé par la matière, un temps élastique et qui n'obéit plus.

*

Maxime, acrobate. Oiseau tranquille au vol inverse. Hors du vol, point de salut. Il faut se faire volant, par un long, immense et raisonné déploiement de tous les sens. Rien de prévisible dans ses mouvements, et en même temps rien d'inutile. Oiseau, singe, poisson, plante, il est devenu inclassable. Il est le monde, un monde soudain appris par corps, décomposé, recomposé. Victoire de la voltige.

Ainsi, il entre dans d'autres coordonnées de l'espace et du temps, un autre état du corps lui-même. Il a son *tempo* propre, une sorte de musique organique qui le mène vers le revers des choses, leur source invisible. Il tiendra ce temps-là, le sien, jusqu'au moment de mourir.

Sur ce dernier point, je garde en mémoire un souvenir très précis. C'est vers la fin de sa vie, Maxime a près de soixante-dix ans mais il fait encore chaque matin une série d'étirements au sol et quelques retournements sur la barre de bois curieusement suspendue au-dessus de sa porte d'entrée… (Que nul n'entre ici s'il n'est pas un peu acrobate, c'est sans doute le sens qu'il lui donne.) Le souvenir dont je parle – j'ai cinq ans – concerne une des rares conversations que j'ai eues avec lui, genou contre genou, sur le petit banc de la maison de Mahajanga, de l'autre côté du boulevard, face à la mer. J'entends encore sa voix très spéciale, une voix grave, un peu sarcastique, je sens son eau de Cologne et ses discrets effluves de citron. Comme je le bombarde de questions sur le cirque, Maxime me dit qu'au moment du saut périlleux il fermait toujours les yeux.

— Il suffit de fermer les yeux.

— Fermer les yeux ? Là-haut ?

— Parfaitement. Au bon moment. Cela permet de retrouver le trapèze, les yeux fermés, du dedans.

Il n'essaie pas de me transmettre un savoir, il s'en moque, mais à ce moment-là il est extraordinairement gai et sérieux. Sans arrêt sur son trapèze, il se dédouble et mute, se transforme, change de poids et de vitesse. Il s'évade sans cesse et sans cesse revient au même point de son espace, liane déliée, séquence multipliante. Et le secret – me dit-il – est si simple que même un enfant de cinq ans peut le comprendre, avant que toute sa vie d'adulte ne tente de le lui faire oublier : c'est de fermer les yeux, c'est-à-dire de substituer à tous les repères habituels une sorte de vision interne, impitoyable, acérée. Résistant fondamental, travailleur inqualifiable et chaque jour réinventé. En lui, tout est souffle, son, muscle, musique, voix.

Encore aujourd'hui dans mes rêves, il m'arrive de le voir, assis sur son trapèze dans l'obscurité des cintres, rouge parmi cette ombre. Il est loin. Nous sommes séparés me dit-on par toute une épaisseur de temps, et il serait vain de chercher à le rejoindre. Pourtant, il me regarde : alors tout l'énorme réservoir des choses est rouvert, en toutes directions.

LA BOXE DU BORD DE L'EAU

Ce petit parfum de fleur, c'est elle.

Li-An est arrivée aujourd'hui par l'avion du matin. Les jeux Olympiques sont terminés. Elle rapporte une splendide rondelle de citron, dans laquelle elle croque à belles dents : c'est tout simplement la médaille d'or de l'épreuve par équipes ! Elle est radieuse.

La semaine dernière, son compatriote Lei Sheng est lui aussi devenu champion olympique, le troisième de l'histoire de l'escrime chinoise. Pour cela, il s'est imposé en finale face à l'Égyptien Alaaedin Abouelkassem, qui est pourtant le premier Africain médaillé en escrime aux JO, tombeur du quadruple champion du monde, l'Allemand Peter Joppich, puis du champion du monde en titre, l'Italien Andrea Cassara. Excusez du peu ! Aucun Européen ne figure sur le podium, le bronze étant revenu au Sud-Coréen Choi Byung-chul… « L'escrime continue de s'ouvrir au monde », comme le conclut sobrement le journal du matin.

— Bon, ça avance, ton livre ? Madagascar, ça ne marchera jamais. Madagascar pour les gens d'aujourd'hui, c'est un film d'animation... Il y a des palmiers, des cocotiers et c'est rempli d'animaux. Ou bien alors, une marque de chocolat noir ! Qu'est-ce que tu vas les enquiquiner en leur disant qu'une marque de chocolat noir fait partie de l'Histoire de France ?

Li-An a toujours des petites remarques comme ça, pour me remonter le moral. C'est son côté escrimeur, elle me ferraille, m'éperonne... C'est sa façon à elle de m'aider, de me dire qu'il faut continuer à chercher, vers l'avant et vers l'arrière, simultanément. Comme à l'escrime : on marque les points en avançant ou en reculant. Parade-riposte... Elle sait de quoi elle parle...

*

J'ai trouvé quelque chose pourtant, un scoop de taille ! Tout au fond de la commode de Georges... Rien de moins qu'un exemplaire du *New York Times* du 9 décembre 1924, qui consacre une pleine page à... Madame Bartolini. On y apprend qu'elle se nomme en vérité Sibylle Aimée de Scarlatti, s'octroie le titre de comtesse de Pichon-Janville, et qu'elle est de passage aux États-Unis pour négocier le contrat d'une tournée, qui doit être la première du cirque dans cette région du monde. L'auteur de l'article, un certain Edmund Court, est manifestement tombé sous le charme :

« Un grand nez, une blondeur un peu fanée, mais une élégance brisée de corps dans une toilette blanche d'un goût tout à fait distingué, et voluptueuse, excitante. Elle parle avec amour des bêtes, de son cheval, qui lui écrase les pieds et auquel elle ne peut s'empêcher de porter tous les jours des morceaux de sucre, des chats qu'elle adore, des chiens errants de New York dont sa chambre d'hôtel est devenue le refuge. Elle affirme que tout le monde peut être noble, il suffit de le vouloir, et comme on cause nourriture, elle dit qu'elle n'aime que les côtelettes et les œufs à la coque et qu'il lui arrive quelquefois de dîner et de déjeuner uniquement avec cela. Elle a laissé son fameux cirque dans une île de l'océan Indien, avec ses acrobates et ses danseurs qui attendent impatiemment son retour. »

Ce que Sibylle Aimée de Scarlatti ne dit pas, mais qu'on sait par un autre extrait de journal, malgache cette fois, c'est que ses acrobates et ses danseurs l'attendent avec d'autant plus d'impatience qu'ils n'ont pas été payés depuis trois mois et que Madame Bartolini, qui est partie en emportant la recette du cirque, n'a aucune intention de revenir. En bref, la comtesse de Pichon-Janville s'est barrée avec la caisse. Non sans un certain panache, elle a vendu dans le plus grand secret toutes les bêtes du cirque à un commerçant de la région connu pour sa passion des fauves. Son amour des animaux n'était donc pas feint. Pour les hommes, en revanche, rien, qu'ils se débrouillent : privée de son mentor, la troupe va subsister quelques mois au fil de spectacles de plus en plus maigrelets, puis se dissoudre dans une indifférence à peu près générale, au rythme des départs des uns et des autres.

L'Hercule est le premier à lever le camp, il s'embarque comme cuisinier sur un paquebot en partance pour l'Europe. Axel le Funambule le suit de peu et décide de rentrer à l'île Maurice, d'où il est originaire. Il faut dire ici un mot de l'extraordinaire destin qui l'y attend, et qui mériterait à lui seul un autre roman. J'ai cru pendant un certain temps qu'Axel était celui qui reposait dans la troisième tombe : je pensais que c'était logique, les trois tombes du cimetière de la Corniche ressuscitant pour ainsi dire le fameux trio d'acrobates du Cirque rouge. C'était une hypothèse séduisante.

Mais il n'en est rien : comme me l'apprennent de nombreuses coupures de presse retrouvées dans les dossiers du père de Georges, Axel n'est pas mort à Madagascar car il est rentré à l'île Maurice. En quelques années, il va se remettre aux études (anglais, grec et latin) et, après de multiples revers de fortune, reprendre l'établissement fondé par son père, le collège Bhujoharry, qui deviendra sous sa houlette l'un des meilleurs collèges de garçons de l'île, faisant même concurrence au Collège royal de Curepipe. Il aura également une brève mais éclatante carrière politique puisqu'il deviendra maire de la capitale, Port-Louis, au début des années 1950. Il reste aujourd'hui celui qui a permis à des milliers de jeunes Mauriciens de découvrir la poésie métaphysique de John Donne, *Le Paradis perdu* de John Milton ou *Les Contes de Canterbury* de Geoffrey Chaucer. Le jeune funambule du Cirque Bartolini deviendra ainsi l'un des grands tribuns de la vie intellectuelle et politique de l'île Maurice… Il y a des vies étonnantes, des vies d'orage et d'ouragan, des vies belles comme le feu, qui donnent à leur tour envie de vivre en les lisant.

Mais pour l'heure, c'est au tour des sœurs Vénus de se volatiliser dans la nature : elles emportent avec elles tous les fouets du cirque et, on ne sait pour quels desseins pervers, le nain Groseille ! Ainsi prennent fin les soirées Bordelini. Est-ce une coïncidence, mais exactement au même moment, les ennuis administratifs commencent à pleuvoir sur le cirque, qui a perdu le soutien d'Hassan Ali, furieux d'être délaissé par celle qu'il ne désignera plus désormais que sous le sobriquet de « l'Américaine », refusant jusqu'à la fin de sa vie de prononcer une seule fois son nom. Non-renouvellement de l'autorisation de stationnement dans le Cirque rouge, refus d'accès ou de séjour dans certaines zones pour le spectacle itinérant, qui continuera toutefois quelque temps sous une forme très simplifiée, avant de s'éteindre définitivement vers la fin de l'année 1925…

Quant à Madame Bartolini, à partir de ce moment, on perd complètement sa trace. Est-ce elle, sous le pseudonyme de Sybille-Aimée Bartleby, que l'on retrouve à la tête du Cirque Bartleby dans les années 1930, puis aux finances du prestigieux Barnum & Bailey ? C'est possible, mais rien n'est certain.

Maxime, quant à lui, ne semble pas avoir été surpris par la tournure des événements. En bon acrobate, il a le sens de l'anticipation. Au moment où le cirque commence à péricliter, il a déjà fait l'acquisition d'une petite boutique sur la côte où il vend du savon, du riz, des tissus et surtout de l'alcool, qu'il distille lui-même dans un alambic en cuivre. « Quand l'étoile de mer perd un bras, il repousse », aime-t-il à dire à ses clients.

En quelques mois, profitant de la notoriété que lui a acquise le cirque, il se reconvertit en un habile négociant. Il vend un peu de tout – toute sa vie, il sera rebelle à la « spécialisation », cette manière de ne faire qu'une seule chose à la fois, comme si l'homme n'avait qu'une main, un œil, un hémisphère... Dans sa boutique, on trouve des sables embouteillés, des vanneries en raphia et en satrana, des bouquets de fleurs séchées sur des feuilles de palmier, des maquettes de bateaux en palissandre, des fossiles et de la célestite, qu'il taille lui-même pour en faire des pierres ornementales. Il vend aussi des bucranes, ces têtes de bœuf sculptées utilisées pour la décoration des tombeaux. En somme, tout un artisanat de bois et de corne, de cuir et de corail.

La boutique de Maxime se trouve non loin du Cirque rouge, à Mahajanga, sur la plage d'Amborovy. Une immense étendue de sable fin, entre le jaune et le gris clair :

des sentines, des buissons, des chemins, mêlés de diverses couleurs de graviers et de terres... Ce n'est pourtant pas le paysage qui intéresse Maxime, mais son emplacement : Mahajanga est alors le deuxième port de Madagascar pour l'importance du trafic. À l'embouchure de la Betsiboka, le cours d'eau le plus important du pays – un fleuve aux chutes tumultueuses, teinté de rouge par les quantités impressionnantes de terre qu'il charrie –, la ville est la plaque tournante du cabotage, accessible à la navigation en toute saison. Elle se situe au carrefour de toutes les routes maritimes, Arabie, côte orientale d'Afrique, Comores. Les Chinois depuis des siècles y envoient leurs bateaux : au xe siècle déjà, treize vaisseaux remplis de mille hommes chacun avaient sillonné la région et en avaient rapporté des cartes bien plus précises que celles des Européens, dont Marco Polo s'émerveillera encore trois siècles plus tard.

Au moment où Maxime établit son commerce, quatre grandes compagnies se disputent le marché : les Messageries Maritimes, la Havraise Péninsulaire, les Chargeurs Réunis et la Deutsche Ostafrikanische Gesellschaft de Hambourg (DOAG). On y compte aussi les vapeurs venant de maisons de commerce françaises comme Mantes et Borelli, américaines comme Ropes, allemandes comme O'swald ou Soost and Brandon et surtout anglaises : Procter Brothers, Porter Aitken, Troucht, Laroque, Dupuy... Sans oublier les boutres indiens. Maxime achète et revend à tout ce beau monde. Son livre de comptes, tenu avec une certaine désinvolture, est une caverne d'encre où s'alignent les noms des compagnies multilingues et les produits hétéroclites au milieu de griffonnages elliptiques : sardine, cirage, parfums, tissus de coton ou de lin, métaux et ferronnerie, farine, sucre, huiles minérales, verrerie ou vaisselle, pois du Cap... On y chercherait en vain une quelconque cohérence ou une stratégie commerciale mûrement réfléchie. Bonheur de l'échoppe : c'est le joyeux désordre du monde. Le lourd et le léger, le dense et le diffus, la poudre de riz, les grains de café et les feuilles de tabac y dansent à pleines pages.

Ce qui frappe en regardant le livre de comptes de Maxime, c'est qu'il peut vendre et acheter tout et n'importe quoi : des pierres précieuses, des tissus de toutes origines, de la mélasse, des fleurs coupées, des produits alimentaires, chimiques ou pétroliers... Dans les registres de l'époque, il figure sous cette appellation lapidaire : « commerce informel ». Je l'imagine aujourd'hui : il vendrait des appareils électroniques, un téléphone portable collé à l'oreille sur un marché d'Europe, un autre vers l'Asie, débrouillard et volontaire, échangeant des produits avec la terre entière.

L'alcool tient une place importante dans ces registres comme dans la vie de Maxime : spiritueux, rhums, tafia, grands vins de Bordeaux... Il a déjà un sacré penchant pour la bouteille, qui ne fera que s'amplifier avec le temps, et n'arrangera pas sa réputation. Surtout, il possède un bien précieux – comment se l'est-il procuré, mystère –, un grand alambic de cuivre qui lui sert à distiller de l'alcool à partir de jus de fruits fermentés, et même, quand la demande est forte, à partir d'eau de Cologne. Évidemment, la douane n'aime pas ça : à plusieurs reprises, il sera poursuivi par ses canots à moteur – le gendarme Coquillard a cédé la place au douanier Deschamps puis à un dénommé Ortolan – qui ne réussiront jamais à lui mettre le grappin dessus. Il faut dire que Maxime connaît parfaitement la région, le sens des courants et la direction des vents, et qu'il dispose de deux boutres impeccablement profilés.

Le 12 juillet 1928, il est à deux doigts de se faire pincer mais il en sera quitte pour un délit de fuite. Le rapport de police, avec une pointe de lyrisme insolite qui en dit long sur l'admiration des douaniers pour ce nouveau Mandrin des mers, note que les canots ont réussi à s'approcher de lui à cent mètres, mais que soudain… : « Le vent s'est levé, comme par miracle, et le suspect, hissant la voile avec une rapidité exceptionnelle, a gagné le large soutenu par les bras de Neptune et porté par les ailes d'Éole. » Insaisissable !

Le même rapport est accompagné de deux photographies des boutres de Maxime Ferrier, « deux boutres à voile grecque, l'un à l'arrière carré, l'autre à l'arrière pointu ». Que peuvent les canots à moteur poussifs de la police (les Malgaches les appellent « canots tchouk tchouk ») contre ces merveilles issues de la nuit des temps et qui semblent n'obéir qu'au soleil et au vent ? Ils sont tout simplement imbattables lorsque le boutre est au plus près du vent : voiles dans l'axe du bateau, compromis cap-vitesse, ça file…

*

Pendant ce temps, que fait Arthur ? Il songe d'abord à tenter sa chance dans un grand cirque d'Europe : la Chine est à la mode dans les arts du cirque, c'est l'époque où Chester Kiesling – alias Le Grand Kingston – adopte lui aussi un costume chinois et, sous l'appellation *The Chinese Puzzle* ou « L'homme puzzle », enchaîne les contorsions et les dislocations, ainsi qu'une éblouissante variation d'équilibres sur les mains. Sa femme, Marthe Kiesling-Debussy, fige sur le papier les diverses figures de ce numéro : c'est la nièce de Claude Debussy, une femme très belle (elle sera la première Miss Paris). On peut encore voir ses dessins du Puzzle chinois aujourd'hui, au musée des Arts et Traditions populaires, à Paris.

Mais l'Europe est bien loin, et le voyage coûte cher… Arthur décide alors de monter à la capitale, Antananarivo, pour y ouvrir une école de boxe ! Il essaie un moment d'embarquer Maxime, le bel athlète que l'on sait, dans cette aventure, mais celui-ci est tout à ses affaires, à ses boutres et à ses pirogues. Arthur part seul pour les hauts plateaux.

Arrivé à Antananarivo, l'acrobate vivote pendant quelque temps : il survit d'abord de petits métiers, crieur de rue, vendeur d'arachides, tireur de pousse-pousse… En fait, Arthur cherche un grand bâtiment, du type hangar ou entrepôt, pour le transformer en gymnase : celui-ci doit être à la fois assez vaste pour accueillir des combats et muni de grandes fenêtres pour que l'on puisse aérer le lieu. Il recense plusieurs appentis et baraques qui correspondent assez bien à cette description, mais ils coûtent cher. Arthur rechigne à engager la dépense. Un soir qu'il revient d'un match de football – il raconte la scène dans une lettre à Maxime –, son attention est soudain attirée par une enseigne du côté d'Isoraka : « Maison à louer »... Il s'agit d'un solide bâtiment à étage avec une grande cour, de larges fenêtres et un beau parquet en bois. Le loyer est ridiculement bas. Une aubaine !

Mahaiza manararaotra izao fahamaikana
izao mba hananao tany

comme dit l'affiche, dont Arthur envoie une photographie à son ami :

« Profitez vite de cette belle occasion
pour posséder un terrain ! »

L'affaire est conclue dès le lendemain. La salle de boxe sera installée au rez-de-chaussée et Arthur occupera l'étage.

Madagascar connaît plusieurs formes de lutte traditionnelle : le *ringa*, le *moraingy* ou encore la *savika*, combat initiatique qui oppose les jeunes Betsileos à des zébus, dans une sorte de ballet athlétique à main nue qui fait penser à la danse autant qu'à la boxe. Mais les techniques enseignées par Arthur, tout en empruntant parfois à ces formes locales, sont tout à fait originales puisqu'elles y incluent des arts martiaux chinois. De fait, elles vont remporter rapidement un certain succès.

L'école se nomme « École des Cinq Styles » : le catalogue de présentation qu'il nous en reste explique qu'elle se place sous le patronage d'un médecin légendaire de l'époque des Trois Royaumes, créateur d'une méthode d'éducation physique inspirée des mouvements de cinq animaux – le daim, le singe, la grue, l'ours et le tigre – et d'un moine des temples de Shaolin. Celui-ci, après avoir assisté au combat d'un oiseau et d'un serpent sur le mont Song, l'une des cinq montagnes sacrées de Chine, avait développé au IIIe siècle un enseignement fondé sur les déplacements des bêtes. Après la chute de la dynastie Han, la Chine est dans un extraordinaire état d'effervescence et de confusion, où chacun cherche à s'emparer du pouvoir : dans cette période mouvementée, il est essentiel de savoir se battre.

Arthur s'inscrit dans la lignée lointaine de ces seigneurs de guerre. Il décrit superbement dans son livre les différents types de frappe et l'art des saisies, le placement de la main – main longue, soleil, tranchant –, les techniques de paume et de poing, détaillant successivement la boxe des serres de l'aigle, la boxe de la mante religieuse et la boxe du singe, la boxe du serpent, du tigre, du coq, du chien... À mi-chemin entre la technique martiale et la gymnastique médicinale, Arthur insiste beaucoup sur l'imitation des attitudes physiques mais aussi de l'« état d'esprit » des animaux... Avec lui, la santé vient du combat, le style est une question de déplacement et les animaux ont de l'èsprit, c'est aussi simple que cela.

La spécialité d'Arthur : « La Boxe du bord de l'eau », qui utilise les frappes des doigts, spécialement endurcis par des exercices appropriés, et favorise la circulation du sang par des « mouvements lents et rapides, souples et énergiques, amples et harmonieux ». Arthur la recommande particulièrement aux fonctionnaires et aux pédagogues, « aux membres des professions intellectuelles, journalistes, professeurs, écrivains, astreints à la position assise derrière leur bureau… ». Qu'on se le dise !

La « Boxe du bord de l'eau » est expliquée sur plusieurs pages dans le catalogue que j'ai maintenant sous les yeux : on y apprend qu'elle est née dans la province du Hubei au moment de la chute des Ming, lorsque six compagnons d'armes trouvèrent refuge dans la gorge d'une rivière… Là, ils observèrent longuement les manœuvres des pêcheurs disposant leurs filets et les extraordinaires parades des poissons tentant d'y échapper, et s'en inspirèrent pour créer cette nouvelle discipline. « De même que dans l'eau un poisson se meut facilement dans toutes les directions, de même l'expert dans la "Boxe du bord de l'eau" ne connaît ni contrainte ni limitation », indique la dernière page.

Conclusion, sublime : c'est « un art de l'esquive et de la frappe tourné entièrement vers la défense de la liberté ».

À l'École des Cinq Styles, on pratique surtout la « Boxe courte », fondée sur une grande économie de moyens : trois à cinq déplacements et une douzaine de mouvements. Les postures sont basses et coulées, les techniques simples et vives. Il y a très peu de techniques aériennes fantasques et irréalisables comme les ont popularisées les films de sabre aujourd'hui. En revanche, beaucoup de séquences brèves et d'enchaînements virevoltants, où on reconnaît la marque de l'ancien acrobate Bartolini.

S'y ajoute toute une numérologie mystérieuse, fascinante. La « Boxe des 18 coudes » recense par exemple dix-huit séquences séparées, puis dix-huit enchaînements de trois cent quatre-vingt-sept formes, avant de se clore par un enchaînement à deux combattants. L'enseignement insiste aussi sur les techniques de coups de pied et les chutes. L'équilibre est le bien suprême, la valeur à conquérir puis à bousculer pour mieux la maîtriser : « Il faut savoir conserver l'équilibre au cours de mouvements complexes, mais aussi briser l'équilibre et chuter en conservant son calme », écrit Arthur. Pour cela, une méthode cardinale : améliorer la respiration. Le souffle est au centre de cette étrange pratique qui mêle le geste et la sentence, l'athlétique et le zoologique, la culture physique et l'observation poétique.

Le programme des exercices quotidiens est impressionnant : il se compose de « six formes d'entraînement, cinq formes de mains, cinq formes de coudes, cinq formes de bras, six formes de déplacement et huit formes de pieds». On dirait d'Arthur qu'il a trois mains et une huitaine de poings. Il pratique une sorte de boxe de météore, où le corps n'est plus anthropologique, clinique, mécanique, mais une fabrique de gestes multipliante, une série de portes tour à tour ouvertes et fermées sous la peau.

Bonheur du corps, tenue et retenue, maîtrise et propulsion des coups... Le style d'Arthur est axé sur l'enroulement (c'est ce qu'il nomme : « Système du filage de la soie ») et les techniques sont exécutées en continu. Il possède plus de soixante-dix formes à main nue, treize formes armées et une demi-douzaine de méthodes d'entraînement.

Sa stratégie : changements incessants de jambe et variété des sauts, utilisation prépondérante de la main gauche pour surprendre l'adversaire.

Son enchaînement préféré : la frappe canon des trois routes, suivie d'une rotation et ponctuée d'une dernière frappe en griffe...

Sa botte secrète : dans la position basse du cavalier, appliquer la technique de la main puissante.

Il prend tous ses exemples dans les moindres faits et gestes de la vie quotidienne : ainsi naissent – ou sont reconstituées – la « Boxe du bateau », issue de la tradition, dans la province de Zhejiang, d'attacher deux bateaux afin d'y installer une plate-forme de combat, la « Boxe du boiteux » ou la « Boxe de l'infirme », s'inspirant des déplacements d'une personne handicapée, la « Boxe de l'homme ivre », la « Boxe de la voie du poisson » et celle de l'oie sauvage…

Bagarres de la beauté : on peut rêver des heures devant ce catalogue à la fois sensible et raisonné des postures et des gestes, ce répertoire de techniques d'une grâce et d'une précision admirables. Plusieurs pages manquent : on aurait aimé en savoir un peu plus sur la technique de la main puissante, sur les huit variantes de la « Boxe de la trace perdue » (qui vient, nous dit-il, d'un roman chinois du XIIe siècle), ou sur la « Boxe de la voie des mots », style du sud de la Chine qui daterait de la fin de la dynastie des Qing et qui est issu de l'enseignement d'un moine et de sa fille : une « série de techniques liées aux caractères de l'alphabet chinois, et enchaînées par le pratiquant comme il écrirait une phrase ».

QUEER LOOKING SPECIMEN

Mon horoscope du jour :

Travail : Tenez-vous à l'écart des fauteurs de troubles et peaufinez vos projets.

C'est ce que je fais, c'est ce que je fais…

Amour : Vos relations amoureuses sont fluides et de tendres amitiés voient le jour.

C'est bien vrai. Depuis l'arrivée de Li-An, tout va pour le mieux.

Santé : Difficile d'être en forme avec un tel retard de sommeil.

C'est bien vrai aussi ! Les papiers des valises et de la commode ont maintenant envahi tout l'espace, comme des herbes folles surgies du passé. S'étendant comme du lierre sur le lit, ils m'empêchent littéralement de regagner mon matelas. Mais, malgré la fatigue, le temps presse : il faut que j'avance, il faut que je continue.

C'est aujourd'hui que je commence à fouiller la malle de Pauline, ma grand-mère.

Pauline a laissé à sa mort une petite malle de cuir et de cordes, cintrée de ferrures noires. On y trouve sur de grandes feuilles de papier le programme de ses cours. Pour le français : Montaigne bien sûr, mais aussi La Fontaine (le plus grand d'après elle), Rabelais, Ronsard, La Bruyère, La Rochefoucauld… Il y a du beau monde. On y trouve aussi un gros livre très soigné, reliure demi-chagrin havane, titre frappé, entre-nerfs à fleuron : *Historiens et Chroniqueurs du Moyen Âge*… (« Études, analyses et extraits », qui contient les chroniques de Villehardouin, Joinville, Froissart et Commynes). Il est illustré de nombreuses gravures, auxquelles le temps a ajouté quelques rousseurs sur la couverture.

Sur une autre feuille, elle a recopié à la main un sonnet de Shakespeare :

You still shall live –
such virtue hath my pen
Where breath most breathes,
even in the mouths of men…

Tu reprendras vie, par la force de ma plume,
Là où le souffle prend souffle, dans la bouche des humains…

Je reprends mon souffle, moi aussi. Je regarde la masse de documents qui m'attend au fond de la malle... Ils concernent toute la partie d'après le cirque, quand commence l'irrésistible ascension sociale de Maxime. Je prends mon inspiration, je plonge...

*

Pendant que son ami boxe, Maxime s'envole. Ses affaires marchent de mieux en mieux. Le temps passe, l'argent rentre, les douaniers s'essoufflent. Aux yeux des notables, le saltimbanque du Cirque Bartolini se transforme peu à peu en homme respectable : pour un peu, il en deviendrait fréquentable. Ce changement de réputation progressif vient en partie de sa fortune, qui s'accroît doucement – et lui permet désormais de graisser la patte des administrateurs – mais aussi de sa participation à plusieurs expéditions scientifiques.

Depuis la fin du XIXe siècle, en effet, avec le développement des idées évolutionnistes, les expéditions maritimes se multiplient. Certains savants sont convaincus de pouvoir trouver dans l'océan l'origine de la vie, ou du moins ses formes les plus primitives. Dans les profondeurs marines se trouveraient des masses protoplasmiques en très grand nombre, sortes de formations premières dont descendent peut-être tous les organismes vivants – descendent ou bien plutôt remontent, échappés en grand nombre du milieu aquatique pour aller peupler la terre ferme et les airs. Le secret de la vie, disent-ils, se trouverait dans les profondeurs d'outre-mer.

Dans la grande compétition scientifique pour retrouver les formes primitives de la vie, l'océan Indien est particulièrement convoité. S'étendant du sud de l'Asie à l'Antarctique et de l'Afrique de l'Est à l'Australie, il couvre en effet pas moins d'un cinquième des mers du monde. De plus, il est connecté d'une part à l'océan Pacifique, par les passages qui se trouvent autour de l'archipel malais, et d'autre part à l'océan Atlantique, par l'Afrique et le canal de Suez. Enfin, il touche jusqu'à la mer d'Arabie (mer Rouge, golfe d'Aden, golfe persique), ainsi que la baie du Bengale et la mer Andaman. Il reçoit ainsi les eaux du Zambèze, du Tigre et de l'Euphrate, de l'Indus et du Gange, et par la rivière Irrawady remonte la vaste plaine centrale birmane pour aller mourir à quelques pas de la frontière chinoise. Pour les savants, c'est donc une véritable mine, une mine d'eau et de sel, de poissons et de roches, d'algues, de coraux, une mine sous-marine. C'est une vaste main d'eau qui à la surface pénètre les terres et, dans ses profondeurs, transperce le temps.

Maxime est très sollicité par ces explorateurs des grands fonds, au début pour ses qualités de plongeur – sa monstrueuse cage thoracique fait merveille – mais également pour sa connaissance des vents et des courants. Maxime connaît la langue de l'océan et du ciel, les mille astuces de l'air, les cautèles du climat local. Il lit dans les objets, dans la couleur de l'eau, dans les signes du bois. Il sait, par exemple – c'est lui qui me l'a appris –, que lorsque le sable des sabliers passe mal, cela veut dire que l'on aura de la pluie. Il voit dans la forme des nuages le trajet des cyclones ou la promesse des brises. Bien des années plus tard, juste avant sa mort, c'est encore lui qui m'expliquera – avec une mémoire intacte et une précision inouïe dans les détails – les grands systèmes de courant qui parcourent l'océan Indien : celui qui va dans le sens des aiguilles d'une montre et draine les courants du sud de l'Équateur et de l'Australie occidentale, et l'autre, le Monsoon Drift, qui varie saisonnièrement. Les méandres et les tourbillons n'ont pas de secret pour lui. Il plisse un instant les yeux et il se rappelle... À près de soixante-dix ans, il n'a rien oublié du courant de Somalie et de celui du Mozambique. Ses yeux s'allument encore lorsqu'il évoque les eaux chaudes du fameux courant des Aiguilles qui, lorsqu'il rencontre les courants froids de l'Ouest, fait naître les plus hautes vagues du monde.

Mais Maxime ne se contente pas de plonger et de voir. Il *transcrit* aussi. Nul ne sait d'où lui vient cette passion du dessin qui semble se déclarer dès le début des années 1930 : il a fait très peu d'études, et certainement pas des études d'arts plastiques. Peut-être est-ce l'influence de cette jeune musicienne, Pauline Nuñes, qu'on commence à voir de plus en plus souvent dans les parages de sa boutique, qui aime le piano, les livres et la peinture ? Peut-être est-ce tout simplement qu'il a senti la bonne affaire, conscient des besoins des scientifiques qui croisent dans la zone. Les photographies en couleurs sont encore rares à l'époque et on a besoin d'aquarellistes pour fixer sur le pont les teintes des poissons.

Sans dessin de l'animal pris sur le vif, impossible de le décrire et donc de le classer. Alors, pinceau, éponges, coton, chiffon, le voilà qui s'essaie au croquis, puis au lavis. J'ai sous les yeux l'invraisemblable attirail qu'il utilise pour le dessin : les pinceaux sont en plume de poule ou en poil de chèvre, les pigments sont tous naturels, issus de végétaux ou de coquillages. De temps en temps, un trait d'encre ou de gouache. Il utilise sa propre salive comme liant. Il passe de longues heures sur le pont des bateaux, propose d'abord ses services gratuitement puis les fait payer, de plus en plus cher au fur et à mesure que sa technique progresse, que son talent est reconnu.

Quelquefois, il recommence deux ou trois fois le même poisson, jusqu'à ce que le trait lui convienne, que la couleur soit juste. Le soir venu, il range les dessins en double, ou ceux dont les savants n'ont pas voulu, dans une grande pochette cartonnée fermée par des ficelles. C'est cette grande pochette que j'ai maintenant sous les yeux, sauvée de tous les déménagements successifs par le père de Georges. Sur chaque croquis, est consigné soigneusement l'endroit de la prise (souvent les îles Radama ou les îles Mitsio), ainsi que le nom du poisson représenté et ses mensurations, en bas à droite, au crayon.

Il reste donc quelques planches de cette encyclopédie marine, je les ai là, sous les yeux. On y voit surgir tout un bestiaire, tout un poissonnaire. Des carpes rouges et des dorades tropicales, des espadons voiliers, des tortues, des thons jaunes ou à dents de chien, des marlins noirs et des marlins rayés. Toutes les tailles sont représentées, des minuscules gobies aux gorgones géantes, arborescentes, les murènes longues comme des rubans, les gigantesques raies à points bleus. Les poissons sont le plus souvent saisis seuls, immobilisés dans la blancheur du papier, mais il existe aussi quelques planches où Maxime les figure en groupes, bancs de licornes et de balistes, troupes de fusiliers accompagnés de petits barracudas. Sur l'une d'elles, un splendide ballet d'anchois à la livrée argentée.

L'annotation de chaque vignette est précise, soigneuse, resserrée : on distingue nettement les différentes espèces. Un simple coup d'œil en passant vous propulse dans le feuilleté de la mer, vous initie à sa verve plurielle, infiniment colorée. Bonheur de lire, lorsque les couleurs se croisent et que les mots répondent précisément à la large palette de l'œil. Oui, le requin peut être à pointes blanches, à pointes noires, requin-marteau ou requin-guitare. Oui, les raies parcourent toute l'étendue de la terre et du ciel, raies-aigles et raies-léopards, grosses raies manta et raies mobula... On apprend aussi qu'il y a toutes sortes d'apparentements et de professions dans cette énorme industrie des profondeurs : poissons-perroquets et poissons-scorpions, poissons-anges et papillons, poissons-cochers et chirurgiens, poissons-fusiliers et demoiselles, poissons-clowns, poissons-danseuses et capitaines !... De temps en temps, annotés à la main, quelques hôtes mystérieux passent comme des branches, comme ces juvéniles et ces nudibranches.

Le trait de Maxime n'est peut-être pas d'un grand artiste mais il est sûr, énergique, détaillé, étonnamment varié dans le déploiement des couleurs. On ne s'étonne pas que les scientifiques s'arrachent ses croquis : ce n'est pas de l'aquarelle baveuse ni décorative, Maxime ne peint pas pour faire joli, mais il y a une précision prodigieuse dans le rendu de ses traits. Il se concentre longtemps puis il dessine très vite : il a une prédilection pour les poissons au fuselage vif-argent – plats, vifs, élancés, leur corps même le dit, ce sont des poissons-voyageurs. Évidemment, il aime particulièrement la murène, sans doute parce qu'elle se déplace par ondes et qu'elle envoie de temps à autre une décharge électrique. Il se régale aussi de la danse des anémones de mer, ces vahinés sous-marines emportées dans le flux et le reflux des marées, et croque à plusieurs reprises le *dragon-fish*, une sorte de poisson-algue dont on ne sait pas très bien s'il est minéral, végétal ou aqueux : Maxime dit de lui que c'est la mer en personne, qui flotte, ondule, ondoie... Enfin, il excelle à peindre les bonites à tête allongée et à bouche fendue, les carangues bleues qui remontent du fond et viennent porter à la surface les joyaux violets d'outre-mer, les vivaneaux radis, rose et rouge, dont les traits autour du museau font songer au maquillage du nô.

Les poissons : toute une série d'énigmes lancinantes, portant couleurs comme tout ce que la lumière caresse et, en même temps, flèches vives des ténèbres. La vie lancée jusque dans la profondeur et le silence de la méditation noire. Est-ce donc cela, la vie ? Ce silence, cette obscurité des algues, cette espèce de férocité au bout des pinces ? Maxime plonge dès qu'il le peut, va rejoindre le monde ultramarin, profondeur, apesanteur, délicatesse paradoxale. Il s'accointe avec les homards, se commet avec les sardines, il a l'œil vif, la branchie légère, lui aussi.

*

Dans ces eaux poissonneuses, et depuis des millénaires étoilées du passage des espèces inconnues, le nouveau filet de saint-pierre peut toujours faire une pêche miraculeuse. En décembre 1938, c'est dans ces parages qu'un pêcheur sud-africain, Hendrik Goosen, capture dans les rets de son chalutier, *La-Nérine*, un poisson qu'il est incapable d'identifier. On pense d'abord à un mérou mais le mérou a de petits yeux et de petites écailles. Ce poisson-là pèse près de soixante kilos et mesure un mètre cinquante de long, il est recouvert de trois carapaces d'écailles et précédé d'une puissante mâchoire munie de dents effrayantes. Né de la roche, il semble profilé pour le combat. Ses écailles sont tantôt brunes et tantôt bleues : lorsqu'on le retourne sur le pont du bateau, elles virent au mauve pâle et pétillent de reflets irisés.

C'est cette lueur bleutée qui attire le regard de Marjorie Courtenay-Latimer, conservatrice du musée d'East London, en Afrique du Sud, au milieu d'une pile de raies et de requins. Ce poisson inconnu, dont les nageoires ressemblent à des ébauches de membres, l'intrigue au plus haut point. Il n'est ni beau ni laid, ses écailles semblent du même bleu profond et changeant que celui de l'océan. Il a l'air âgé de millions d'années. Il l'est.

Les recherches révèlent en effet qu'il s'agit d'une espèce rarissime, qui existait avant les dinosaures et qu'on croyait éteinte depuis soixante millions d'années. Non seulement son squelette est partiellement osseux, mais sous la triple épaisseur d'écailles (que les premiers témoins décrivent comme une armure de plaques d'acier), sous les nageoires épineuses hérissées comme des flèches, il y a une poche d'air semblable à un poumon, ce qui lui donne une position tout à fait insolite dans l'arbre du vivant. Ce que rapporte cette Néréide du fond des océans, dans le cortège des requins et de Poséidon, c'est ce que le monde entier connaîtra bientôt sous le nom du cœlacanthe. Autrement dit : le « fossile vivant », l'ancêtre des vertébrés terrestres, le fameux chaînon manquant.

Sur sa peau, des taches, des ogives, des cerceaux, des crénelures de marbre blanc. Sa queue est étrange, unique au monde, elle comporte trois lobes, comme les baies des églises gothiques, les arcs des abbayes médiévales ou les fenêtres des palais vénitiens, comme si tout ce qui enjambe le vide du temps devait être un multiple de trois et s'épanouissait toujours en rosace.

Il existe une lettre de Marjorie Courtenay-Latimer à Maxime Ferrier, qui nous renseigne sur l'excellente réputation de dessinateur dont il jouissait avant la Seconde Guerre mondiale. Dans cette missive, la conservatrice du musée d'East London informe le dessinateur des côtes malgaches de la découverte d'un étrange poisson, à l'apparence des plus étranges (« *the most queer looking specimen* »). « J'en ai fait un croquis très sommaire, poursuit-elle, mais je suis dans l'espérance que vous parviendrez à en faire un meilleur » (« *I have drawn a very rough sketch but am in hopes you will be able to draw a better one* »). S'ensuit une invitation à venir la rejoindre près de la bouche de la rivière Chalumna, où le poisson a été pêché, pour qu'elle le mène chez le taxidermiste afin de tracer le portrait du mystérieux spécimen. La lettre, à en-tête du musée, est datée du 24 décembre 1938, la veille de Noël, deux jours après la prise du « *queer looking specimen* », alors que Marjorie Courtenay-Latimer ne sait pas encore qu'elle vient de faire une découverte qui va révolutionner l'histoire de la paléontologie.

Maxime se rendra donc en Afrique du Sud et tracera le premier dessin en couleurs du fameux poisson préhistorique. Quant à Marjorie Courtenay-Latimer, elle passa le reste de son existence dans son petit musée sud-africain, à collectionner des poissons, des pierres, des plumes et des coquillages. Vers la fin de sa vie, elle écrivit un livre sur les fleurs. Elle ne se maria jamais et mourut à l'âge de quatre-vingt-dix-sept ans, le 17 mai 2004.

*

Depuis, de nouvelles espèces de cœlacanthes ont été découvertes, au large de Madagascar, dans l'archipel des Comores et jusqu'aux rivages de l'Indonésie. Plus aucun ichtyologiste sérieux ne pense aujourd'hui que le *Latimeria chalumnae* – c'est son nom scientifique – est l'ancêtre des amphibiens ou l'intermédiaire manquant entre les poissons et les humains. Il n'en reste pas moins la découverte zoologique la plus importante du xxe siècle. Maxime n'a vraisemblablement jamais su qu'il avait eu l'honneur de graver sur le papier les traits d'un poisson qui a survécu dans les profondeurs du temps durant des millions d'années. Pour lui, le cœlacanthe était même vraisemblablement un poisson comme un autre : les pêcheurs de la région en ramènent chaque année dans leurs filets. Dans le coin de la feuille, en bas à droite, Maxime a d'ailleurs inscrit son nom, mais en comorien : *Kombessa*.

*

Maxime et Arthur ont vécu toute leur vie outre-mer. Toute une vie en deçà et au-delà de l'eau. Ils sont là, perchés, aux abords. Ce sont des êtres aquatiques, leur vie se déploie par affluents, courants de coraux, roseaux. Ils sont presque toujours au même endroit, et en même temps ils voyagent abondamment. Dès qu'ils le peuvent, ils prennent un bateau et ils passent la mer. Boxeurs, plongeurs, ce n'est pas la destination qui leur importe, mais la traversée elle-même, dans sa fureur, dans sa douceur. L'appareillage, le mouvement qui les pousse, la folle trajectoire de la main.

Toujours, ils gardent intact un étonnant pouvoir d'ouverture et de bifurcation. Ils sont comme la mer qui sans cesse revient sur ses traces et, du même mouvement infini, vous emporte au loin. Pour les suivre, il faut procéder par reprises, arrêts, trouées… En les accompagnant ainsi tout au long de leurs déambulations, je découvre une chose : la condition frontalière de tout être humain. Même lorsqu'il reste toute sa vie dans un seul et même pays, l'homme est frontière et passage, travaillé par la limite.

Comme le corail, la vie des hommes est hérissée de crêtes et de bosses, déchiquetée de creux mystérieux, traversée de corps soyeux, de formes vives, de retours en arrière et de translations délicates. Et, comme le corail, la parole des hommes est traversée de courants.

MONTAIGNE LE MÉTIS

— J'ai trouvé ça dans la malle de Pauline.

— Fais voir ! Qu'est-ce que c'est ? *La Relation de l'île imaginaire*…

— Oui. L'île faisait déjà rêver Mlle de Montpensier. Elle l'évoque dans ce livre.

— Mlle de Montpensier ?… Qui est-ce ?

— La cousine de Louis XIV. La princesse la plus riche et la plus titrée d'Europe en son temps, la plus riche héritière du royaume de France. Première princesse du sang, première paire et première Mademoiselle de France… Ou si tu préfères : la petite-fille d'Henri, duc de Montpensier, et d'Henriette Catherine, duchesse de Joyeuse.

— Duchesse de Joyeuse ?

— Oui, ça ne s'invente pas ! Et sais-tu le nom qu'on donne à Madagascar dans les récits de voyage du Siècle des Lumières ?

— Non, comment ?

— L'Île Heureuse.

*

Toutes ces années débordent d'un bonheur intense. Maxime exulte. Tout comme un poisson, il a constamment la mer entière autour de lui. Les affaires tournent, il achète de nouveaux bateaux et, pour la pêche à la traîne, une pirogue à balancier. Son destin est emporté par les felouques et les boutres, sa vie est une voile ouverte, une navigation. *Aria aperta.*

Tout autant que les poissons, les oiseaux le transportent de joie. Il peut rester des journées entières à regarder les moineaux qui trottent sur le chemin : ils ont des vies légères, des vies aussi ignorées que la sienne. D'une pierre à l'autre, ils sautillent ; soudain, l'un d'entre eux se lance dans le feuillage pour une parade d'amour, acrobate enflammé. D'autres fois, immobile sur le cordon des pierres qui longe le boulevard, on le voit attentif aux aigles de la forêt voisine qui planent circulairement dans le ciel.

Tous les soirs, il vient s'asseoir au pied du célèbre baobab du square Poincaré, vieux de plus de sept cents ans, qui protège le front de mer avec ses vingt et un mètres de circonférence. C'est le grand baobab qui se tient au début du boulevard, massif, élégant, imposant, juste en face de la mer : selon la légende, tous les oiseaux de Madagascar s'y donnent régulièrement rendez-vous. Les habitants de Mahajanga s'y pressent eux aussi, vers la fin du jour, au milieu des vendeurs de fleurs et des marchands d'arachides.

Les vieillards malgaches apprennent aux jeunes à distinguer entre le chant du coua bleu et les vocalises des rolliers : ce sont de grandes discussions érudites et musicales ! De temps en temps, le bec en faucille d'un vanga happe une grenouille ou un caméléon.

Dans un coin du feuillage, Maxime a repéré un petit Fody, ces passereaux dont le plumage vire au rouge vif en période des amours. Justement, le destin lui apporte un oiseau, au chant merveilleux, au plumage doux et gracieux : il a pour nom Pauline.

*

Personne au monde ne garde le souvenir de l'endroit et de l'instant où Maxime Ferrier et Pauline Nuñes se rencontrèrent pour la première fois. C'est une rencontre qui aurait très bien pu ne pas se produire – lui est un aventurier coureur et légèrement paillard, elle une jeune femme discrète, instruite, réservée. Comme tous les événements vraiment importants, c'est une rencontre improbable et pourtant inévitable, un point de repère incalculable, une étoile sur la carte du temps.

Réservée : la patine un peu sombre et moirée de cet adjectif lui convient. Pauline a la tendresse d'une cave. On dirait qu'elle a pendant des années été tenue en réserve, gardée à l'écart des tonnerres du monde, préservée. Tamisée, passée au filtre du temps lui-même dans la seule perspective de cette rencontre… Maxime, fin connaisseur des alcools et grand distillateur devant l'Éternel, ne s'y trompe pas.

Un jour ou l'autre, peut-être dans un magasin de la ville, Maxime a remarqué Pauline. Ou bien c'est elle qui l'a remarqué. Mais non, Pauline ne remarque personne, elle est bien trop sérieuse pour cela. « Sérieuse comme le pape », c'est même l'expression qui revient tout le temps à son propos, car elle est sérieuse et catholique. Toute sa famille vient de Goa, colonie portugaise en Inde, la ville de saint François Xavier. Pauline est née à Madagascar mais elle a les traits de Goa : elle est indienne de peau et de profil, une belle couleur de cuivre sombre parcourue de reflets dorés. Le nez est long et fin, comme tracé au fusain, les traits et les sourcils effilés, dessinés au crayon. Elle a de jolies lèvres très brillantes et légèrement colorées. Ses mains sont longues et soignées, ses doigts fuselés : au premier coup d'œil, si l'on est attentif à autre chose qu'à ses grands yeux merveilleusement noirs, on sait qu'on est en face d'une pianiste.

Comme Goa, Pauline est catholique, obstinément. Il faudrait faire un jour l'histoire de cette branche de la chrétienté, bronzée, aventurière et métaphysique, de son sublime élan architectural (Goa, ce festival d'églises), de son héros Xavier, cet illuminé né en Europe, vadrouillant jusqu'au Japon et venant mourir au large de la Chine, de tous ces voyageurs dispersés entre l'Est et l'Ouest, saisis dans le poudroiement du monde. Jusque dans la mort, ils sont entre les mondes :

le corps de François Xavier se trouve aujourd'hui dans l'église jésuite de Goa – un cercueil d'argent posé sur un socle de marbre – tandis que, depuis 1614, son bras droit est dans un reliquaire de l'église du Gesù, à Rome. Ainsi il repose, entre la Rome de l'Orient et celle de l'Occident. Le livre d'un romancier contemporain retrace ses pérégrinations jusqu'aux portes du Soleil levant : il s'intitule *L'Extrémité du monde*. C'est un beau titre, qui dit jusqu'où certains n'ont pas peur d'aller.

Avant Goa, la famille de Pauline vient peut-être de Bombay. D'autres parlent de Lisbonne, où une rue porte encore le nom d'un ancêtre hypothétique et irrécusable, au nom passe-partout de Nuñes. En fait, comme Goa, Pauline est métisse : un peu de Portugais, un peu d'Indien, un peu d'Espagnol peut-être… à Mahajanga on dit qu'elle est « métissée cochon d'Inde », comme toutes les personnes dont le métissage est si ancien et si bien composé qu'on ne sait plus vraiment d'où elles viennent, elles oscillent là entre le chant multiple des veines et les ressources de leurs deux ou trois cultures, elles se tiennent au seuil de chaque tradition comme autant de sentinelles moqueuses, ce qui arrive à leur peuple arrive au monde entier.

C'est une grande famille de tailleurs et de musiciens qui, à Goa, a prospéré dans le commerce de la soie, puis est partie au début du siècle pour Madagascar dans l'espoir d'y faire fortune. Dans l'est du pays, ils ont trouvé un bombyx malgache d'une espèce particulière, un ver à soie sauvage vivant dans les petites branches du tapia : ils nourrissent ces chenilles de grandes quantités de feuilles de mûrier et elles produisent une soie brune, d'une grande solidité et d'un aspect original, particulièrement prisée lors des funérailles. Puis, tissage, filature, teinture, tout est fait à la main, avec beaucoup d'habileté. Les Nuñes font aussi des dentelles et des rabanes, des chapeaux de paille d'une grande élégance qui rivalisent avec les panamas d'Amérique centrale : ils travaillent toute la journée, de toutes leurs forces et de toutes leurs fibres, fibres du raphia, écorce du palmier, fuseaux du latanier.

Pauline fait partie de ces femmes qui attirent immédiatement le regard : élancée, elle a un port de tête majestueux et ce qu'on appelle du *maintien* (le même mot que Maxime utilisait pour décrire sa position sur le trapèze : « il faut de la tenue, tu comprends, du *maintien* »). Chaque jour, en début de matinée et en fin d'après-midi, elle passe sur le boulevard. Les jeunes gens la guettent vers la Pointe de Sable…

La voilà, elle arrive toujours lentement, c'est le haut d'un mât derrière un rocher, bientôt la voile va apparaître. Dans le crépuscule du boulevard, elle grésille comme une apparition. Elle passe, royale, entourée de ses cousines, de ses sœurs, de ses tantes… Un gynécée palpitant traverse le boulevard, le remonte doucement, longeant la mer en devisant joyeusement jusqu'au quai aux Boutres. Elles sont belles, elles sont jeunes, fleuries, rires et pistils dehors. Pauline est rayonnante, beauté de tissu blanc sur sa peau de chanvre indien. Son corps se penche et s'allonge comme une des pirogues qui longent la côte. On l'entend venir de loin : tout le monde le sait, c'est elle qui arrive quand ça fredonne, elle chantonne tout le temps, des poèmes, des opéras, des chansons malgaches mêlées à des romances françaises d'autrefois...

Merle, merle, joyeux merle,
Ton bec jaune est une fleur,
Ton œil noir est une perle,
Merle, merle, oiseau siffleur...

Elle n'est pas très grande mais l'échancrure du corsage dégage un cou délié et sa démarche lente, élégante, fait le reste. Les habitants de Mahajanga disent d'elle qu'elle a l'allure d'un zébu aux sabots parfaits : les traces laissées par ceux de devant sont naturellement suivies par ceux de derrière. À son passage du matin, tout se transforme, tout s'embellit. Les fleurs se lèvent, le soleil s'enhardit. En fin de journée, en revanche, après elle le temps fraîchit, l'air est plus vif. C'est comme une découpe dans la trame des jours : Pauline les entoure, les met en relief, les exfolie. Elle est un repère sur la ligne du soir.

*

Puis, dès les premiers souffles de la nuit, musique.

Il y a le père, Francis, en chef d'orchestre, la mère, Ascension, qui a une voix superbe, la tante Émilia au violon, l'oncle Pierre à la trompette. Les sœurs forment les chœurs, les cousines chantent les hymnes. Pauline est la cadette : elle, c'est le piano. Tout ce beau monde se réunit dans un hôtel-restaurant de Mahajanga tenu par la tante, *Chez Nuñes*, qui deviendra au fil des ans *Chez Nénesse* puis le *Nouvel Hôtel*, 13, rue Henri-Palu, non loin du Grand Marché de la ville. Tard dans la nuit, les notes voltigent, les jeunes gens de la ville viennent danser. Des murmures et des serments se nouent dans l'ombre de la terrasse, sous les bougainvillées. C'est peut-être là qu'ils se sont rencontrés, Maxime et Pauline, au milieu des dièses, des croches, des doubles-croches, des soupirs et des noires pointées...

Selon les saisons, la formation passe de trois à cinq, six, sept et parfois même douze personnes : une véritable flottille musicienne. Un groupe se forme, aléatoire, tantôt trio tantôt quintette, entre danse et concerto. Au programme : jazz, biguine, tango, rumba... Les rythmes venus d'Europe ou d'ailleurs, par bateau ou par radio, sont aussitôt repris et transformés, montés sur guitare locale, tambours, *valiha*... On revisite les tubes de Louis Armstrong, dont la gloire vient de naître à Chicago avec les célèbres Hot Five, les noms de Johnny Dodds, de Kid Ory, de Johnny St. Cyr valsent dans les cuivres et sur les claviers. Il y a aussi les standards de Fletcher Henderson and his orchestra comme *Carolina stomp*, de temps en temps un petit détour par *Lucy Long* ou Blanche Calloway, mais c'est Armstrong qui se taille la part du lion, avec *West End Blues* et *Tight Like This*, ou des titres aux voyelles volantes, aux dentales dansantes : *Georgia Grind*, *Heebie Jeebies*, *Cornet Shop Suey*…

Tante Émilia rechigne. Elle joue du violon comme personne, mais au jazz elle préfère la valse, ou à la limite le tango et le paso-doble. Pourtant déjà un nom circule, celui d'un Malgache né aux États-Unis, qui est en train d'écrire les paroles des plus grands classiques du jazz : *In the Mood*, *Ain't Misbehaving*… Il se nomme Andriamanantena Razafinkarefo, un de ces noms clairs et vocaliques à la générosité chantante de la Grande Île, à la prononciation délicate. Les jazzmen américains, avec leur génie de l'abréviation et de la syncope, l'appelleront : Andy Razaf. Quand vous entendez les premières mesures de *Honeysuckle Rose* ou de *Black and Blue*, et commencez à en fredonner les paroles, pensez à Andy Razaf : c'est lui qui les a écrites.

Bientôt, ce sera la musique de Xavier Cugat qui déferlera, ce natif de Barcelone émigré à Cuba puis à New York, avant de retourner mourir dans sa Catalogne natale. Les musiciens du *Nouvel Hôtel* aiment ces musiques migrantes et métisses, ces mélodies nées du murmure du monde lui-même. Ce ne sont que quelques émigrés perdus dans un coin du Mozambique, mais finalement ils ont déjà tout compris.

Maxime ne joue d'aucun instrument, mais il aime siffler. Il siffle pour imiter les oiseaux, mais aussi pour attirer l'attention des filles, ce qui n'est pas du goût de Pauline, qui le lui fait remarquer… Il accompagne parfois quelques morceaux d'un solo siffleur, mais les deux noms de l'orchestre restés dans les mémoires du pays sont celui de l'oncle Pierre, qui joue du cornet à pistons et de la trompette (si passionnément que sa trompette, se rappellent certains, lui laissait une marque sur la lèvre supérieure, comme un sceau de laiton dans la pulpe rouge), et celui de Pauline, bien droite et bien cambrée, au piano. Là, comme sur le boulevard, elle se déplace en permanence. Son buste ne bouge pas mais ses mains sont vives et déliées : on dit, lorsqu'on la voit jouer, qu'elle fait danser des araignées sur les arpèges. L'avant-bras et le poignet sont détendus. La voûte de la main se prolonge dans les arcades des doigts, et fait naître un jeu perlé, net, clair, égal. Elle improvise souvent, passe du populaire au classique, se moque des catégories : dans l'instant, tout ça est retourné dans l'oreille, musique, danse, frémissement… Tout passant un peu sensible sur le trottoir est aussitôt interpellé physiquement, et chaque samedi soir le *Nouvel Hôtel* fait salle comble.

À cela s'ajoute la présence physique rayonnante de Pauline Nuñes. Fille et petite-fille de tailleur, elle s'habille des plus belles étoffes : crêpes, cocons et pongés enroulent discrètement son corps de liane et mettent en valeur sa démarche fluide, son regard mutin. Sous le tissu pourtant, il s'en passe des choses… Ses fesses sont deux bombes, ses seins deux obus, son sexe est une rose secrète, explosive, on l'imagine, une mine de réjouissances. Par-dessus tout, elle sent bon, secret de famille qu'elle transmettra à ses enfants, chiffre réservé des onguents et des baumes, testament capiteux. Comme sa musique, son parfum a des notes hautes et des notes basses, pimpant et virevoltant autour des épaules, plus grave et plus troublant dès qu'on s'approche de la gorge et de l'ouverture du décolleté.

Le samedi soir, la fête bat son plein jusqu'à l'aube… Et le dimanche matin, toute la famille à la messe, Pauline au premier rang. Dans la semaine, elle tient toute la journée sous sa poigne de velours une armada de tailleurs malgaches, portugais et indiens. Les tissus qui sortent de l'atelier des Nuñes sont réputés pour leur souplesse et leur solidité. Elle donne aussi, chaque soir de dix-sept à dix-neuf heures, des cours d'anglais et de français. Le reste du temps, elle sarabande le long du boulevard ses formes elliptiques.

*

C'est au *Nouvel Hôtel* que Maxime et Pauline vont se voir à leurs débuts, d'abord sporadiquement, puis de plus en plus régulièrement. C'est leur antre musical, ils savent qu'ils peuvent s'y retrouver tous les soirs. Pourtant, les premières rencontres sont difficiles, tendues, railleuses et non sans préjugés. On ne peut pas imaginer deux tempéraments plus opposés : Maxime est un coureur, il chamaille les filles comme on dit. Qu'est-ce que cette pianiste lui chante, pour qui se prend-elle avec ses grands airs ? Pauline est la pudeur même, la discrétion. Elle déteste les rires trop forts, les éclats de voix gutturaux qui signalent la bêtise épanouie, sûre d'elle-même. Elle sait bien que ce n'est pas le cas de Maxime, mais tout de même, il en fréquente de drôles, ce zèbre à peine sorti de son cirque... Elle est une sensitive, une liane-miel, lui traite volontiers les gens comme du petit mil. Il est orage, typhon. Elle est fleur, fleur et patience.

Alors, ils s'accrochent régulièrement. Pour la première fois de sa vie, Maxime est maladroit. Tout homme à femmes qu'il est, cette fois-ci c'est lui qui se laisse prendre à ce piège de soie tendue et de musique agile.

Il veut tout, tout de suite. Elle ne cède rien.

Elle se précautionne ? Il s'encolère...

Il tremblade, il chamade... Elle renaude et elle fiéraude.

Il la tutoie, méchant, insolent. Elle le transperce du regard et continue de le vouvoyer, en détachant bien les syllabes, pour lui faire honte...

Leur dialogue crépite, vibre comme le grillage d'une basse-cour, comme un filet de pêche tendu sur les eaux. Il la traite de pintade de piano, et elle de vieux mérou à morues. Il la surnomme « la butorde », et elle « le crocheteur » : ils en rajoutent dans l'adjectif, cherchent le rare et le précis, se régalent dans les dictionnaires. C'est une variante des *hain-teny*, ces joutes de proverbes malgaches qui, à cette époque, n'intéressent personne, sauf ce jeune homme élégant nommé Jean Paulhan, qui en a publié un recueil dès 1913 (il a vingt-sept ans), pour le plus grand plaisir d'un autre jeune homme,

Guillaume Apollinaire, qui disait les lire « lentement et avec fruit ».

Le ton monte, chacun grimpe à son tour sur le cocotier des disputes en prenant appui sur les encoches déjà taillées par l'autre :

— que le caïman vous happe ! lui lance-t-elle.
— que ton fémur soit cassé par la chute d'un arbre ! rétorque-t-il.

Elle lui dit qu'il est beau comme Andriamihaja, l'amant de la reine Ranavalona, et que comme lui il finira assassiné et son corps dévoré par les chiens. La parole passe ainsi d'une bouche à l'autre, comme une corde que l'on lance, comme la pirogue qui va d'une rive à l'autre, comme le singe qui se perche aux plus hautes futaies. Bientôt, il n'y a plus qu'eux et le lémurien pour pouvoir les suivre, branche par branche, au trajet des invectives complices – mais ces terribles joutes oratoires, qui font le bonheur des fins de soirée au *Nouvel Hôtel*, sont la première forme de l'amour et ils le savent bien.

Comme toutes les timides, Pauline a des accès d'audace inouïs. Un jour que Maxime se rend dans le magasin de tissus des Nuñes pour se faire confectionner un costume sur mesure, elle fait prendre ses mensurations par une petite main, puis lui pose tout à trac une question :
— Vous les portez où ?

Il est interloqué, croit ne pas comprendre tout en comprenant et pourtant sans comprendre. Il bredouille, il bafouille…

— Que… que… Quoi donc ?

— *Les précieuses*, monsieur. À droite ou à gauche ? C'est pour l'entrejambe du pantalon. Je ne savais pas qu'il était si facile de désarçonner un acrobate…

Elle sourit, un peu gênée elle-même de sa témérité.

Il est vrai que l'amour rend beau. Tout le monde a entendu parler de cet acrobate querelleur et charmeur, et Pauline elle-même – qui ne s'est semble-t-il jamais rendue au cirque – en a vu les photos dans les journaux. Il y a aussi l'attrait proprement sexuel, c'est certain. Comment résister à cet artiste de la lévitation ? Il a une façon de se retourner là-haut dans l'espace, un sens du rythme, du battement qui en annonce d'autres… C'est lui, le costaud de la corde, c'est lui le balèze du trapèze !

L'Intripido senza rivale nel trapezo

comme disait Madame Bartolini… L'intrépide sans rival du trapèze… Il est – comment dire ?… *Ascensationnel.* C'est Pauline elle-même qui trouve le mot, dans une de ses premières lettres. Elle a de l'imagination et rêve d'un autre genre d'acrobaties… Elle a vu, dans les promenades en pousse-pousse du dimanche, juste après la messe, les statues funéraires qui ornent les tombes de certains chefs lignagers *sakalava* le long de la côte ouest : avec des sexes turgescents et des seins proéminents, elles s'accouplent dans les pauses acrobatiques les plus inattendues. Elle se voit en belle jeune fille chevauchant les dauphins, les hippocampes et autres animaux marins. À la messe même, quand l'hostie arrive, elle attend Dieu avec gourmandise.

Comme toutes les musiciennes, Pauline a une intelligence aiguë des situations. Elle sait bien que cet homme, jeune encore, qui ne lui commande que des costumes de première qualité, alpaga pour les tons blancs et mérinos pour les couleurs, a déjà eu une vie mouvementée, elle devine qu'il est en train de s'acheter une réputation – sinon une conduite – avec les plus beaux tissus de la ville. Elle sait qu'il est en train de construire, un peu à l'écart de la côte, sur une île à la courbe de la rivière, un domaine qui porte le nom d'Anfelana, et que les notables de la ville, longtemps méfiants à l'endroit de ce voltigeur de race incertaine, l'accueillent désormais à leur table et lui demandent de les emmener à la chasse au caïman.

Pourtant, les adversaires de Maxime le décrivent toujours comme teigneux, instable. Quel mauvais caractère ! C'est un *Beloha*, comme on dit ici, une « forte tête ». Dans la première lettre qu'elle écrit à Maxime (la première du moins parmi celles que j'ai retrouvées), Pauline lui dit qu'il est comme Montaigne : « honteux, insolent, chaste, luxurieux, bavard, taciturne, laborieux, délicat, ingénieux, hébété, chagrin, débonnaire, menteur, véritable, savant, ignorant et libéral, et avare et prodigue ». Maxime a quitté l'école pour s'engager dans un cirque : autant dire qu'il n'est pas ce qu'on appelle un homme très cultivé. En guise de littérature, il ne connaît pratiquement que la Bible, qu'il lit et relira sans cesse au cours de sa vie. Il ne sait rien de cet « homme-teigne ».

Pourtant, cette série d'épithètes en cascade le réjouit. Il l'apprendra par cœur et, pour remercier Pauline de cette découverte, lui chante dès le lendemain une vieille chanson créole :

Mon papa moutardié, mon monmon bingali
amoin minm batar moutardié,
mi boir dolo ann kèr fatak

C'est du créole de la Réunion, pas celui de Maurice, ni celui de Madagascar. Maxime est un négociant habile, il parle toutes les langues de la région. Il lui traduit le couplet en français :

Mon père est un oiseau tisserin,
Ma mère est un oiseau bengali,
Je suis un métis de tisserin,
Je bois l'eau au creux de l'herbe fataque.

C'est un *maloya*, un ancien chant des esclaves, lui dit-il. Pauline lui apprend que Montaigne fut un des premiers Français à critiquer l'esclavage : elle est frappée de cette coïncidence. Elle est aussi émue par la poésie simple et profonde de ce couplet.

Le tisserin est un oiseau au plumage jaune vif (d'où son nom créole de moutardier). Le bengali est de couleur brune, le dos rouge orangé tirant sur le bordeaux ; un trait blanc souligne son œil. Les deux iraient superbement ensemble, Pauline n'y avait jamais pensé. Et elle comprend soudain que cet homme vient d'entrer dans sa vie.

*

Maintenant, c'est la folle joie de la rencontre. Tous les soirs, ils se chamaillent gentiment sur la terrasse du *Nouvel Hôtel*. Elle lui joue du piano ou lui dit des poèmes, il lui chante de vieilles romances créoles de Maurice ou des chansons malgaches. Elle lui parle de Cézanne et de Picasso, qu'un marchand de la Réunion, Ambroise Vollard, vient d'introduire en Europe, il lui décrit les poissons merveilleux et les caïmans dangereux : tous les soirs c'est l'alliance de Montaigne et des métisses qui recommence. Ils alternent *les ban zolies zistoires*, les contes et les légendes, les sirandanes, les précis de philosophie et les fiches étymologiques. La mémoire se partage ainsi, de l'estuaire de la Gironde à l'embouchure de la Betsiboka, en passant par Goa. Quand, timide, effarouchée par la main qu'il dépose doucement sur un volant de sa robe blanche, un dimanche, elle lui dit qu'elle doit partir pour la messe, il lui sourit et répond par Le Cantique des cantiques, le Chant par excellence : il en sait des passages par cœur et les récitera jusqu'à la fin de sa vie.

De temps en temps, maintenant, on les voit passer ensemble sur le boulevard : Pauline délaisse le chœur babillant de ses cousines et de ses voisines pour se laisser raccompagner. À ce moment, eux seuls le savent mais il lui écrit déjà des lettres merveilleuses, sans aucune ponctuation, lancées au flux d'une parole d'amour emportée... Toutes ces lettres dorment aujourd'hui dans le vieux coffret à ferrures, papier jauni, déchirées d'avoir été lues et relues, passées par le sable des mains et le filtre des yeux. Ce sont des lettres-corniches, des lettres-falaises, déchiquetées comme les côtes d'une île et trouées par le temps, mais d'une belle écriture bleue, large et aérée :

Pauline son nom est comme une huile qu'on a répandue sur ses joues ont la beauté de l'oiseau tisserin ses yeux sont comme les yeux des oiseaux bengalis elle se retire dans le creux de la pierre dans les enfoncements de la pierre ronde elle est un jardin fermé et une fontaine scellée ce bouquet d'écume couleur de lait ma jeune fille mon grand amour écoute ce que l'eau raconte aux galets

De ces lettres, Pauline est émue jusqu'au fond de l'âme, sans qu'elle puisse savoir qui en elle en est la plus touchée, la catholique fervente ou la jeune femme enamourée. Les deux se fondent en une rose mystique et voluptueuse, qui brûle de toutes ses forces pour ce saltimbanque sensuel.

C'est le don du ciel, c'est la musique invisible. C'est l'amour, cette chose terrible, un amour qui n'a pas besoin d'explications ni de justification.

Alors, un matin, pour la première fois de mémoire de Mahajanga, Pauline change l'itinéraire de sa promenade. Elle est seule ce matin-là, elle a donné congé à toute sa traîne de cousines et de voisines, sa garde rapprochée de volants, de jupons et de rires. Au lieu de descendre vers la Pointe de Sable en direction du port, elle remonte vers la Pointe du Caïman qui, sur la hauteur de la ville, mène vers l'hôpital et le cimetière de la Corniche. Il est tôt, le vent du large souffle, on peut voir le scintillement du phare de Katsepe sur la pointe de la côte opposée… Elle ressemble à une fauvette de Madagascar, robe brune sur le dessus, chemise blanche par-dessous, une raie pâle au-dessus des yeux.

Elle a rendez-vous avec Maxime au Jardin d'Amour, le bien nommé, le square aux buissons à l'ouest de la ville, non loin du cimetière qui surplombe la mer. En fait, l'endroit doit son nom à son architecte, un certain Damour, mais le site où il se trouve, en aplomb sur le canal du Mozambique, ainsi que la délicatesse de son tracé – terrasses étagées, escaliers ombragés – en ont fait depuis longtemps le rendez-vous des amoureux. C'est pourquoi on lui ajoute souvent cette apostrophe, où viennent se loger le désir des jeunes gens : le Jardin d'Amour.

Ce jour-là, Maxime est en retard, elle l'attend, les premiers promeneurs du jour la reconnaissent et lui donnent le bonjour : ils notent une vigueur particulière sur son visage. Les gens ont l'habitude de voir Pauline en mouvement, ce matin elle est en arrêt près du petit banc, plus belle et violente que jamais de cette station en pleine aube, belle comme l'attentat d'une fleur sur le bord du rivage.

Enfin, il arrive. Ils s'assoient l'un contre l'autre. À la malgache, c'est-à-dire qu'ils se mettent dos à dos pour se parler d'amour. Adossés l'un contre l'autre sur le muret du Jardin d'Amour, ils ressemblent à un couple de gémeaux posé sur la pierre blanche : leur silhouette se dessine de profil, parallèle à la crête des vagues et à la ligne d'horizon. La conversation dure ainsi quelques minutes, durant lesquelles ils ne se regardent pas. Soudain elle se retourne... Elle est belle, et plus que belle, elle est surprenante. La première fois, c'est elle qui l'embrasse. Pauline, jeune, timide, sérieuse comme le pape, tout cela est confirmé et emporté en un frisson, le risque énorme d'un baiser.

Puis elle se lève et on croit voir l'air prendre sa forme, son souffle, son pas.

LE SPECTRE COLONIAL

Je pourrais passer des heures ainsi, à lire les articles et à regarder les programmes, toute cette vie puissante du cirque, avec ses artistes comme des oiseaux teints de rouge et toujours renaissants.

Mais il faut que j'avance.

Li-An a raison de me taquiner en me comparant à un grand malade entouré de paperolles dans une chambre tapissée de liège : si je veux comprendre quelque chose à la vie de ces gens, il faut aussi prendre la route, retrouver leur piste et dévorer leurs chemins. Les divers endroits où Maxime a travaillé par exemple, ou la dernière maison qu'il a habitée. Il faut affronter physiquement le lieu, sa matérialité, y compris l'état des murs, l'odeur ténue du salpêtre et ses petits cristaux blancs, la raideur de l'escalier… Je dois monter jusqu'à Mahajanga.

Georges n'a pas l'air pressé de me voir quitter sa maison. Mais il me dit la même chose que Li-An.

— Les documents, les papiers, c'est très bien. Mais tu dois absolument rencontrer Jean Pivoine, le vieux bijoutier. Plus personne ne sait quel âge il a exactement, mais probablement près de cent ans. Il a connu toute cette période, il est l'un des seuls à pouvoir en parler. Si quelqu'un peut te dire qui est dans la troisième tombe, c'est bien lui.

En route donc. Demain matin, nous partirons pour Mahajanga.

*

À Madagascar, chaque déplacement est un parcours du combattant. Les routes sont trouées, défoncées, poudreuses, souvent impraticables. On sort de chaque voyage fourbu et étrangement revigoré, le corps plein de trous et de bosses, comme si la route elle-même vous entrait sous la peau. Pourtant, rien de mieux pour découvrir le pays.

Georges m'a prêté sa voiture. Enfin si l'on peut encore appeler ça une voiture : c'est une vieille Peugeot blanche au plancher défoncé, dont les rétroviseurs tiennent avec de la ficelle. Le moteur est quasi neuf, me dit-il, c'est-à-dire qu'il ne date que d'une quinzaine d'années. Le voyant de la jauge est perpétuellement allumé, ce qui n'est pas très pratique pour savoir quand faire le plein, mais qui s'arrêterait à ces détails ? De temps en temps, l'accélérateur se bloque, et là ça devient vraiment dangereux : il faut que je plonge moi-même sous le volant pour relever à la main la pédale. Pendant ce temps, la voiture s'échappe à une vitesse folle et, faut-il le préciser, la tête sous le volant à la recherche de la pédale d'accélérateur, ma vision de ce qui se passe sur la route est plutôt réduite. Le reste du temps, comme dit Georges, elle marche très bien.

Li-An est assise à ma droite, à « la place du mort ». Je lui apprends l'expression à cette occasion, elle rit, elle trouve que, compte tenu de l'état de la voiture, c'est bien trouvé ! Nous roulons longtemps dans une foule vivace et colorée, entre les camionnettes déglinguées, les chars à bœufs, les enfants qui courent, les femmes au dos chargé. La misère attrape l'œil à chaque moment, et la vie aussi : un rire, une altercation amicale, des mains de jeunes entremêlées. Je note mentalement plusieurs enseignes, qui dessinent au fil de la route de petits portraits du pays, des aperçus colorés :

Dark and lovely
(Salon de coiffure)

ou bien encore cette école au nom tendre et doux :

Les Petits Chérubins

mais au slogan martial :

« Courage, ardeur, persévérance »

Nous en aurons besoin ! Ensuite, en effet, ce sont deux jours de voiture, dans la fraîcheur des hauts plateaux d'abord, puis dans la chaleur de la plaine et la poussière des pistes. Lorsqu'on fait la route des hauts plateaux à la côte, on a l'impression de passer d'un congélateur dans un four à pain. En quittant le territoire des Mérinas, le corps tremble, les doigts sont transis de froid. En arrivant au pays du Boina, les rayons du soleil transforment l'habitacle secoué de cahots en une étuve : le corps cuit, on est un poulet rôti qui tourne sur sa broche. De temps en temps, il faut franchir des pentes abruptes et jeter quelques bidons d'eau pour alléger la voiture.

À l'approche de Mahajanga, coup de tonnerre : un typhon nous tombe dessus puis repart aussi vite qu'il était arrivé. Des villageois accourent : tout le monde donne un coup de main pour faire passer le véhicule dans les mares de boue semées de blocs de pierre détachés de la route et les ravines dénudées par des torrents d'eau. Li-An a compté : nous avons passé cinquante-deux rivières en tout, autant qu'il y a de semaines dans l'année.

Enfin, les boutiques se succèdent sur le bord de la route, nous approchons de la ville. Tout est à vendre ici, rien ne se perd, tout se transforme dans un tumulte joyeux : poulets vivants, quartiers de viande, chaussures dépareillées, bananes jaunes aux formes douces et polies, ananas verts aux crêtes déployées... Sur la droite, une pancarte annonce : « Vends un demi-moteur de 403 ». Où est donc passée l'autre moitié ?

Joie de l'échoppe et du bourdonnement du monde.

*

À l'arrivée à Mahajanga, tête-à-tête époustouflant avec les nuages. Par son ampleur, son étendue, la palette de ses couleurs, la variété de ses nuages, la multiplicité de ses reflets, le ciel de Madagascar est un spectacle étonnant. En fin d'après-midi, planant sur le canal du Mozambique, il est d'une tendresse bouleversante.

Avec la vieille voiture aux sièges défoncés, nous allons faire le tour du baobab. C'est le rituel, nous a dit Georges : faire le tour du baobab qui trône tout au bout du boulevard porte bonheur aux nouveaux arrivants.

Puis nous montons sur la droite, vers la corniche. Nous passons les hôtels et les restaurants qui surplombent la mer, la maison du gouverneur de province avec ses lampions, le Jardin d'Amour où Maxime et Pauline ont échangé leur premier baiser, et nous arrivons à la porte du cimetière. Mais la nuit est déjà tombée, le cimetière est fermé. Les trois tombes sont là, tout près, tapies dans l'ombre.

Installation à l'hôtel. Nous sommes épuisés par le voyage. Li-An s'endort très vite, ceinture à peine débouclée, ses longues jambes comme deux beaux fleurets à lame flexible dépliées en travers du lit.

Je tends l'oreille : on entend la pluie qui arrive, qui passe, qui repart… La pluie vient toujours le soir, on dirait qu'elle accompagne la nuit de son manteau de nuages, bleu orage. Les pattes de milliers d'oiseaux migrateurs s'abattent sur les toits de la cité, grattent le zinc et la tôle – tout d'un coup, toutes les odeurs de la ville s'échappent et se faufilent dans les ruelles, entre les tronc d'arbres et les piliers des maisons : c'est le sabbat des feuilles mouillées et des toitures, la rouille étend sa puissance sur le monde. Nuages, alluvions, électrons, particules de fer, soudain libres comme l'air : une force magnétique se détache de chaque branche et gagne les murs, les robes des femmes, les capots des voitures.

Le ciel se déchaîne. Vent, rafales, tourbillons de pluie. Je jette un œil par la fenêtre. Dehors, les nuques se courbent, les têtes s'enfoncent dans les épaules, on voudrait rentrer en soi-même pour échapper à la pluie, à ses mille lames traversantes.

Et par-dessus tout, l'étonnante odeur de cerise et de citron de ces petites fleurs rouges qui, tout à l'heure, n'avaient vraiment l'air de rien sur le bord du chemin.

J'irai demain voir le vieux bijoutier indien.

*

La boutique du bijoutier est propre et bien rangée. La salle principale est séparée en quatre par deux rangées de présentoirs en bois sur lesquels reposent les pierres précieuses et les bracelets d'argent, et autour desquels s'organise le ballet des visiteurs, le remue-ménage des fournisseurs, les allées et venues des acheteurs. Un bracelet coûte entre deux cent soixante et trois cent mille francs malgaches – c'est-à-dire un peu plus de dix euros. Pour l'or, c'est une autre vitrine et c'est plus cher : environ quatre millions de francs malgaches, « mais ça ne fait que cent vingt euros », précise Jean Pivoine. Personne ne sait exactement l'âge qu'il a, mais tout près des cent ans, il jongle encore avec les cours, les échanges, les monnaies. L'esprit toujours vert, il se joue des continents, des méridiens et des devises, il suit au jour le jour le cours des matières premières, évalue les données géostratégiques, soupèse le contexte politique, jongle d'une monnaie à une autre, et convertit toute chose en une autre ou son contraire. C'est une sorte d'Ariel circulant et calculant – entre les âges aussi : il vous parle du taux des années 1960 et de l'état du marché après l'Indépendance, puis revient en un tournemain à la situation actuelle, les conditions de travail, la difficulté de trouver des travailleurs qualifiés… C'est un elfe, la personnification d'un esprit immémorial, un génie de la transaction. À le voir, on comprend comment quelques dizaines d'Indiens ont pu en quelques années bâtir des empires financiers fondés sur l'or et l'argent, le choix des pierres et le travail des métaux.

Jean Pivoine, le vieux bijoutier indien, au moins quatre-vingt-dix-neuf ans aux prunes et un visage de masque nô qui serait passé par le chalumeau du temps : la peau descend par vagues des yeux jusqu'au menton, puis se répand par coulées successives latérales, vers les joues, le cou, les épaules, c'est tout à fait comme si on était devant une génoise au caramel en train de fondre. Chez certains vieillards, le temps étire les traits par éboulements successifs. La peau liquide est comprimée au niveau du cou par une cravate très serrée, qui lui fait comme un jabot ; au-dessus de la pliure du col, des poches, des soufflures et des scories remontent à la surface comme des grumeaux. Son visage, c'est du lait, du beurre, de la farine, une masse pâteuse qui glisse vers le bas. Mais dans ce visage, tout au fond, deux petits yeux jaunes très vifs qui brillent. Ils brillent encore davantage dès qu'on lui parle de Maxime Ferrier.

« Maxime Ferrier, Maxime Ferrier… » Tout de suite, dès qu'il sait que je suis le petit-fils de Maxime, il se redresse dans son fauteuil, il se lève. Sa voix chevrote, hésite un peu dans les graves, il toussote, repart sur une note plus aiguë : « Venez par ici, on sera tranquille. En ce moment, il n'y a pas beaucoup d'affaires. C'est le temps de remplir les déclarations d'impôts, les formulaires administratifs : j'ai renvoyé mes ouvriers chez eux, ils sont en vacances pour un mois, tout ça, ça ne les regarde pas. »

Nous quittons la grande salle, il m'entraîne vers l'arrière-boutique, une pièce obscure, sans fenêtres, qui abrite une balance et des instruments de précision : lunettes, ferrements, poids et mesures. C'est ici qu'il pèse les métaux, qu'il fabrique les alliages, qu'il vérifie les combinaisons... Au mur, deux calendriers, l'un avec des vignettes indiennes, l'autre avec des illustrations catholiques.

Une odeur très douce flotte dans l'air, du bois de santal mêlé à du musc et à de la rose. Un encens laisse échapper quelques volutes bleues. La lumière ne pénètre que très peu dans cet antre, où les bruits arrivent sous forme de chuintements. Dès que j'ai prononcé le nom de Maxime, il a pris un air mystérieux et m'a conduit dans cette arrière-salle. C'est la chambre du fond, celle où l'on n'entre jamais.

« Les murs n'ont pas seulement des oreilles, ils ont aussi des yeux et une langue. Pour qui les sait entendre du moins... Ici, nous serons bien. » Il avance une chaise. « N'allez pas croire que ces objets inanimés (il effleure une vieille balance de bronze de sa main garnie de bagues jaunes)... soient toujours muets. Ces chaises, ces murs, ces tiroirs me parlent aussi clairement que s'ils me transmettaient un message. »

Il raconte. Les gestes sont en même temps précis et amples, les mains baguées s'élèvent et retombent doucement sur la poitrine – comme une prière – tandis qu'il évoque sa jeunesse, les parties de cartes au Grand Hôtel avec Nénesse, le Perrier-Martel, son cocktail préféré, cognac et eau gazeuse, qui laisse dans la bouche un goût de pêche blanche légèrement effervescente. Plus tard, dans les années 1960, il passera au whisky. Aujourd'hui, c'est le rhum… Il en prend un et il m'en sert un verre.

Ses yeux gris semblent toujours observer une scène qui se déroulerait à des kilomètres de là. Il parle doucement et par syllabes lentes, comme si les mots sortaient d'un puits, comme si les phrases remontaient le long d'un entonnoir. « Maintenant, je ne bois plus que les week-ends. En vieillissant, il faut tout ralentir pour pouvoir durer », dit-il avec un geste de la main gauche, soudain empesée, solennelle : on dirait qu'elle traverse les âges pour venir se poser sur sa poitrine.

Son regard glisse par-dessus ma tête, comme s'il contemplait un spectacle passionnant qui aurait lieu de l'autre côté du planisphère. Il cherche un peu ses mots, il place sa voix, mais sa diction est tout à fait claire et ses idées sont nettes. Maintenant, le petit rhum du soir fait flamber sa mémoire. Je sors mon carnet, mon stylo, je prends des notes…

*

C'est précisément à partir de sa rencontre avec Pauline que la fortune de Maxime croît de manière exponentielle. En quelques années, il va s'imposer comme un des meilleurs commerçants de la côte ouest : en travaillant alternativement pour les colons du coin et à son propre compte, il va gravir les échelons de la bonne société mahajangaise, « en moins de temps qu'il n'en faut pour griller une sauterelle » (proverbe malgache).

Maxime installe d'abord une plantation à Karankely, dans la brousse, pendant quatorze mois, pour le compte du colon Cavadini, époux d'une demoiselle Delastelle, célèbre famille franco-malgache de la Grande Île : au siècle dernier, un de ses ancêtres, paré du nom claironnant de Napoléon Delastelle, avait dirigé de nombreux établissements sur la côte, s'associant même avec la reine Ranavalona. Maxime a alors sous ses ordres une trentaine de personnes, qui produisent essentiellement du café, de la vanille et du poivre. En un an, la production de café est multipliée par six : les colons commencent à s'intéresser à cet homme respecté de ses ouvriers, qui ne craint pas de passer des semaines entières en brousse en dormant avec les Malgaches, et qui, le week-end, accompagne la fille Nuñes dans ses promenades.

Puis il travaille pour un certain Berger, un Alsacien, propriétaire de la « Ferme du Transvaal », qui le débauche de chez Cavadini en lui proposant le double de son salaire. Il passe de trois mille francs par mois (et un sac de riz de cinquante kilos) à six mille francs (et un vélo). Il a sous ses ordres non plus une trentaine mais une cinquantaine de personnes. Maxime reste là une année environ, puis est de nouveau débauché, cette fois-ci par Hassan Ali lui-même. L'ex-ami de Madame Bartolini possède sur le littoral nord-ouest une dizaine de plantations : il n'a jamais perdu de vue le jeune acrobate arrivé une dizaine d'années plus tôt au milieu des fleurs et des monstres, il lui confie le métayage d'un de ses domaines et, en particulier, son élevage de zébus. Maxime passe de six mille à onze mille francs puis, devant les résultats obtenus, de onze mille à quarante mille francs. Il dispose également, par contrat, de plusieurs stères de bois et d'un groupe électrogène. Il a alors cent à cent cinquante paysans malgaches sous son autorité : il leur attribue des lopins de terre qu'ils font fructifier pour leur compte, mais à la saison des récoltes ils doivent donner une *daba* de riz ou de maïs (la *daba* est un bidon de pétrole haut et carré, l'équivalent de vingt litres environ, en fer-blanc). Quand ils tuent un bœuf, ils gardent l'entrecôte mais donnent le filet, le cœur et la cervelle à Hassan Ali. Les mangues, le maïs, le manioc et les légumes sont pour le propriétaire, le riz, les brèdes, les patates et les grains (fèves, lentilles, haricots) pour les Malgaches.

La comptabilité du domaine est impeccablement tenue. Il est loin, le temps de la petite boutique sur la plage d'Amborovy et du livre de comptes farfouillis ! Désormais, les papiers juridiques et administratifs sont rangés par liasses de trente et classés selon la nature des actes (baux, contrats, transactions, réquisitoires, procès-verbaux), de la main experte de Pauline. En recoupant le témoignage du vieux bijoutier avec la masse de documents que j'ai retrouvée dans la malle de Pauline, et qui restent aujourd'hui comme les peaux mortes de ces mues successives, on peut se faire une idée assez précise du monde colonial dans lequel Maxime a vécu, des difficultés auxquelles il a été confronté et de la manière dont il a joué pour les esquiver. On y découvre notamment une République incroyablement pyramidale, où il est très difficile à ceux qui ne sont ni français ni blancs de se faire une place.

*

En haut, tout en haut, trône le gouverneur général, invisible comme Dieu et comme Dieu omnipotent. À Mahajanga, il est représenté par le chef de province, dont la Résidence se trouve symboliquement à quelques pas du grand baobab. Puis sa cour, avec, dans l'ordre de préséance : les hauts fonctionnaires, les fonctionnaires, les militaires, les colons… Les Malgaches, les plus nombreux, se trouvent tout en bas. Tout le monde est soumis à un ordre hiérarchique strict et à une étiquette protocolaire chevrotante digne du duc de Saint-Simon. Courant sur près d'une vingtaine d'années, portant sur les sujets les plus divers (impôts, droits de passage, frais de douane…), et à travers les courriers les plus variés (formulaires juridiques, missives administratives, lettres privées), se dévoile ainsi en filigrane toute la vie de la colonie dans ses sphères les plus ordinaires (demandes d'autorisation, réclamations, protestations contre les taxes) comme dans les plus distinguées : jalousies, haines et persiennes, rivalités sans fin sous les ombrages, rosseries des stores baissés, regards lancés sous les treillis, faveurs triées sur le volet.

Indiscrétions ? Vol ? Espionnage ? On se demande comment Pauline a pu récupérer certaines de ces lettres, qui ne concernent parfois les affaires de Maxime que de très loin mais qui ont dû lui servir de moyen de pression lors de négociations difficiles ou de tractations délicates. Tel chef de district demande une maison plus grande et plus en rapport avec ses attributions. Un magistrat mielleux sollicite pour sa femme un emploi de secrétaire auprès du chef de province, comme si c'était une charge aussi favorable que celle de grand veneur auprès d'un roi passionné pour la chasse. Un conseiller malgache, « dans l'apogée de sa faveur et de sa considération personnelle, avec un crédit que rien ne balance », se plaint de s'être vu refuser une promotion : on lui répond qu'il est coupable de ne pas avoir salué l'administrateur lors de sa dernière tournée... Un président de tribunal dispute à un chef d'agence le droit pour son épouse de s'asseoir au premier rang lors de la projection du film *La Bigorne, caporal de France*, sur la terrasse de l'école... (Ah, les épouses : facteurs de discorde permanents !) Dans l'imbroglio juridico-mondain qui s'ensuit, les sièges de la terrasse deviennent l'enjeu d'une lutte symbolique acharnée, à faire pâlir de jalousie toutes les dames de Soubise, la princesse de Guémené et les demoiselles de Montbazon : ils seront successivement tous ôtés, puis remis, et enfin peints de couleurs différentes selon l'ancienneté, l'âge et la position des spectateurs...

C'est le grand théâtre colonial : tantôt comédie, tantôt tragédie, le plus souvent boulevard de bord de mer. Envies et prérogatives, intrigues, rancœurs, calomnies, méchancetés intempestives : tous ces hauts fonctionnaires et commissaires de haut vol, directeurs adjoints, chefs de cabinet spécialement appointés se tortillent comme des duchesses à mortier autour d'une chaise ou d'un fauteuil, ajoutant à la brillante formation qu'ils ont reçue une ruse et un savoir-faire indiscutables dans l'art et les degrés de se procurer les tabourets.

Cette structure verticale, régie par l'esprit du macaron et l'étiquette hiérarchique, se double d'une structure horizontale, une sorte de pensée en colimaçon qui fonctionne selon le principe des cercles concentriques. Entre Français mêmes, on distingue sournoisement – mais soigneusement – le Français de métropole et les Français des colonies. L'habitant de l'Hexagone vaut plus et mieux que le bougre de La Réunion, que le drôle de Maurice, que le briscard de Madagascar. C'est de métropole que viennent les meilleurs produits, les vêtements à la mode et le meilleur français. Société pharaonique – dont rien ne dit qu'elle ait complètement disparu aujourd'hui – qui ne raisonne que par rapport au centre et pourrait être décrite comme l'enroulement de plusieurs bandes nuageuses autour d'un point fixe de référence et de rotation : la métropole. Elle croit à la circonférence des classes sociales, à la rotondité des races closes, à l'incommunicabilité des sphères, à la vérité des couleurs de peaux.

Tout en prêchant les vertus de la « France éternelle » et en martelant l'idéal des valeurs de la République, on crée alors – dans les têtes et sur le papier – toutes sortes de statuts différents et contradictoires, une palette dégradée de plusieurs régimes de citoyenneté. Le fonctionnaire colonial lui-même, qui réside en ville, qualifie le planteur de « marécageux », et à plus forte raison lorsqu'il n'a pas la nationalité française… qu'on se garde bien de lui accorder. Il y a deux écoles, « l'école européenne » pour les Européens et les assimilés (enfants des colons et des fonctionnaires français, rares rejetons des Malgaches riches) et « l'école officielle » pour les Malgaches : dans la première, le directeur vient de France et les instituteurs sont recrutés localement, dans la seconde, le directeur et les instituteurs sont malgaches, on y vient les pieds nus, on en ressort la plupart du temps destiné à des carrières modestes, à des emplois subalternes. Dans les discours, on parle d'éliminer les différences raciales et sociales, dans les faits on les promeut. Enfin, tout en bas de l'échelle, se trouve « le stade de civilisation la plus primitive », « la vie misérable des races nues », les « civilisés primitifs » comme on dit dans les journaux (ou dans les discours à la Chambre).

Une certaine idée de la colonisation se fait ainsi jour entre les pages, mêlée de sollicitude et de rentabilité, dodelinant entre les pouvoirs publics et les intérêts privés, toutes tendances politiques confondues, du Cartel des Gauches – et ses épigones – au Bloc national – et ses successeurs : un chassé-croisé permanent de valeurs civilisatrices et de stratégies commerciales. Il est impossible au colonial de ne pas être ambigu : la grande fiction de l'humanisme et du progrès accompagne cette entreprise de tutelle qui se donne des airs de tutorat. C'est les droits de l'homme et le droit du plus fort réunis.

*

La langue surtout est l'objet d'une attention maniaque, d'une surveillance forcenée, comme si l'on se doutait que tout venait d'elle, que tout passait par elle et qu'elle pourrait un jour tout remettre en cause : alors, on la passe au crible et on la disjoint, on la sélectionne et on la sépare, on la délimite et on la distribue – comme le bien le plus précieux.

Il y a d'une part le français orné d'En France, festonné, renchéri, et d'autre part les locutions toujours suspectes des mal-parlants d'outre-mer. On loue le français ornementé de la métropole, délicat, ajouré, avec ses entrelacs : ses cieux sont de vair, et sa terre est recouverte d'une broderie. Des garnitures de buis marquent le contour de ses parterres. Chaque chemin d'herbes foulées sous la gelée blanche de sa langue est comme une traîne lamée, chaque buisson une rayonnante orfèvrerie… Derrière, grondent des mots venus de marécages désolés, des lexiques infréquentables, des grammaires impraticables, des pages sombres et pleines du poison des Tropiques. Il y a les cathédrales du haut français, ses linteaux et ses tympans, ses arcs, ses colonnes (sublimes, forcément sublimes), et la langue d'en bas, une maçonnerie de mots terribles, endiadémés d'une auréole noire, qui sentent le pet, le pois rouge et les pissats. Le temps n'est certes pas loin où les Patrick, les Raphaël – des gamins aux prénoms d'anges ou de saints –, les Simone et les Maryse – des enfants aux prénoms de moniale, d'aviatrice ! – feront trembler et basculer le vieil édifice. Déjà un peu partout, se lèvent des mots de Guyane, des mots de Guadeloupe, d'Afrique ou de Martinique, précédés de splendides mots d'Uruguay beaux comme les serres rétractiles des oiseaux rapaces. Des mots mulâtres, des mots chabins et des mots câpres, tout un sentencier de tournures qu'on ne considère pour l'instant que comme des émanations mortelles sortant de la mangrove des langues.

Mais pour l'heure, c'est la valse des euphémismes : la conquête est une « pacification », les révoltes sont des « incidents » (des « troubles » quand il y a trop de morts), les grandes guerres d'indépendance arrivent péniblement au statut d'« événements ». L'aménagement des territoires conquis devient « l'outillage économique » des colonies. La nomination est l'instrument le plus sûr de la domination : on enlève des voyelles (le fabuleux arc-en-ciel des voyelles de la langue malgache), on tronque, on ampute, on mutile. Antananarivo est convertie en Tananarive, on troque

Toamasina pour Tamatave, on contrefait Mahajanga en Majunga…

Et on pourrait faire mieux !… Dans un numéro de la *Quinzaine coloniale* de 1902, un lecteur s'interroge gravement :

« Est-il admissible de laisser subsister indéfiniment ces noms rebelles aux cerveaux français : Manjakandriana, Ambohidrahino, Maevatanana, Andranogokoaka, etc., etc. ?… Que ne les remplace-t-on par des noms français ayant une signification, tels Belle-Fontaine, Haut-Mont… »

Si le rapport à la langue étrangère indique le degré d'accueil et de résistance, en soi, à la parole de l'autre, on peut dire que la colonisation fut le plus souvent d'une exceptionnelle surdité.

Bien sûr, il ne faut pas noircir le tableau. On peut aussi évoquer l'enrichissement d'une certaine bourgeoisie terrienne locale, appeler en renfort la médicalisation – réelle – et la scolarisation – avérée (quoique très insuffisantes). Oui, quelques-uns sont irréprochables : sages-femmes des maternités, médecins des léproseries, infirmiers pleurant la mort de l'enfant dans la case, administrateurs qui apprennent la langue et sauvegardent les trésors des coutumes, instituteurs pénétrés de leur mission et tâchant d'éduquer, de former et de transmettre. Certains réussissent peut-être le miracle de combiner le juste et l'impérial…

Mais pour le reste ? L'amélioration sanitaire, les vaccinations de masse, soit, mais la diffusion de nouvelles maladies et parfois même de véritables endémies par la conquête ? On oublie. La multiplication des routes et le développement des infrastructures oui, mais l'exploitation infernale de la main-d'œuvre par l'application du travail forcé ? On oublie. La multiplication des règles et des contraintes, les sanctions arbitraires, les convocations, les brimades, les discriminations ? Les interdictions de circuler, de ramasser du bois, les réquisitions, les emprisonnements ? On oublie. Les recensements, la charpie des guerres, « le droit illimité à lever des troupes noires », la surveillance permanente et le contrôle généralisé ? On oublie.

Bien sûr, on peut toujours mettre tout cela sur les plateaux d'une balance et, selon sa propre histoire, sa sensibilité, son idéal scientifique – ou, le plus souvent, les intérêts idéologiques du temps présent –, décider qu'elle penche d'un côté ou de l'autre… Mais la « moustiquaire », cette jeune femme qu'on offre au représentant de l'État, l'administrateur en tournée ? Allez, vite, on oublie.

On oublie aussi : l'indigénat, la multiplicité des régimes et des codes particuliers, les révisions, les adaptations incessantes, l'espoir sans cesse déçu d'une improbable citoyenneté, les dérogations au droit inscrites dans le droit lui-même. Il est vrai que l'on se perd un peu dans tous les arrêtés, décrets, mandements et conventions, observances et ordonnances, règlements et prescriptions censés apporter aux colonisés leur futur statut de citoyens éclairés : assimilation, intégration, association, accommodation… Tout y passe dans le dictionnaire des sinuosités.

Au bout du compte, les indigènes ne sont plus ni malgaches ni français ni rien, ils sont laissés là, sur le sable d'outre-mer, en souffrance. Car la nationalité n'est jamais un droit, c'est une faveur qu'on leur fait. Les indigènes, d'habitants, glissent au rang de figurants, ils disparaissent petit à petit de leur propre pays. Absents, fantômes, ils sont un décor, une ambiance, un ornement pittoresque – mais aussi corvéable et contribuable – dans le grand spectacle du progrès et de la colonisation, une toile de fond. Ils sont là, mais ils ne sont pas là : des spectres en leur propre pays.

*

Ah, la colonisation… Nous y sommes. C'est ici que les lecteurs se grattent, se tâtent, se fendent, s'entre-tuent… Le ton monte, les vérités définitives tombent, c'est l'émeute dans les salons. La colonisation fut-elle une chance ou une erreur ? Ses avantages furent-ils réels ou supposés ? ses idéaux mensongers ou dévoyés ? À partir de là, roulez colloques, conférences, tables rondes, sermons, relents racialistes et macérations nombrilistes… Papotages et radotages : sur tous les aspects du phénomène – positifs, négatifs, laxatifs, dubitatifs – les esprits entrent en ébullition.

Le cas de Maxime pourrait bien ajouter encore quelque confusion à ce dossier compliqué. Maxime n'est pas un anticolonial, loin s'en faut. Dans une certaine mesure, il participe au système, il a des Malgaches sous ses ordres, et il fera tout pour que ses enfants aillent à l'« école française » (il y réussira). Pourtant, c'est aussi un échappé, un immigré, et à ce titre il subira à maintes reprises la politique du pouvoir colonial à l'encontre des étrangers, l'administration oscillant en permanence entre la recherche de main-d'œuvre et le contrôle de l'immigration, entre le souci de favoriser les activités françaises et la nécessité de faire une place à certaines activités étrangères indispensables à l'économie de la Grande Île. Ses accointances avec les Malgaches sont de notoriété publique : là-dessus, les témoignages sont innombrables et cette solidarité lui vaudra, comme on le verra, pas mal de déboires... Non seulement il passe la plus grande partie de sa vie en brousse, il dort, il mange et il boit avec eux, mais alors qu'il a théoriquement le droit d'entrer dans le *bazary be*, le marché couvert réservé aux « Européens et assimilés », on le voit le plus souvent au *bazary kely*, celui des indigènes. Il est, comme on le dit d'autres colons sous d'autres cieux au même moment, « bougnoulisé ». Il a une vraie facilité à entrer dans l'esprit et à prendre les mœurs des autres. Au fond, je crois que c'est la seule chose qui l'intéresse.

La couleur de sa peau, surtout, reste sujette à toutes les conjectures – en ce temps-là, pas plus qu'aujourd'hui, ce n'est un détail. Maxime est-il « blanc », « bronzé », « brun clair » ? Dès qu'on aborde le sujet de sa pigmentation, la question des nuances devient infinie : elle semble varier dans le temps ainsi que selon sa place dans la hiérarchie sociale. Les signalements à ce sujet diffèrent en effet selon les époques et l'état de sa fortune. Selon les témoins divers (articles de journaux, rapports de police, témoignages oraux...), elle est tour à tour acajou et mélasse, prune ou pêche, cannelle ou caramel, sapotille, pistache... jaune rosé, banane mûre...

Un détail revient souvent : il a le torse blanc et les jambes bronzées. On dit aussi que ses lèvres sont épaisses : aurait-il du sang africain ? De même, on ne sait jamais exactement de quelle nationalité il se réclame : britannique ? française ? malgache ? Les trois peut-être. Pour les uns, il est originaire de Bordeaux, pour les autres de Saint-Malo (curieusement, toujours des villes d'eau). Certains le diront américain et d'autres catalan. Maxime est ainsi. Il brouille tous les repères de la « civilisation ». Il est pigmenté et il est pimenté : avec lui, on ne sait jamais sur quel spectre danser. Il est tout en variété, en teintes diaprées. C'est un nuancier. Un jour ou l'autre, on lui en voudra, évidemment.

Sur le plan administratif, il aura un visa de séjour « étranger » qu'il faut payer et renouveler chaque année. Lors du passage à l'indépendance, le tampon changera, un joli palmier ébouriffé prendra la place de l'auguste statue républicaine, et c'est tout. Ironiquement, cette carte porte la mention : « Carte d'identité définitive », alors même qu'il faut la reconduire chaque année. Aucun État, ni le colonisateur ni le décolonisé, ne lui reconnaîtra jamais une autre forme d'existence que cette définition paradoxale, transitoire et renouvelable, éternellement minoritaire, définitivement temporaire.

CREOLE JAZZ BAND

Explorer les marges, les silences, tel a toujours été l'un des secrets de l'acte d'écrire. Dans l'Histoire de France, les Mémoires sont des bombes. Des dispositifs parfaitement ingénieux, à fragmentation et à retardement. Eux seuls révèlent la complexité des temps, leur tourmente animée, leurs turbulences secrètes. Clandestins. Ils ne monumentalisent pas, ils sont, littéralement, *à côté de la plaque*, mais à l'envers de la généalogie accréditée ils détectent les parentés originales, les affiliations imprévues, le foisonnement des moments contre le cours officiel du calendrier.

La Fronde ? Ce n'est pas un historien mais un mémorialiste, le cardinal de Retz, qui l'a le mieux décrite. Le siècle de Louis XIV, la société de cour ? Norbert Elias sans aucun doute, mais Saint-Simon à coup sûr. Voyage dans les coulisses. Différenciation des sources, extension des croisements, pouvoir d'insurrection et de résurrection. Les Mémoires percutent le temps, le soulèvent, le retournent, les vrais mémorialistes sont comme des acrobates : ils savent se soustraire aux chaînes opératoires normales, chercher un aplomb qui brise le cycle quotidien des positions dans l'espace, se glisser dans les interstices du temps pour faire surgir la vérité des corps et celle des pratiques.

C'est un travail en hors-piste, une voie traversière. En écoutant le vieux bijoutier, j'en apprends des choses… « l'envers de l'histoire contemporaine », comme disait l'autre…

*

Par une sorte de paradoxe qui est bien dans son style, la mauvaise réputation de Maxime croît en même temps que sa place dans la société. Une certaine manie lui attire en particulier l'hilarité des uns et la bile des autres. Maxime a en effet un goût prononcé pour les symboles et pour les signes. Il tient à inscrire son ascension dans le chiffre même de son nom, avec lequel il va jouer à plusieurs reprises au cours de ces années.

On se demande d'abord quelle mouche le pique lorsqu'il décide une première fois de se faire appeler « Maxime de la Ferrière » : on murmure alors que cette particule de noblesse l'apparente à la dynastie girondine des Ferrière, une célèbre famille de courtiers maritimes. Mais ce n'est que le début de sa métamorphose : bientôt, il intercale dans son nom un nouvel écusson et se fait appeler « Maxime Le Roy de la Ferrière ». Le bruit court alors qu'il serait le descendant d'un corsaire malouin. Enfin, quelques mois plus tard, il se transforme à nouveau : de plus en plus imprégné de la Bible, il devient « Maxime Saint Jean le Roi de la Ferrière », signature dont il paraphera divers documents administratifs.

Si l'on essaie de représenter sur le papier les linéaments successifs de cette baroque expansion patronymique, on obtient ainsi cette étrange figure comme le feuillage d'un palmier :

Maxime Février…
Maxime Ferrier…
Maxime de la Ferrière…
Maxime Le Roy de la Ferrière…
Maxime Saint Jean le Roi de la Ferrière…

L'état civil de Mahajanga enregistre avec quelque réticence et une pointe d'agacement le tracé de ces modulations. Mais enfin, Maxime a de l'argent, il paie, à chaque changement de nom c'est un peu d'argent qui rentre dans les caisses, sans compter les dessous et les dessus de table, commissions, pourboires et pots-de-vin. De plus, tout cela est fait avec une bonne dose d'humour : chaque changement de nom est le prétexte à de gigantesques agapes, qui commencent dès la sortie de la mairie, où l'oncle Pierre entonne le *Vivat Bacchus !* de *L'Enlèvement au sérail*. Les festivités se continuent tard dans la nuit, une bonne moitié de la ville défile sur les terrasses du *Nouvel Hôtel*.

On s'est beaucoup gaussé de cette manie de Maxime, certains y voyant une excentricité délirante mue par un orgueil déplacé ou, au mieux, un caprice un peu puéril. Pourtant, il y a plus qu'une simple ornementation du nom dans cette série de variations. Pauline a sans doute raison, qui suit avec jubilation ce glissando vertigineux en le comparant aux sept positions du trombone à coulisse et en affirmant que c'est sa manière à lui d'être musical.

Ce jeu sur son nom, commencé dès son arrivée sur l'île (lorsqu'il avait changé son patronyme de Février en Ferrier) et poursuivi quasiment jusqu'à la fin de sa vie, est l'un des traits les plus constants de son caractère, et comme la signature même de son goût pour la liberté. Soustraction, reprise, articulation permanentes : c'est le grand art des mutations. Dans cet arrangement de lettrines et de mots, dans son insistance combinatoire, dans les aléas de cette signature turbulente, se lit le geste toujours renouvelé d'affirmer son existence et de la porter à incandescence. Alors, le nom devient une arme, chargée à plusieurs détentes et pourvue en chaque lettre d'un réservoir infini de barillets supplémentaires : on ne sait jamais ce qui peut sortir de la coulisse.

*

J'en apprends de belles, sur le grand-père…

Sa situation familiale provoque aussi les pires commérages : en effet, Maxime ne s'est jamais marié à Pauline. Ils vont faire ensemble sept enfants – qu'il reconnaîtra tous –, mais jamais il ne se sentira tenu de « régulariser sa situation », comme on dit. Lorsqu'on l'interroge sur le mariage, il répond par une pirouette – toujours l'acrobate ! Une citation de saint Paul, dont il connaît la Première Épître aux Corinthiens par cœur : « Mariez-vous, vous ferez bien ; ne vous mariez pas, vous ferez encore mieux. »

Mais il y a pire encore : alors même qu'elle met au monde son premier enfant, Pauline apprend que Maxime a une liaison avec une autre femme, une dénommée Carmen. Non seulement une liaison mais... des enfants. Ici, Maxime a tellement brouillé les cartes que, même des années plus tard et en se fondant sur de nombreux témoignages, il est impossible de se retrouver dans la chronologie de ces amours tumultueuses. Regards méprisants, persiflages moralisants, réprobation hautaine, rien n'y fait : pendant quelques années, il va vivre avec plusieurs femmes et faire des enfants à deux d'entre elles, régulièrement, méthodiquement et, on oserait presque l'écrire : fidèlement. Croissez, multipliez... Lorsqu'on le questionne sur le sujet – ce qui est rare, car Maxime n'est pas homme à se laisser questionner –, il répond à nouveau par une citation de saint Paul :

— « Voici donc, mes frères, ce que j'ai à vous dire : le temps est court. Et ainsi, que ceux même qui ont des femmes soient comme n'en ayant point. »

Et il ajoute, toujours ductile et souriant :

— Chapitre 7, verset 29.

Ainsi vont naître successivement (et parfois la même année) : Maxime, Ketty, Gladys, Daisy, Dolly, Cléto,

Willy, Jacky, Johnny, Marilou et Nico. La nature (ou la Providence) veille sur cette double lignée en distribuant équitablement les rôles et les sexes : tous les enfants mâles vont à Pauline, toutes les filles à Carmen. Lorsque cette étrange loi d'harmonie est brisée, la mort tombe comme un couperet : du côté de Carmen, le petit Maxime meurt très jeune, vers six mois, du côté de Pauline la petite Marilou décède en 1949, à l'âge de quatre ans. Il était dit que du ventre de Pauline ce seraient les garçons qui survivraient, et du ventre de Carmen les filles, comme si le réel lui-même entérinait une étrange division sexuelle qui ne devait pas être bousculée.

L'attitude de Maxime paraîtra étonnante et peut-être même incompréhensible à de nombreux lecteurs aujourd'hui : jamais il ne songera à se marier et longtemps il n'envisagera pas de quitter l'une ou l'autre femme. C'est que Maxime ne met pas dans l'acte sexuel toute la pesanteur et la gravité dont il est aujourd'hui plombé. Sa sexualité n'est pas fonctionnelle, elle est ludique. *Meglio vivere un giorno da leone che mille da capra !...* Il n'est d'ailleurs pas impossible qu'il ait eu d'autres liaisons, plus éphémères (mais certainement pas d'autres enfants, car Maxime met un point d'honneur à reconnaître ses enfants, tous ses enfants). Léger sur le sexe, irréprochable sur les paternités, tel était Maxime. Et d'une discrétion absolue sur toutes ces affaires.

Pourtant, d'une certaine manière, Maxime est moderne, absolument moderne. Famille composée, décomposée, recomposée : il brouille une certaine idée de la généalogie et la transforme en un jeu d'alliances et de filiations latérales. La famille pour lui, ce n'est pas papa-maman-les enfants, ça ne se réduit ni à un noyau ni à un socle, ça fusionne et ça divisionne, ça s'additionne, il y a des ramifications nombreuses, des accouplements improbables, des croisements insoupçonnés. Il conçoit l'existence comme une succession de notules, de veinules, d'artérioles, un vrai bonheur capillaire. Il a l'insouciance d'une algue, d'un corail, qu'il a tant côtoyés dans ses plongées : excroissances multiples, transmission par les fibres, la vie est une fougère à pétioles très fins, un cheveu-de-Vénus. Les enfantements sont des embranchements, l'amour une arborescence. La joie se trouve toujours à l'intersection.

*

Mais la réaction de Pauline aux infidélités de Maxime est encore plus stupéfiante. Y a-t-il eu des pleurs, des cris, des grincements de dents ? Le plus beau est que rien ne le laisse supposer. Après les premiers moments un peu rudes, Pauline comprend que la situation est finalement *logique*, qu'on ne peut aimer Maxime pour ce goût de liberté qu'il sait si bien donner à la vie et en même temps l'en blâmer. Pas d'hystérie donc, pas de plaintes, pas de reproches. Ce qui ne veut pas dire qu'elle ne se sent pas profondément humiliée. À ce moment, c'est la musique qui, au sens propre du terme, lui *sauve la vie* : c'est elle qui empêche sa vie de sombrer dans la tristesse et le ressentiment, ou dans la vindicte et la vocifération.

Comment, pas de drames, pas de folles menaces, pas de rancœur ? Non. De la jalousie alors ? Un peu d'amertume ? Non. Aucune, elle vous enlève tout ça.

Après quelques hésitations, en effet, Pauline concentre toutes ses attaques sur l'autre, cette Carmen au prénom ravageur. Sa décision : lutter, de toutes ses forces. Ne pas laisser tomber, surtout ne pas se résigner. Son arme principale : la musique. Il finira bien par choisir, entre cet opéra-comique tonitruant et les déflagrations nouvelles du jazz que je lui sers sur mon piano. C'est le jazz contre l'opérette, les volutes ébouriffées du saxo contre les coquetteries de la cigarière, le XXe siècle triomphant du second Empire finissant. Elle ne peut que l'emporter.

L'ironie, c'est que Pauline est une grande admiratrice de l'opéra de Bizet, dont elle chantait régulièrement les airs célèbres au piano du *Nouvel Hôtel* avant sa rencontre avec Maxime. « L'amour est un oiseau rebelle… que rien ne peut apprivoiser… » Ah, elle ne croyait pas si bien dire !… Mais ce temps est révolu désormais : elle lance la guerre des sons. Le but : aller le plus loin possible dans la dextérité et le brio, tandis que l'autre est experte en roucoulades et en rodomontades. Remplacer les grands airs alanguis du répertoire par de petits rythmes vifs, impliqués. Elle va voir de quel bois je me chauffe, la soprano dramatique. Elle le lui fait à l'œillade, je vais le lui faire au doigté. Elle veut la jouer en parallèle ? Je la déborde par l'oblique…

Alors, ses mains s'envolent sur le clavier. Elle prend toute la ville par surprise, c'est une tornade. On n'a jamais entendu quelqu'un jouer comme ça dans l'île, les soirées du *Nouvel Hôtel* se transforment en un gymkhana musical, les danseurs se déchaînent, la salle déjà comble tous les samedis soir se remplit aussi en semaine, on refuse du monde, les gens se trémoussent sur la terrasse, et bientôt sur les trottoirs.

Pauline est rôdée aux percussions et aux vocalises. Les variations, les onomatopées, les changements de ton et de rythme, ça la connaît. Elle pratique le piano depuis son enfance, elle chante, elle est tout le temps en train de chanter, en famille ou en solo, dans sa chambre ou sur le boulevard. Elle anime les soirées du *Nouvel Hôtel* depuis son adolescence et a vécu toute son enfance dans un océan de bruits, de musiques. Mais là, sous l'aiguillon de la rivalité avec Carmen, elle passe à la vitesse supérieure. Carmen est « olé-olé », comme on dit, elle séduit Maxime par ses mœurs libres, par sa vie délicieusement dissipée ? Pauline lui montrera ce que peut faire, dans le sublime et dans l'ivresse, une catholique. La fille de Goa sera fille de joie, elle aussi, à sa manière, musicale.

Un coup d'œil sur le programme suffit pour s'en rendre compte. La rumba et le paso-doble s'estompent, le tango et la valse disparaissent, Tante Émilia et son violon langoureux sont mis au chômage technique, tout cela anémié, atone, neurasthénique : les soirées de l'hôtel tourneront maintenant uniquement autour des Hot Five et des Hot Seven, les deux groupes fondés par Louis Armstrong et leurs morceaux trépidants. S'y ajoute le répertoire du Creole Jazz Band de King Oliver. C'est elle qui l'impose. Désormais, elle terminera toutes les soirées par *Heebie Jeebies*, son morceau fétiche, emportant l'orchestre dans son sillage, dans une sorte de grande tempête graduée de tous les instruments qu'elle ponctue avec impétuosité de son piano.

Plus une seconde de répit : de son jeu syncopé, Pauline chasse la dépression nerveuse de la ville, elle transforme l'anxiété en un gigantesque incendie. Les attaques sur l'ivoire deviennent plus audacieuses et complexes, mêlées à des touches subtiles, mélodiques. Elle déplace les accents, place des algarades sur les temps faibles, remonte la gamme, éclaire les sonorités. Tous les soirs, c'est un raid musical différent : elle darde, elle touche au vif, elle remue. Sa voix aussi change, ses intonations : de la voix de tête au registre des basses, elle chante jusque sur les consonnes maintenant, dans une improvisation constante des timbres et des tons, tout à l'impromptu, une guerre scénique et sonore portée par un jeu vocal ouvert, évoluant. C'est du ragtime : elle dévore l'espace, elle déchire le temps.

Certains soirs, quand les infidélités de Maxime la laissent dans un état de tristesse noire, elle en revient aux standards blues de Bertha « Chippie » Hill, sa voix devient plus chaude, plus rocaille et plus traînante : *Lonesome, All Alone And Blue... Trouble In Mind...* Le rythme cardiaque baisse, la mélodie plane. Ampleur des volumes, ralenti des tempi... Et quand tout va vraiment mal : *Low Land Blues* et *Deep Water Blues...* La détresse en deviendrait presque belle, soutenue par la délicatesse des soli.

À ce moment, à quoi pense-t-elle ? Peut-être à ce passage du Cantique des cantiques, qu'elle recopie dans une lettre à sa cousine Maria : « J'ouvris la porte à mon bien-aimé, en ayant tiré le verrou : mais il s'en était déjà allé, et il avait passé ailleurs. Mon âme s'était comme fondue au son de sa voix : je le cherchai et ne le trouvai pas : je l'appelai, et il ne me répondit pas... » Peut-être à ce premier baiser qu'elle lui avait pris – *les lèvres de mon bien-aimé sont comme des lys qui distillent la plus pure myrrhe...* –, à cette bouche tendre qu'elle n'a pas su retenir...

L'oncle Pierre a senti le danger, il prend le relais. À la clarinette, il se déchaîne. Son modèle : Johnny Dodds. À sa mort, on retrouvera chez lui la transcription de plusieurs pièces, pour clarinette, pour piano et pour banjo. *Clarinet Wobble*, *Bucktown Stomp*, *Shanghai Shuffle...* Il les écoute une fois, puis il les transcrit, de mémoire. *Keep A Song In Your Soul...* Le soir venu, il les rejoue, avec quelques variations de son cru mais sans jamais se tromper d'une note. De temps en temps, il chante aussi, d'une voix un peu râpeuse, paraît-il, mais peu importe. Quand il embouche sa trompette, les murs s'écartent, des flammèches s'échappent et se répandent dans la nuit. *I touch your lips and all at once the sparks go flying, those devil lips*… Je touche vos lèvres et tout d'un coup les étincelles s'envolent, ces lèvres du diable…

À ce moment-là, ça repart : Pauline enchaîne avec les tubes d'Armstrong. À la lecture des titres, on voit bien qu'elle en destine un certain nombre à Maxime : *Alligator Crawl, You've Got To Go Home On Time – What Kind O' Man Is That ?*… Messages cryptés dans la nuit blanche. « Tu dois rentrer à la maison à l'heure – mais qu'est-ce que c'est que ce type-là ?… » C'est sa manière à elle de porter le combat, légère, indirecte – enchantée.

Elle fait des choses étonnantes, elle invente son corps en fonction de la musique… *Weather Bird Rag*… Scat, les voyelles s'ouvrent, les consonnes claquent. Pendant ce temps, main droite, main gauche, elle éclabousse tout de ses trilles, ses mordants, ses gruppetti et ses appogiatures. On dirait qu'elle a six voix, qu'elle a cent doigts. Elle abrège le son, elle le répète et le manipule, le défait, le refait, le saisit et le déploie. Elle s'évertue le long d'une gamme joyeuse, aventureuse, expérimentale : elle prend des risques mais elle s'y retrouve toujours, elle est sur la même ligne en plusieurs temps, elle passe de l'une à l'autre en fredonnant.

Piano, voix : des rebonds déroutants, des ellipses inattendues. Tout en doigté et en sensibilité… Alors elle sourit, le malheur s'efface devant ses merveilleuses dents blanches.

Le combat dure sept ans. Le jour de février 1939 où Maxime quitte définitivement Carmen, en embarquant les filles, elle se met au piano et entonne *Come Back, Sweet Papa* de Louis Armstrong avec une allégresse rageuse.

Et le soir venu, pour lui plaire, elle s'enduit les seins de miel.

PRÉSENCES DE LA PESTE

Les entretiens avec le vieux bijoutier indien m'apprennent beaucoup de choses.. J'ai vu aussi Carreidas, un autre bijoutier, mais plus jeune, la cinquantaine. Il n'est pas encore venu pour lui, le temps de se souvenir, non plus que pour Dodo, un commerçant indien installé dans le quartier des tailleurs, à deux pas du marché. Ils ne sont pas encore entrés dans la remémoration, leurs corps sont plus fermes, ils sont au monde d'une manière différente, ils en attendent encore quelque chose. Ce ne sont pas eux qui m'intéressent pour l'instant car ils n'ont pas encore ce savoir du temps que je recherche, cette façon de se tenir là, à la proue comme à la poupe, dernier rempart, gaillard d'avant.

Lorsque je rencontre les anciens, je vois bien qu'ils sont entrés en possession d'un secret, qui transforme définitivement la vie en destin et les fait passer dans une autre dimension. Leur corps même n'est plus le même, il flotte dans l'atmosphère comme extrait de la gangue du temps et cependant tout entier pris dans son flux : ce sont des vigies, à la lisière d'un autre monde, qui n'est pas la mort mais la puissance renouvelée de la vie, son passage permanent.

*

C'est le lendemain d'une grande tempête qu'Arthur fit son retour dans la ville de Mahajanga. Tôt le matin, il débarque dans le hall du *Nouvel Hôtel*, pose ses bagages dans un coin du patio épargné par les eaux et va embrasser Pauline, stupéfaite. Le jour commence à peine, mais on entend des coups de marteau sur du métal et l'éternel bruit du balai sur les terrasses. La toiture de l'hôtel a souffert, les gens s'affairent pour réparer les dégâts du cyclone.

Arthur va tout de suite donner un coup de main, il monte sur le grand cocotier qui jouxte la façade ouest et saute sur le toit... Un homme est déjà à l'œuvre sur les tuiles rouges, maillet en main : il se retourne, c'est Maxime. Les deux hommes tombent dans les bras l'un de l'autre, sur le toit de l'hôtel : autour d'eux, la ville est dévastée par le passage des pluies et plusieurs se rappellent aujourd'hui ce spectacle étrange, les deux acrobates à nouveau réunis dans le ciel splendide de la ville, d'un bleu pur, intense, nettoyé par le typhon. Leurs rires résonnent jusqu'au boulevard.

Arthur arrive directement d'Antananarivo, il vient de faire deux jours d'autocar à travers la Grande Île et, comme tous les gens qui reviennent, il a mille choses à raconter. Alors, on appelle la famille, on hèle les amis, on rameute les voisins. Les musiciens de l'hôtel aussi se hâtent, et le vieux réceptionniste, les femmes de ménage, les domestiques, les nénènes, les *ramatoas*... tout le monde s'attroupe autour de l'acrobate. Cela fait plus de dix ans qu'Arthur est parti pour la capitale : les enfants, qui ont entendu parler de ce Chinois tant de fois, qui ont vu les photos et les articles de journaux, sont particulièrement excités. Ils se souviendront longtemps de cette matinée, ils la raconteront à leurs enfants qui la raconteront à leurs enfants. Arthur, le visage à peine ridé par ces dix années, quelques pattes-d'oie au coin des yeux – quand on les lui fait remarquer : « Ce sont les rides du sourire », répond-il spirituellement. Et il cite Dù Fŭ, le « saint poète chinois » : « L'Automne à la frontière fait entendre les cris des oies... ». Tout le monde rit.

Il a l'air plus calme désormais, plus posé. Une sorte de patine jaune s'est déposée sur sa peau, qui lui donne l'aspect d'un beau papier vélin. Les questions fusent : que se passe-t-il ? Pourquoi Arthur a-t-il fermé l'École des Cinq Styles ? Qu'est-ce qui l'a poussé à quitter la maison d'Isoraka, si belle, avec ses grandes fenêtres et son parquet de bois ? La réponse tombe et plonge l'assistance dans un silence sinistre : la peste. Pauline précise aux enfants qu'il s'agit de « la plus grave des maladies », car *pestis* vient de *pessimum*, même si Émile Littré dans son dictionnaire estime que le mot viendrait plutôt de *perditis*, de la famille de *perdre*. Arthur soupire : — D'où qu'il vienne, ce mot, c'est la ruine assurée.

Il raconte : ce n'est pas la peste jaune des bananeraies, des moustiques et des singes, c'est la peste murine, la plus terrible, celle qui est portée par les rats. La puce du rat est le vecteur du virus, elle prolifère dans la poussière des cases. Elle passe du rat à l'homme en moins de temps qu'il n'en faut pour le dire. Dans la capitale même, les rats sont partout, sous les toits, dans les caves ou sous les combles. On entend le bruit de leurs griffes dans les murs des maisons, on sent leur odeur douceâtre qui remonte des canalisations, on les voit se dandiner en liberté dans les décharges. Partout les gens sont atteints, les fièvres prolifèrent, les visages se couvrent de pustules : la ville est comme une grande bonbonnière de taches rouges sur la peau. À l'intérieur, c'est bien pire encore : les bubons s'installent le long des ganglions, les bacilles se diffusent dans le foie et la rate. La mort s'installe dans les poumons.

La vaccination est obligatoire, mais elle est inefficace, et chaque année ça recommence. Dépistage, contrôle, prophylaxie deviennent les maîtres mots. Des vocables terribles ont pris le contrôle de la ville. On nettoie, on dépoussière, on désinfecte. L'ordre médical règne, terriblement impuissant.

Les individus, les marchandises, les biens, les meubles, les temples, les cases, les animaux sont réduits en cendres. On brûle les maisons par centaines de mille. Dès qu'un pesteux décède, c'est la ruée du feu sur les cases, le chaume, le toit, la paille. On brûle aussi les chiens, les coqs, les poussins. Pour un peu, on brûlerait sa femme et les voisins.

Les maisons contaminées sont tout de suite encerclées d'un cordon de fil de fer barbelé : c'est le « cordon du diable », disent les habitants terrifiés. Les parents, les amis, tous les proches du malade sont placés à l'isolement, en camps d'observation. La méfiance s'est installée dans les familles les plus soudées. Le pays entier est entré en quarantaine : on guette les symptômes, on surveille les toux, les glaires, le moindre renifleux est un condamné en puissance. C'est le règne du coup d'œil en biais, la grande saga des regards de travers. Chacun s'observe et se flaire, se reluque, s'entremire et se toise, la prunelle oblique, la paupière fuyante…

Pour lutter contre la propagation, on a trouvé un remède presque aussi répugnant que le mal lui-même : un cataplasme chimique dérivé de la houille, répulsif et désinfectant, qui porte le nom de crésyl. Herbicide, larvicide, fongicide, c'est l'Attila des campagnes et le défoliant des villes. En quelques instants, les moisissures disparaissent et ne reste plus qu'une vague couleur bleue partout sur la terre. Les pierres, les murs, les squares, les jardins se couvrent d'une odeur chimique âpre et mordante, les champs et les rizières empestent d'une haleine de pourri. Pris de nausées, les habitants des beaux quartiers saupoudrent leurs villas d'encens, d'extraits de mangue et de poudre de cèdre : le tout fait un remugle épouvantable dans l'enceinte des douze collines qui circonscrivent la ville.

Mais à la première queue de rat qui passe, la peste revient quand même.

*

Dès qu'un décès survient, le corps est enveloppé dans un linceul trempé dans une solution de crésyl, puis mis en bière entre deux couches de chaux vive. Quand la chaux vient à manquer, on prend de la paille, de la terre, du sable, parfois même de simples revers de nattes. Le cadavre enrubanné est placé à l'arrière d'un camion qui file à toute allure vers un cimetière spécial situé à l'écart de la ville… Les gens se signent sur son passage et se détournent comme s'ils avaient vu passer la mort en personne. Le personnel sanitaire, muni de masques et de lunettes, sanglé dans des casaques de toile blanche soigneusement calfeutrées (élastomère sur les poignets, les chevilles et à la base du cou) s'asperge lui-même de crésyl et en vaporise sur le pourtour de la maison du mort. Puis on ferme la bâtisse le plus hermétiquement possible et, au bout de deux jours, on recommence l'opération. La désinfection et la dératisation sont effectuées avec un composé de chlore très toxique : les infirmiers pleurent et suffoquent en le pulvérisant.

Les médecins aussi sont à la tâche. Partout on examine, on étudie, on ausculte. On observe, on dissèque. On éructe et on racle. En désespoir de cause, il faut examiner les crachats, comme autrefois on lisait dans les intestins. Ce n'est pas, comme à Dodone, par le bruit du vent dans les feuilles des chênes qu'on espère percer le secret des symptômes, ni dans les entrailles des animaux ou le vol des corbeaux. En Chine, explique Arthur, on inscrivait les questions sur des omoplates de mouton et des écailles de tortue, qu'on exposait ensuite à la flamme des fours. Les devins lisaient alors dans la forme des craquelures la réponse du Ciel : ces pratiques divinatoires sont à l'origine de la première écriture chinoise. Pour approcher du mystère de la vie, il fallait savoir lire et écrire, puis déployer les arcanes de l'ombre en milliers d'inscriptions magnifiques, sur des squelettes d'animaux, sur des poteries de grès et d'argile, sur des plaques de bronze…

Mais les médecins d'aujourd'hui sont hâves et défaits. Les joues creuses, le teint blême, les traits tirés, ils scribouillent sur du papier sans gloire leurs pronostics illusoires. Ils usent leurs yeux sur des frottis de rates et de poumons, spéculent sur les différentes formes de toux, sur la couleur des pupilles… Ils scrutent les tripes rougeâtres et les gésiers terreux, ces oracles d'un nouveau genre. Le foie surtout retient leur attention – le ventre des Malgaches a remplacé les carapaces des tortues, c'est un dépeçage funèbre que plus personne ne comprend. Incapables d'endiguer l'épidémie, les médecins descendent de leur piédestal, ils sont comparés à des charognards qui ponctionnent des organes pour se livrer à leurs études impuissantes. Partout dans la ville, il y a des trafics de rats morts, on vend du sang de poulet et des entrailles de bœuf. Peu à peu, l'épouvante gagne : on s'aperçoit que la peste s'est emparée des corps mais aussi des esprits.

Alors, les morts ne sont plus les morts, ils deviennent de simples cadavres, qu'on utilise et qu'on instrumentalise. On les tourne et on les retourne, on les ouvre, on les contemple. L'œil du médecin les sonde, son scalpel les fouille. On les palpe, on les remue, on ne les respecte plus, on ne les laisse pas en repos. Les morts ne meurent plus, ils décèdent et périssent, ils sont comme des bibelots entre les mains des praticiens. Dans la capitale, sans consulter les habitants de la ville, on a interdit les veillées funéraires. Plus d'inhumation possible au tombeau familial : le *famadihana*, le fameux retournement des morts malgache – qui au bout de quelques années rassemble les proches autour du tombeau, et au cours duquel le cadavre est exhumé et enveloppé d'un linceul neuf – est lui aussi interdit. Les gens sont ulcérés : mourir de la peste ou d'autre chose, qu'importe ! Ce qui est important, c'est de garder le contact avec les morts ! Mais les médecins français ne veulent rien entendre, cela fait belle lurette qu'ils ont perdu le contact avec leurs défunts. On loue leur courage mais on les maudit : pendant que le monde entier croule autour de leurs laboratoires, ils continuent leur lent travail d'autopsie.

On parle chaque année d'un nouveau vaccin : Girard et Robic – deux médecins auréolés d'une gloire terrible et dont on ne prononce le nom qu'en tremblant – auraient trouvé un remède, dit le journal, « à base de germes vivants atténués ». Mais, paradoxe cruel, alors même qu'ils touchent au but, plus personne ne les croit. Les campagnes et les villes sont infestées, on ne jure plus que par les remèdes de vieille femme, comme les feuilles du poirier macérées dans un rhum très fort : un excellent remède contre les poux, mais qui aurait aussi des vertus contre la peste.

Arthur brandit un journal – qu'on retrouvera bien plus tard, au moment de sa mort, dans ses affaires. Barrant toute la première page, une photo en noir et blanc montre des cases, dont on se demande si elles abritent des humains ou des détritus. On voit des feuilles, des branches, des tôles rouillées, des pneus dans la boue. Les hommes et les animaux sont terrés dans un coin. La légende :

« Les ordures qui s'entassent un peu partout, la saleté de la ville, sont aussi pour beaucoup dans l'épidémie de fièvres qui sévit dans le pays. Les rats et les moustiques, vecteurs du virus, y trouvent, avec la saison des pluies et les fortes chaleurs de ces derniers jours, un environnement extrêmement favorable à leur prolifération. Pour le moment, l'épidémie est à un stade stationnaire, selon les autorités médicales, qui craignent une recrudescence du pire et avouent également manquer de personnel qualifié, surtout qu'une partie de celui-ci est également malade. »

Et, effectivement, si les soignants eux-mêmes sont malades, quels remèdes ? Dans la tiédeur de sa prose, le journaliste a trouvé une formule terrible, qui explose au milieu de la phrase et résume la situation : la « recrudescence du pire ».

Le reste du journal ne parle que de ce pire. En Europe, on a droit à des virus, à des sigles, à des bacilles aux noms précis et à toute une panoplie de termes scientifiques. Ici, à Madagascar, ce sont les vieux mots répétitifs et un peu vagues, les seuls qui semblent à même d'évoquer ces maladies du fond des âges. Peste, choléra, paludisme... : tout se transforme en fièvres. Dans les rets de l'encre grasse, tout est soumis à l'unique vocable de la fièvre, au singulier comme au pluriel. Au bout du compte, c'est le seul mot qui revient sans cesse, il n'a ni synonyme ni équivalent, il enveloppe tout de sa pénombre grave, son spectre plane sur les pages.

Petit à petit, Arthur a vu ses cours de boxe se vider de leurs adeptes. Les plus passionnés de ses disciples ont déserté l'École des Cinq Styles. Car, comme il le dit : « La boxe ne peut pas grand-chose contre les puces et les bubons ! » Pourtant, Arthur a longtemps hésité avant de remonter vers Mahajanga. Il y a des périodes d'accalmie, des rémissions temporaires qui sont autant de victoires précaires, où la vie semble reprendre son cours comme avant. En juin et en juillet notamment, les fièvres s'apaisent. Mais chaque année, à partir d'octobre, avec le retour des pluies, les puces à nouveau prolifèrent, charriées par les rivières et stockées par les rizières... Quand les orages déferlent, les champs sont noyés, les plantations inondées : les rats gagnent les hauteurs épargnées par les eaux, propageant la peste comme la poudre.

Ce cycle de la peste a conduit les médecins à élaborer un calendrier spécial. Il y aura désormais une « année pesteuse », qui double et qui conteste l'année officielle. Pour certains, l'année de la peste commence au 1er mai de l'année calendaire et se termine au 30 avril de l'année suivante. Pour d'autres, elle court de juillet à juillet. C'est un nouveau découpage du temps, les gens l'appellent : « le calendrier de la peste ». Il inspire à Arthur une phrase étrange, dans une lettre à Maxime datée de 1931 : « Le temps lui-même obéit à la Peste ! » s'exclame-t-il, les dents serrées dans un rictus, dont on ne sait plus s'il est de terreur ou de jubilation.

*

Dans l'art de la guerre, il faut aussi savoir battre en retraite. Quelques années plus tard, voilà donc Arthur de retour à Mahajanga. Il débarque dans un vieil autocar surchargé de nasses et de pièges à rats, de produits antiseptiques et de désinfectants… Les médecins disent que la puce, sensible à la température plus élevée des côtes, préfère les hauts plateaux. Dans le climat plus froid du centre de l'île, la maladie se loge directement dans la poitrine et les bacilles se propagent de poumon à poumon. Ici, sous le soleil du Boina, la mort sera peut-être plus clémente.

Arthur n'a plus un sou en poche. Le billet du voyage, qui est resté plié entre les pages d'un journal, lui a coûté cent quarante-quatre francs et soixante-dix centimes. Pourtant, il n'a pas l'air complètement abattu par la tournure des événements. Pour amuser les enfants, il improvise même une de ses fameuses danses boxées (la « Boxe du poisson » pour Ketty, celle « de l'oie sauvage » pour Dolly). Le soir, comme il partage son premier dîner avec Maxime et Pauline retrouvés, sa mésaventure lui inspire le projet d'un livre qui contiendrait les principes d'une toute nouvelle technique de combat, fondée sur la stratégie des puces. Il espère même, dit-il, ajouter un chapitre à *L'Art de la guerre* : en effet, comme dans les plus beaux combats de Sun Tzu, il a été vaincu sans combattre ! Lui, le combattant intrépide, le boxeur ondoyant, il a fui devant une puce, devant le typhon du typhus.

LE PROJET MADAGASCAR

Il survint, au milieu de janvier, une si grande tempête, avec les vents du nord-est, qu'on eût dit qu'elle voulait enlever l'île et que tous les habitants étaient soulevés dans les airs.

D'abord, un essaim noir formé de nuages musculeux sur la droite. Sur la gauche, deux grands rideaux de pluie qui se rapprochent et vont bientôt se rejoindre. Puis, plus loin, un amoncellement de gazes, de mousses, de bandes blanches, orange et jaunes. La pluie, la pluie vient toujours le soir, on dirait qu'elle devance la nuit de son revêtement de nuages. Son bruit, comme les pieds d'une foule innombrable, le chuchotement terrible des orages. Le ciel se charge de fumées compactes, les vents feulent, la houle grossit : au large, les hommes sont inquiets sur la mer inquiète.

C'est la dictature de l'ombre : quelque chose d'obscur déferle et tout s'efface sous l'avancée de cette grande main sombre. Avant qu'on ait pu faire un geste, on ne voit plus autour de soi que la présence des pluies. Soudain, elles ont envahi l'univers et, à ce moment précis, on a du mal à imaginer qu'il y ait un endroit sur la terre où il ne pleuve pas.

Alors, branle-bas d'éclairs sur le monde. Toutes les lois de l'espace et du temps sont abolies, les vagues rejoignent les nuages, les tornades montent jusqu'au ciel et elles descendent jusqu'aux abîmes, on a perdu la clef des vents. Le ciel passe en noir et blanc et on entend des roulements de tonnerre à déchirer la terre... On entend des meurtres et des égorgements, des cris, des brisures et des gémissements, les cataractes déferlent jusque dans les catacombes – gésines monstrueuses : on ne sait plus si ce sont des enfantements ou des éventrements. Des traits d'or et d'ivoire transpercent le ciel.

Quelquefois, les éclairs sont si violents que la lumière semble chercher à entrer dans la chambre même, par nappes successives. L'odeur de la terre mouillée révèle la multitude des cadavres. Dans le cimetière, les crabes se glissent sous la glaise, ils dévorent les derniers morts. Les nonnes se signent dans la petite église, dans la mosquée non loin de là un imam murmure ses soutras, ses mains en forme de livre posées sur le visage. Tout d'un coup, toute la ville est saisie dans un grand halo blanc. Au même moment, les bougies sont soufflées, l'électricité s'arrête, on ne sait plus si le monde est encore là.

Maintenant, plus un coin d'ombre. L'univers est passé au révélateur, c'est un gigantesque orgasme blanc. Par en dessous, le crépitement ininterrompu de l'eau comme une fosse d'orchestre. De temps en temps, des rugissements traversent l'air, des avions embrasés décollent dans tous les sens, des diagonales croisées de sons et de lumière, folie de la nuit folle, rumeur démente des âges, dislocation de l'air, du ciel, du temps.

C'est le temps des bêtes et des clameurs, la guérilla des luxures qui s'allument et des peurs qui rôdent. L'homme redevient un animal comme un autre. Dans ma chambre, la nuit, j'écoute, je tends l'oreille… « C'est un temps à faire l'amour avec une négresse, un temps à violer une Blanche. C'est un temps de races et de chiens ! » Au *Nouvel Hôtel*, un client a fait cette remarque terrifiante. Mais c'était un rêve, peut-être.

Dehors, l'air est chaud et la pluie glaciale. La moindre goutte sur l'épaule vous change en statue de gel. Les rues se transforment en torrents, les routes deviennent des lacs. Dans le hall de l'hôtel, on a de l'eau jusqu'aux mollets. Des autos hagardes errent tous feux ouverts dans la nuit, dans cette nuit qui n'est plus la nuit, plus blanche que le jour lui-même. Un homme blanc, en chemise blanche, passe dehors sous la pluie blanche mais il n'a plus de chemise, sa chemise est devenue sa peau elle-même, il est translucide, il va bientôt passer fantôme. Un Noir au contraire est de plus en plus noir, il se retire dans sa race, c'est le tronc noueux de l'arbre, c'est l'ombre du pilier de pierre.

Et la nuit déchaînée passe ses tonnerres, une nuit qui n'est plus la nuit. Et le grabuge du ciel et la rumeur des mers, car le ciel n'est plus le ciel et la mer est sortie de ses frontières. L'homme n'est plus l'homme et la peur l'a saisi. D'où vient cette pluie ? Elle a dû traverser des univers de glace, des mondes entiers dévastés pour rejoindre celui-ci – le nôtre – et lui porter son message de givre. Bientôt, les moteurs des groupes électrogènes n'osent plus gronder et l'homme lui-même se tait. L'orage tient la ville entière sous sa coupe et ne laisse rien filtrer. Tous les habitants sont mystérieusement reliés par des filaments de lumière et les flèches du tonnerre, mais ils ne le savent pas.

*

— Tu as bien dormi ?
— Tu plaisantes ! Tu as entendu cette pluie ?
— Oui. Curieusement, ça m'a donné une idée.
— Quoi donc ?
— Si je parlais un peu du Projet Madagascar ?
— Oh ! non, je t'en prie !
— Et pourquoi ?
— Mais c'est périmé. Ce n'est même plus de l'histoire, c'est de la préhistoire. Cela remonte à l'âge de la pierre, à l'époque des cavernes ! Ton grand-père était un contemporain du mammouth ou des cités lacustres.

— Oui, c'est un peu ancien… – et pourtant, c'est peut-être nous qui avons vieilli, et non pas cette singulière histoire.

Li-An s'étire, me sourit. Elle veut que je lui fasse un massage maintenant. L'orage la rend nerveuse, lui donne des courbatures… C'est mauvais pour l'escrime : il faut un corps détendu et souple, délié.

Moi, je me vois plutôt comme un acupuncteur : j'enfonce quelques aiguilles par endroits… à l'envers… Oui, il faut en parler puisque plus personne n'en parle, aller directement au nerf, toucher le point sensible : énergétique taoïste… contrepoison critique… examen attentif des nœuds.

*

Pendant que la peste s'abat sur Madagascar, une autre peste se prépare.

Pour la majorité des historiens, elle commence officiellement le 3 septembre 1939, lorsque la France et le Royaume-Uni déclarent la guerre à l'Allemagne suite à l'invasion de la Pologne. C'est la Seconde Guerre mondiale. Peu se soucient du sort de Madagascar dans la gigantesque tornade qui emporte le monde, on ne voit vraiment pas en quoi ça aiderait à comprendre quoi que ce soit, n'est-ce pas ? Et pourtant.

Dès 1940, un blocus terrible est imposé par les forces britanniques. Madagascar est une plate-forme stratégique de première importance dans l'océan Indien : l'île est au confluent de tous les couloirs maritimes, elle ouvre ou elle verrouille la route vers l'Inde, le Pakistan, le Sri Lanka, le Bangladesh et la Birmanie (tous territoires du Raj britannique), ainsi que vers le canal de Suez et les champs de pétrole du Moyen-Orient. En quelques semaines, la plupart des communications sont interrompues, les biens et les denrées ne pénètrent plus qu'au compte-gouttes sur le territoire. Les Malgaches surtout pâtissent de cette situation, notamment dans les campagnes. Les produits, qui arrivent en quantité moindre à cause du blocus, ne quittent plus les grandes villes. C'est l'asphyxie : on essaie de diversifier les points d'approvisionnement, mais le pays vit au ralenti.

Plus d'essence, plus d'importations, plus de textiles, Pauline arrête complètement de travailler : les tailleurs sont sur la paille. De toute façon, plus personne ne songe à bien s'habiller. Dans la grande carence de tout qui se prépare, les gens font fi de leurs habits. L'atelier des Nuñes ferme ses portes vers la fin de l'année 1940, il ne les rouvrira jamais.

Avec lui, c'est une manière spéciale de couper le tissu et de le marier au fil qui disparaît, une certaine science de l'étoffe et du pli. Les vieux tailleurs indiens, malgaches et portugais, qui emplissent l'atelier de leurs chantonnements appliqués, sont les détenteurs d'un savoir-faire millénaire :

renaissance, richelieu, colbert, vénitienne, madère… ils savent les secrets du relief et les détours du plumetis, ce sont des experts de la fiction ajourée dans toutes ses variétés. Dans un choix de matières multiples – quelquefois surprenant et pratiquement inépuisable : laine, soie, sisal, papier, coton, lin… –, ils déploient un assortiment de pratiques venues d'Inde, d'Europe et d'Afrique. On trouve dans leur catalogue un répertoire de broderies chatoyantes et de techniques suaves : la « peinture à l'aiguille », la « broderie au passé », la « broderie d'or »… Le début du conflit marque la fin de leur règne : disparus damas, évanouis mantilles, coutures, collets, dentelles… On ne verra plus sortir de sous leurs doigts agiles les splendides nappes à fleurs ornées d'une multitude de petits personnages colorés. Avec eux s'envole une certaine idée de l'élégance, un *chic*, une forme fragile et pimpante, presque incompréhensible aujourd'hui, de la beauté : quand on dépose l'enseigne un matin de septembre 1940, c'est tout un art de vivre qui sombre dans l'oubli.

Le riz manque, les stocks de farine et de maïs baissent. Les colons se servent largement dans les récoltes, les indigènes sont encore plus spoliés que d'habitude. Les impôts augmentent sans arrêt, les prélèvements fleurissent : taxes vicinales, taxes d'abattage, taxes sur les bœufs, taxes sur les bêches… Pour les payer – s'y soustraire équivaut à un acte de haute trahison –, on est obligé de vendre son riz sur pied. Mahajanga, la « cité des Fleurs », devient la ville des taxes. Comme si cela ne suffisait pas, les gouverneurs Cayla et Annet utilisent le prétexte du blocus pour augmenter les peines de travaux forcés et renforcer la pratique des « prestations » : ces peines de travail forcé encourues sous le code de l'indigénat doublent entre 1939 et 1941. C'est le temps des corvées et des charges, des dîmes, des contributions. Quand le régime de Vichy s'installe, c'est encore pire : sauf pour certains produits très précis (le graphite, le mica et le raphia notamment, qui intéressent le Reich et sont parfois exportés directement en Allemagne), la pénurie et la disette s'installent partout. Le froid et la gale règnent sur le pays.

En brousse, les témoignages sont terribles. On se jette sur un morceau de biscuit gros comme deux châtaignes, sur un bout de fromage grand comme l'ongle du pouce. On dévore des racines de plantes, des os calcinés, des lupins secs et des crabes dc terre à la chair cotonneuse, au goût amer.

Peu à peu, Pauline arrête aussi les cours d'anglais – parler anglais vous attire tout de suite la méfiance des autorités – mais continue à donner des cours de français. En 1940, par bravade ou peut-être par dépit, elle met au programme « Delfica » de Gérard de Nerval :

> *Ils reviendront, ces Dieux que tu pleures toujours !*
> *Le temps va ramener l'ordre des anciens jours...*

Un voile passe sur ses yeux noirs. Elle sait bien que ce n'est pas vrai, que le temps jamais ne refait marche arrière, que les jours et les nuits l'entraînent, comme chacun de nous, vers son trépas.

L'année suivante, elle met au programme l'« Épître à Marie d'Orléans » de Villon. Pour les temps de combat, il faut des écoliers remuants, qui connaissent quand pipeur jargonne… Pauline insiste particulièrement sur l'expression suivante : « Au rebours des félons et chiches ». Les messages cryptés passent toujours…

Mais qu'elle achète un journal pour s'informer ou qu'elle sorte du *Nouvel Hôtel* pour se promener, elle ne voit alentour que les signes de l'abjection qui se pavane, parée de la sinistre assurance des discours triomphants. Dans les rues des grandes villes de l'île, c'est bien simple : Pétain partout !

Après la débâcle de 1940, l'Empire colonial est à peu près la seule chose qui reste pour sauver l'honneur de la « France éternelle » : on y appose en tout lieu des images du Maréchal. À Toamasina, la grande ville de l'Est, le boulevard de la République est rebaptisé le boulevard Pétain. À Antananarivo, dans le stade de Mahamasina, les membres de la Légion des volontaires français prêtent serment de fidélité devant un gigantesque portrait de lui, encadré à droite et à gauche de la francisque du vainqueur de Verdun. Un athlète de la Société de gymnastique allume la flamme de l'urne du souvenir. « La fumée qui s'élève comme un encens dans le ciel symbolise la montée des espérances dans la résurrection du pays », relate le *Bulletin d'information et de documentation* du gouvernement général de Madagascar du 15 janvier 1942. À ce moment, en Europe, d'autres fumées se préparent, celles des crématoires.

À Mahajanga, de part et d'autre de l'avenue de Mahabibo, photos et dessins du nouveau maître s'agglutinent dans les maisons qui s'entassent le long des rues ravinées. Dans toutes les cases, on retrouve la même icône sourcilleuse et blanchie : moustache en guidon, képi à feuilles de chêne, capote kaki.

Pour que la domination du Maréchal soit complète, dans l'espace et dans le temps, on malaxe les traditions malgaches et les rituels de l'ordre nouveau. Philippe Pétain sera donc comparé à Andrianampoinimerina, le prestigieux souverain qui a unifié le pays au XIXᵉ siècle et achevé l'aménagement des dix rizières d'Alasora. Comme le surnom de « Sauveur de Verdun » est un peu exotique, on trouve une périphrase dans le fonds local pour désigner le nouveau guide de la nation : il sera « *Vovonana iadian' ny lohany* », c'est-à-dire : « le faîte sur lequel reposent les chevrons du toit »... Selon les journaux, Pétain est évoqué tour à tour comme « le père et la mère », « notre *Ray aman-dreny* », ou encore, dans une belle envolée lyrique et patriotique, comme « le grand *Ray aman-dreny* de tous les *Ray aman-dreny* » ! Finalement, on lui donne aussi le titre de « *Mpanjaka* », l'administrateur suprême... Dans sa spirale absurde, la ferveur nationaliste transforme le chef des Français en un roi mérina, en un Dieu *malagasy* !

La presse, aux ordres, attend les moindres déplacements du nouveau chef de l'État, on épie ses faits et gestes, on boit le suc de ses paroles… Deux timbres sont émis à son effigie et on le retrouve jusque sur les calendriers des PTT. « Pétain est comme la peste, s'exclame Arthur, il règne sur le Temps ! » Mais il ne faut pas parler trop fort… La police est omniprésente, il y a des espions partout… le « service des petits bruits » fonctionne… les grandes oreilles s'installent aux terrasses des cafés. Tout ce que vous dites pourra être retenu contre vous : on surveille les conversations, on pratique la délation avec délectation.

*

C'est un réalisateur britannique qui, dans des circonstances étranges et aujourd'hui encore mal connues, a rendu mieux que quiconque cette atmosphère de faux-semblants et de corruption généralisée. Le film s'intitule *Aventure malgache* : il a été tourné en moins de quatre semaines avec un tout petit budget, et il est signé… Alfred Hitchcock.

Le moins qu'on puisse dire est qu'on ne s'attend pas à retrouver le nom du « maître du suspense » à la réalisation de ce court-métrage commandé par le ministère britannique de l'Information. Terminé en 1944, le film devait être diffusé en France après la victoire des Alliés, pour faire valoir l'héroïsme de la France libre persécutée aux colonies par les autorités de Vichy. En fait, il essuiera plusieurs refus et ne sera finalement jamais montré au public avant... 1993. Film invisible, disparu, insoupçonnable, éloigné des salles de projection pour ménager – *dixit* un rapport anglais des années 1970 – les « *French susceptibilities* »... Véridique : lorsqu'on le retrouve, après ce purgatoire de près de cinquante ans, il porte sur la jaquette la mention : « à brûler ».

C'est que le tableau dressé par Hitchcock est loin de la propagande dont il avait été chargé : au contraire, en un peu plus de trente minutes, il démonte toute la savante mécanique de la désinformation. Le film commence – idée géniale – par une loge de théâtre londonienne, où l'un des acteurs ne sait plus comment jouer son rôle de gangster et demande des conseils à son condisciple, un ancien avocat en poste à Madagascar au moment où s'installe le régime pétainiste. S'ensuit un scénario tout en subtilités, circonvolutions et finesse – Hitchcock n'a pas fait pour rien sa scolarité dans un collège de jésuites –, qui dénonce le régime de Vichy, mais égratigne aussi au passage le régime colonial français.

Le spectateur s'aperçoit progressivement que tout le monde joue double ou triple jeu dans ce film : les livres peuvent contenir des informations cryptées, les télégrammes sont à double sens, des messages secrets se logent dans les réveils... Une femme amoureuse se révèle, comme de bien entendu, la pire des traîtresses, tandis que Pétain lui-même sauve la tête d'un résistant ! Tout est à double-fond et à triples tiroirs dans ce scénario à détentes multiples : le jeu se trouble et se renverse, les certitudes s'estompent, la bonne morale des apparences se défait. Le héros a une chance sur mille de s'en tirer : comme toujours chez Hitchcock, il s'en tirera !

Dans la bataille, Hitchcock a choisi son camp : il est contre le régime ignoble de Vichy évidemment, mais qu'on ne compte pas sur lui pour faire l'éloge des colonialistes français. Avec toute son ironie de gros chat, il lui réserve quelques coups de griffe : dès les premières images du film, il les décrit comme « des gens dangereux qui ont transformé Madagascar en un fief d'exploitation ». Vers qui se tourner alors dans la tourmente ? La réponse est simple : vers Molière – la troupe d'acteurs est connue sous le nom des *Molière Players*... – et vers La Fontaine : ce sont les *Fables* de La Fontaine (que de mystérieux inconnus ont distribuées à travers l'île aux enfants et aux indigènes) qui colportent les messages secrets de la Résistance...

Hitchcock est un laser : il passe au crible le discours ambigu des forces qui, pour asservir, prétendent libérer. Dès le premier plan du film, il nous donne la clef de cette parade sauvage. Le film commence en effet par ces phrases, extraordinairement provocantes :

« L'histoire que nous allons vous montrer ne vous apprendra rien. Nous le savons. Si nous vous la contons, c'est qu'elle est vraie. Et qu'elle montre que dans les possessions les plus lointaines de l'Empire français, à travers les mers, le même souffle animait les êtres. »

À première vue, cela peut se lire comme un simple placard propagandiste glorifiant la Résistance française. Mais de quel « souffle » s'agit-il ? Celui de la Résistance nationale ou, plus largement, l'appel de la liberté ? Après une demi-heure époustouflante de plongée dans les ombres et le clair-obscur, on ne peut s'empêcher de relire cette déclaration liminaire comme une apologie ironique de toutes les libertés.

Le film en tout cas aurait plu à Pauline, qui, dès 1939, alors que la guerre venait de commencer, avait justement mis au programme de ses cours du soir « Les deux pigeons » de La Fontaine et *Le Tartuffe* de Molière…

*

Mais, en attendant Hitchcock et sa caméra sarcastique, l'île est entrée dans un festival d'images fabriquées et de faconde verbeuse. Autorité ! Discipline ! Allégeance, hiérarchie, tradition… tous ces mots claironnants refont leur apparition, plongeant le pays dans un bavardage prodigieux.

De nouveaux slogans apparaissent et les mots changent de sens. Partout on remplace « Liberté Égalité Fraternité » par « Travail Famille Patrie ». Il règne un petit air de revanche bien sensible : enfin, on peut dénoncer à visage découvert « le mensonge du suffrage universel », le « marécage électoral ». Le Front populaire se transforme en une erreur de parcours et ne fait plus partie de l'Histoire de France, il s'agit de refermer bien vite cette parenthèse sans lendemain. On invective les Juifs et les Républicains, on vitupère les *gaulliiissses*, les *communiiissses*, les *socialiiissses*… On conspue les Répus et les Popus. Les voix montent dans les aigus et dans les graves.

Depuis quelque temps, l'avez-vous remarqué, les Malgaches sont insolents. L'indigène ne salue plus. Ni ses chefs noirs, ni ses chefs blancs ! Il y a aussi les francs-maçons et cette vieille garce de Marianne que les Juifs pelotent. Et toute la clique des laïcs sans oublier ces chiens de voltairiens. Sont aussi rendus responsables des malheurs de la nation : les libertins, les sensuels, les sybarites, les vauriens, les vicieux, les viveurs, les voluptueux…

Avec ça, la grande tournante des vestes et des idées. Ceux qui étaient socialistes du temps d'Augagneur et radicaux du temps de Cayla deviennent vichystes sous Vichy… On assiste à des retournements de veste fantastiques ! Plusieurs hommes très politiques accomplissent des volte-face spectaculaires, drapées dans l'élégance des grands idéaux et l'alibi du service de la patrie. Leurs grands discours sur la liberté se transforment en de longs plaidoyers en faveur de la dictature. C'est l'« ouverture » ! Ils sont accueillis, congratulés, loués pour leur sincérité, récompensés d'un strapontin ou d'une mission : c'est la prime à la reptation.

Le travail surtout devient le mot d'ordre généralisé, le grand ordonnateur des vies et des pensées, le sésame universel. Pétain est non seulement « le sauveur de la France », mais aussi « le père des travailleurs ». De grandes tirades laborieuses se répandent dans tous les journaux, sur fond de tour Eiffel et d'usine.

« Le travail est à l'honneur », comme on dit. Les écoles de l'île sont transformées en vastes ateliers pour les travaux manuels. L'artisanat est particulièrement prisé. On en revient au rural, aux sources, à la tradition. Des mots anciens vantant les communautés villageoises travailleuses refont leur apparition sous l'impulsion des colons : *asa*, *fanompoana*, *fokolonona*... Les Malgaches eux-mêmes voient resurgir avec curiosité toutes ces coutumes parfois tombées en désuétude, et qu'on leur avait décrites auparavant comme les ultimes restes de la sauvagerie.

Tout à coup, tout pour le travail ! Ah, on va les remettre au boulot, toute cette racaille ! Indociles, promeneurs et flâneurs n'ont qu'à bien se tenir... Le 24 avril 1941, le 1er mai (date de la saint Philippe) devient la « Fête du travail et de la Concorde sociale » : de grandes manifestations de liesse sont organisées dans l'île. Soudain, la politique se confond avec le patriotisme et l'épopée : on fustige le nivellement et l'égalitarisme, qui ont remplacé le goût de l'effort et la culture des résultats. Le travail n'est pas assez récompensé, valorisé, respecté, on veut le remettre au cœur de la société. On stigmatise la France des oisifs et des rétifs, des tire-au-cul, des tire-au-flanc. C'est la grande réquisition des paresseux, la chasse ouverte aux nonchalants. Quant à l'indolence bien connue des populations d'outre-mer, elle va enfin trouver là son antidote.

Fidèle à son habitude, Maxime, caustique, cite la Bible : « Et ils leur rendaient la vie ennuyeuse, en les employant à des travaux pénibles de mortier et de brique, et à toutes sortes d'ouvrages de terre dont ils étaient accablés (Exode, première strophe, verset 14). » Ce qui lui vaut immédiatement quelques regards de travers.

Enfin, partout dans la ville, sous la forme de grandes affiches ou de petits panonceaux :

« Le Maréchal a dit »

On les trouve à la poste, à la boulangerie, chez le marchand de riz et chez le vendeur de tabac. Les questions absurdes, et même ignominieuses, flottent sur toutes les lèvres sans que personne ne s'en offusque : « Connaissez-vous mieux que lui les problèmes de l'heure ? », ou « Êtes-vous plus français que lui ? »... On ne parle que d'assainir et de redresser le pays, de le relever, de le revitaliser. Faites-nous confiance : pour régénérer la France, nous avons des années d'avance... « Tous les Français fiers de la France, la France fière de chaque Français, tel est l'ordre que nous voulons instaurer. »

Soudain, la langue de Montaigne et de Voltaire ne charrie plus que des slogans boursouflés. Les hommes politiques n'ont plus en bouche que les mots d'immigré et d'identité nationale : ils sont en même temps le problème et la réponse à tous les problèmes. Il y a un certain ton, propre à ce discours : des voix de cire, sirupeuses comme des baumes, qui grasseyent sur les voyelles et montent sur les fins de phrase, des syllabes belliqueuses, des métaphores désolantes... tout cela parle fort et consonne énormément. On parle d'« attribuer au décret de naturalisation une valeur proprement sacramentelle ! ». On s'embrase de comparaisons économiques : « L'illusion qui s'imagine faire un Français de plus avec un décret inséré au bulletin des lois est parente de celle qui s'imagine faire de la richesse en manœuvrant la planche à billets... Prenons garde à l'inflation de la nationalité ! Ne fabriquons pas de Français-papier ! »

Il y a un certain rapport au temps aussi, méfiant et empêtré. On proclame : « N'accorder que des naturalisations *temporaires* et *révocables.* » On prévient, on menace : « Nous allons dissoudre les îlots d'allogènes !... » Bien des années plus tard, les voilà donc, fils et petits-fils d'immigrés, dissous sous la menace, déchiquetés, pulvérisés. Oui, « Français-papier », le terme me convient. Français de peu de poids, Français des rives et des marges, Français de branche et d'alluvion. Et c'est l'un d'eux qui trace ici ces quelques mots. Pour l'honneur et la gloire de la France, évidemment.

*

Dans ce contexte de décomposition outrageusement maquillée en Renaissance nationale, les gens se révèlent, comme dans tous les guignols de l'Histoire. Un formidable fonds de haine se soulève, et en quelques mois l'île sombre dans un marasme complet.

Dès qu'un pays va mal, vous le verrez à sa manière de traiter les étrangers. Dans cette île qui depuis des siècles brasse cultures et couleurs, les étrangers sont désormais comme la peste elle-même. Arthur est l'un des premiers à en faire les frais. Un matin, il est pris à partie sur le boulevard : on l'accuse de venir pêcher le trépang en goélette pendant six mois de l'année et de repartir sans émarger sur aucun registre ! Arthur n'aime pas le poisson et n'a jamais eu de goélette, mais ce n'est pas grave. De toute façon, c'est un Chinois, face de citron, tête de pamplemousse, macaque de Barbarie. Les quolibets fusent facilement pour ces magots mangeurs de riz. Partout, on critique leur mainmise – et celle des Indiens – sur les petits commerces de l'île : ils fraudent en permanence, usent de procédés insidieux, commettent des actes d'usure effroyables ! Arthur s'en tire avec quelques coups de poing et deux ou trois frappes acrobatiques qui mettent en déroute ses assaillants, mais il est moralement touché par l'incident. Le soir, on le retrouve attablé et morfondu sur la terrasse du *Nouvel Hôtel* : « La Peste est sur la ville, dit-il, la Peste est sur la ville… »

Les Noirs et les Indiens ne sont pas en reste. Pour la négraille, on trouve les sobriquets de racleurs de cuirs et de mâcheurs de cachous. Il y a des *rotakas* – le mot crépite comme une bastonnade –, des émeutes où quelques Karanes, les Indiens de la ville, sont pris à partie. Depuis trop longtemps, il y a des arrivages massifs d'étrangers dans les grands ports de l'île, on parle d'invasion, il serait temps de faire respecter la pureté de la race. Parasites ! Vagabonds ! Le progrès ethnique arrive, vous n'avez qu'à bien vous tenir.

La musique même est touchée par cette moisissure triomphante. En 1940, le gouvernement de Vichy décrète le 14 juillet jour de deuil national. Fini les bals, les flonflons… Au *Nouvel Hôtel*, chez les Nuñes, on proteste. Rendez-nous le 14 juillet ! Non, plus de fêtes, que des rassemblements. C'est la nouvelle politique : on passe de la rue au stade. Au 13 rue Henri-Palu, ça ne swingue plus.

Le secrétaire d'État aux Colonies s'appelle Charles-René Platon. « Platon ! Rien d'étonnant à ce qu'il veuille chasser les artistes de la Cité ! » grommelle Pauline, de fort méchante humeur. Il est vrai que les concerts du *Nouvel Hôtel* n'ont pas exactement la *couleur* des manifestations musicales prônées par les folkloristes patriotes effrénés du nouveau régime. Armstrong, Fats Waller, le Creole Jazz Band… cuivres, tambours, tympanons, tous ces gens sont torturants avec leurs tam-tams ! Pour les propagandistes et les musicologues qui s'efforcent d'élaborer une théorie raciale de la musique, le jazz est une musique de nègres. De nègres et de Juifs : « c'est pareil ». À charge de preuve, des vignettes apparaissent, qui représentent le jazz sous l'apparence d'un saxophoniste noir portant l'étoile de David.

De toute façon, tout ce qui bondit et pétille est désormais classé comme un élément séditieux. Il faut aux nouveaux maîtres des mouvements prévisibles et calibrés : les contorsions buccales de l'oncle Pierre sur sa trompette et les vocalises virevoltantes de Pauline au piano sont dangereuses et inesthétiques. Elles signalent un état du corps qui n'est pas normal, intégré, régulé. Dans un *Bulletin d'information* daté du 15 février 1942, le gouvernement de Madagascar notifie les principes de la nouvelle pédagogie rythmique et sportive : beaucoup de sport pour les garçons, du ballet et des travaux de couture pour les filles. Il s'agit de « préparer la jeune fille à son rôle féminin en favorisant le développement et le fonctionnement normal de ses organes »... En quelques lignes, tout est dit : distribution des rôles et des règles, torpeur physique, corps enfoncé dans ses organes.

Pour couronner le tout, on apprend que le saxo de Johnny Dodds vient de s'éteindre à Chicago... Ce soir-là, Pauline chantonne discrètement au piano : *What Did I Do To Be So (Black and Blue) ?*

*

Le 15 mars 1941, le statut des Juifs du 3 octobre 1940 est appliqué aux colonies. Comme en métropole, un certain nombre d'activités leur sont interdites dans la fonction publique, le commerce et l'industrie. Concrètement : plus de Juifs officiers, journalistes, metteurs en scène, enseignants... Plus ou moins spontanément, l'administration de l'île reçoit de nombreuses lettres certifiant une appartenance à « la race française et à la religion catholique ». Administrateurs, colons, entrepreneurs... tous sont français et catholiques ! Visé sur papier à en-tête, certifié conforme.

À l'inverse, pour la première fois de sa vie, Pauline ne met plus le pied à la messe. Pendant toute cette période, la famille Nuñes entre dans une résistance sourde : plus de musique le samedi soir, plus de messe le dimanche matin, un vrai sacrifice. Les églises pourtant se remplissent : s'y précipitent des gens qu'on n'y avait jamais vus ! Ceux qui avaient été laïques farouches sous les gouverneurs socialistes Augagneur ou Coppet se transforment en grenouilles de bénitier sous Cayla et Annet. Cette religiosité nouvelle, c'est celle du pouvoir, dit Pauline.

Parmi les lettres, beaucoup de délations. On écrit pour déférer, pour inculper, pour vendre. À Antananarivo, un dénommé Alexandre Dreyfus – dont le nom attire bien sûr tout de suite l'attention – est dénoncé par une missive indiquant qu'il continue à vendre du riz à quelques pas de l'église Saint-François-Xavier... la profession de marchand de grains ne fait plus partie de celles autorisées aux « judéens » : il sera donc arrêté et jeté en prison. On peut désormais être un scélérat et un bon citoyen. On est raciste pour ainsi dire spontanément, bienheureusement, quotidiennement, consciencieusement. Il y a un racisme ordinaire et même des racistes de bonne volonté. Jalousies inavouables, haines recuites, stylos crapuleux et légalistes des scribes salariés de la médiocrité ordinaire : tout le petit personnel de l'immense vacherie.

*

L'été suivant, le ton monte encore : les journaux de Madagascar annoncent que toutes les personnes juives doivent se déclarer aux autorités pour le recensement prévu par la loi toute récente du 2 juin 1941. Comme dans la « vraie France », ils doivent non seulement préciser leur domicile, mais également leur profession et le montant de leurs biens. Seulement voilà : qu'est-ce qu'un Juif ? Le dénombrement donne des résultats pour le moins spectaculaires : on compte en tout et pour tout vingt-six Juifs dans l'île (dont la moitié de nationalité française). Il n'y en a que vingt-six ? Peu importe, on les persécutera comme les autres.

Je me demande un peu pourquoi, alors qu'il n'y a quasiment pas un Juif à mille kilomètres à la ronde, les obsessions raciales de Vichy et des nazis ont trouvé un tel écho et ont été appliquées avec tant de zèle dans l'île Rouge. Il semble évident que les structures spécifiques de la colonie l'ont favorisé : dès le début de la conquête, Gallieni avait mis en place une « politique des races » reposant sur les techniques les plus récentes (cartographie, photographie anthropologique), et le cloisonnement ethnique existait bel et bien dans les colonies : dans les écoles, sur les marchés... La colonisation, si elle ne lui est évidemment pas réductible ni même homologue, aurait-elle un lien sournois avec la persécution des Juifs ? Sous des dehors radicalement opposés (l'une se donne pour mission de civiliser, l'autre a pour but d'éradiquer), certaines similitudes sont troublantes, et elle lui offre quelquefois même un espace, comme le montre le rocambolesque feuilleton du « Projet Madagascar ».

*

Le projet nazi de déporter à Madagascar les Juifs européens, peu connu, et parfois traité avec désinvolture par les historiens eux-mêmes, se nomme le Projet Madagascar. Il est l'expression de cette configuration imaginaire, ou pour mieux dire chimérique, qui fait depuis longtemps de l'Afrique en général, et de Madagascar dans le cas précis, un lieu de relégation, une zone poubelle dans la cartographie du monde.

Le premier à avoir exprimé cette idée, semble-t-il, est un orientaliste allemand du XIXe siècle, Paul de Lagarde. Lagarde est violemment antisémite. Selon lui, « on ne parlemente pas avec les bacilles et les trichines mais on les extermine ». Ou, cela revient au même, on les envoie à Madagascar... Dans les cercles antisémites, l'idée va faire son chemin. De son côté, Staline fera une tentative similaire, en expédiant les Juifs soviétiques dans un territoire glacial et désolé (qui, aux dernières nouvelles, existe toujours) : le Birobidjan. L'Argentine, l'Ouganda et même le territoire peul de la Guinée fournissent aussi des « solutions » à ce qui devient une véritable hantise : expulser les Juifs d'Europe. Les Juifs eux-mêmes se laissent parfois, par enthousiasme ou par lassitude, séduire par cette idée.

En 1937, c'est au tour des Polonais de s'intéresser à Madagascar : une délégation est envoyée sur l'île, les discussions s'ouvrent avec la France du Front populaire. Soixante mille, quarante mille ou vingt mille ? L'île est grande, aussi vaste à elle seule que la France, la Belgique et la Hollande réunies : combien de personnes pourrait-elle accueillir ? Entre 1938 et 1941, les nazis se penchent sérieusement sur ce scénario. Hjalmar Schacht, président de la Banque du Reich, cherche un montage financier, la marine de guerre allemande lorgne sur les îles de l'océan Indien (la baie d'Antsiranana est la plus grande du monde après celle de Rio), la société IG Farben envisage d'y développer des marchés : les « études de faisabilité » – étrange vocabulaire, toujours si proche du nôtre – se succèdent et Hitler lui-même évoque le sujet à quelques reprises, le 20 juin 1940 par exemple, au cours d'une conférence avec le grand amiral Raeder puis, quelques jours plus tard, devant Mussolini. Dans cette affaire, la manipulation est constante : il s'agit aussi de détourner l'attention du Duce en ne le tenant pas informé de l'attaque contre l'URSS et en semant le trouble autour des intentions nazies. Vers l'est ou vers l'ouest ?

L'Afrique ou la Russie ? Faire croire à ceci ou à cela, semer la confusion dans les diverses administrations pour mieux les tenir sous sa tutelle, éluder stratégiquement les doutes des uns et renforcer les espoirs des autres… Manipulations externes, magouilles internes : c'est un bel exemple de fonctionnement de l'appareil nazi.

Bientôt, le « Projet Madagascar » va voir le jour. Il est signé Franz Rademacher, conseiller chargé des affaires juives au ministère des Affaires étrangères, et passera successivement par les mains du conseiller Luther, du ministre Ribbentrop et du Führer lui-même. Dans son journal, Eichmann – qui constituera lui-même un dossier intitulé « *Madagaskar Projekt* » en août 1940 – présente ce plan comme une solution « humaniste » au problème juif. Plus récemment, le même argument a été utilisé par Robert Faurisson, qui prétend que la « solution finale » était en vérité une « solution finale territoriale », c'est-à-dire non une tentative d'extermination mais un plan (d'inspiration quasi sioniste…) pour doter enfin les Juifs d'un pays.

Une lecture attentive du projet signé par Rademacher le 3 juillet 1940 à Berlin montre qu'il n'en est rien. La dernière phrase dit même exactement le contraire en précisant, avec la modestie habituelle des hommes du Reich, que le sens germanique de la responsabilité interdit aux Allemands de leur faire don d'un État souverain. Selon ce plan, les Juifs auraient eu une part du territoire à leur charge, l'administration des routes et des postes notamment, mais l'île aurait été placée sous mandat allemand, quadrillée de bases navales et aériennes allemandes, sous contrôle d'un gouverneur militaire allemand (« *Polizeigouverneur* »). Une banque européenne aurait été créée pour assurer le financement du déplacement des populations, alimentée par les fonds juifs et, si cela ne suffisait pas, par des emprunts. Le but est clair : faire des Juifs des débiteurs d'une Europe dont ils auraient perdu le statut de citoyens, des apatrides sous mandat. Une réserve, en somme : le nom convient bien, pour les animaux.

Quant aux populations malgaches, elles ne sont même pas mentionnées : on évoque juste le sort des vingt-cinq mille Français et les compensations qu'il faudrait leur donner. Juifs et indigènes, dans le même sac. *Disposable people*, pourrait-on dire : des gens qu'on peut transporter, colporter, déporter. Et aussi détenir, commander, *aligner*. Dont on peut disposer.

L'homme qui postule pour la charge de gouverneur de l'île n'est pas un inconnu, loin de là : il s'agit de Philipp Bouhler, chef de la Chancellerie, et responsable du programme d'élimination des handicapés, *Aktion T-4*. Alors, le Projet Madagascar, une alternative à l'extermination ? Il serait bien naïf de le penser. Hypothèse temporaire, dans la présomption d'une victoire rapide sur l'Angleterre ? Sans doute. Révélatrice tout de même, dans son urgence même : à sa manière absurde, saugrenue, elle a joué un rôle en habituant à l'idée d'une déportation des Juifs, en distillant la possibilité de leur disparition physique, de leur *démembrement* (Hans Frank, gouverneur général de la Pologne occupée, parlait de « les envoyer par bateau, morceau par morceau, un par un, homme par homme, femme par femme, *petite fille par petite fille* »), en habituant les esprits à l'innommable, en les accoutumant à l'inacceptable.

LA GUERRE DES ONDES

Il y a plusieurs manières de résister à l'ignominie. S'ébattre dans le rire ou l'insolence, entrer dans une lutte active ou perpétrer des attentats symboliques, trouver un point de fuite pour redessiner l'horizon… D'après ce qu'on peut en savoir, Maxime a pratiqué alternativement chacune de ces méthodes.

Tout d'abord, il ne suit pas la grande marée des planteurs, des miniers, des usiniers, qui se rallient tous plus ou moins vite au régime. Il ne suit pas non plus quelques-uns de ses amis malgaches, qui réactivent les vieilles classifications ethnicisantes du régime monarchique dix-neuviémiste : les « côtiers » sont simples et candides, les Betsileos des campagnes honnêtes et travailleurs, les Merinas des hautes terres rusés et peu fiables… Non, en ces temps troublés, Maxime réagit en ultramarin. (J'appelle ultramarin toute personne qui aime la délicatesse et le mélange et ne se satisfait pas de l'injustice du monde : il a pour but de transformer le savoir en saveur, la douleur en douceur – et se sert pour cela de quelques armes simples : crayon, papier, couleurs.)

Il pourrait facilement suivre le mouvement et rejoindre la cohorte des pétainistes.

Travail, famille, patrie ? Il travaille dur, tout le monde le sait.

La frénésie du sport, comme la colporte le nouveau régime ? Il est acrobate, tout le monde le sait.

Et la famille... il en a deux ! Tout le monde le sait !...

Mais le racisme profond de tous ces gens le gêne, leur obsession de la morale et de la terre, lui qui est si à l'aise au bord de la mer ou sur son trapèze dans les airs. Sans doute se souvient-il à ce moment précis de ses compagnons du cirque, des sœurs siamoises et de l'Enfant-Rat, du nain Groseille et des deux Vénus. Lui revient aussi en mémoire la désinvolture de Madame Bartolini : tout ce *tabataba*, cette agitation est pesante, n'est-ce pas ?

Alors, son corps redevient celui d'un athlète étrange, son visage un passeport de couleur indéterminée. Au fil de ces années, il se dit successivement malgache, britannique, français, mauricien. À ceux qui se gargarisent de transmission, de filiation, d'identité nationale, il oppose cette réponse partielle, précaire, mobile et fluide.

Au café, il imite les grandes personnalités du moment : il fait Hitler, il fait de Gaulle. Les intonations, les mouvements de la main, la moindre inflexion de la voix. Au beau milieu du consensus national imposé par l'image, il se gausse de la moustache de Pétain, qui trône sur les murs de la ville. Staline, Franco, Hitler, Pétain... : « La moustache, c'est pour les bravaches ! » dit-il. Toujours l'humour, l'impertinence. Le monde entier est en rage, lui répond par la légèreté. C'est le combat de l'acrobate.

*

C'est aussi à ce moment qu'il entreprend la construction d'un étrange édifice, qui sera surnommé le « Mur des fous ». Non loin de la grande plage d'Amborovy se trouve une petite plage méconnue qui n'a jamais eu de nom. On l'appelle simplement Petite-Plage.

C'est là que Maxime jette sur la mer une sorte de parapet : tous les dimanches, on le voit qui prend truelle, couteaux et spatules, et se dirige vers Petite-Plage. En quelques mois, avec quelques pierres et du ciment, il fait avancer dans la mer une sorte de muret longiligne et bas, profilé, qui semble couper à la perpendiculaire la ligne d'horizon. Arthur est à ses côtés, qui surnomme ce promontoire « notre Grande muraille ». Celle-ci n'a pourtant rien d'une fortification ou d'un rempart : juste une passerelle de pierre posée sur la mer.

Au moment de sa plus longue extension, le mur fera une trentaine de mètres. Longtemps, les enfants l'utiliseront pour marcher au milieu de la mer et les pêcheurs pour amarrer leurs pirogues. Après la guerre, il sera progressivement pillé par les entrepreneurs et démoli par les tempêtes. En 2004, les deux cyclones Elita et Gafilo n'ont pas réussi à l'emporter complètement. Aujourd'hui, on peut encore en voir un tronçon, léché par les vagues et parsemé d'oiseaux.

On peut se demander quelle mouche a piqué les deux amis et quel était leur plan exactement. Certains parlent d'un projet immobilier, maison, hôtel ou résidence, d'autres d'une piscine d'eau de mer, mais aucune hypothèse de ce genre n'est vraiment convaincante : à quoi aurait bien pu servir, dans cette perspective, un mur de trente mètres tiré comme une flèche dans l'océan ? À rien. De fait, le mur restera là, dans sa nudité de pierre traversant la mer, refuge des promeneurs égarés, promontoire de l'inutile.

Par l'effet d'un hasard malicieux, le « Mur des fous » est l'exact contemporain du mur de l'Atlantique des nazis. Du côté de l'Atlantique, des kilomètres de barbelés, des nids de mitrailleuses et des tourelles d'artillerie, des fortifications de béton et des cloches d'acier. Un système de défense fixe, une ligne infranchissable, comme si la mer était un espace à ne jamais traverser. De l'autre côté du monde au contraire, des granules, des gravillons, quelques arpents de pierre qui servent de repaire aux oiseaux.

*

Le « Mur des fous » attire immédiatement les remontrances des autorités. Aucun permis de construire, pas de signalisation des travaux, Maxime et Arthur ne paient pas les taxes et, bien sûr, aucun portrait du Maréchal à l'horizon. Selon Jean Pivoine, le vieux bijoutier indien, ce mur, qui est tout de même d'une longueur considérable, était tout simplement destiné à accueillir un débarquement des forces anglaises. Aucun historien ne s'est jamais intéressé à cette hypothèse, ni même ne se préoccupe aujourd'hui de ces questions.

Mais au même moment, Maxime aggrave son cas : c'est à cette époque en effet que se répand la rumeur de son *faty-dra*, vieille coutume malgache, « serment de sang » par lequel deux hommes se promettent aide et protection réciproques tout au long de leur vie. Maxime vient de procéder à la cérémonie avec un Malgache, prénommé Ando. Nul besoin d'insister sur la charge symbolique dont cet acte est porteur. Au moment même où dans toute l'Europe on calibre les faciès et les crânes, où on mesure les mérites à la grosseur d'un nez (le nez en four à chaux des nègres, le nez crochu des youpins), les deux hommes viennent de jouer avec un tabou dangereux.

On se souvient soudain que Maxime est originaire de Maurice, qu'il est donc de nationalité britannique, ce qui, à l'époque, suffit à semer la suspicion : serait-ce un agent des services secrets ? Quel pacte secret vient-il de passer avec le Malgache ? On implore les mânes des marins morts dans l'attaque anglaise contre la marine française à Mers el-Kébir. « C'est Fachoda qui recommence ! » On entend des phrases comme : « Les Anglais nous ont bouffé Maurice, ils ont voulu nous prendre le Québec... Maintenant, c'est au tour de Madagascar. » On n'a pas encore oublié à l'époque que c'est l'archipel franco-britannique des Nouvelles-Hébrides qui s'est, le premier, rallié au général de Gaulle, le 23 juillet 1940. Cette fois, c'est certain : cet Anglais est un félon, qui complote avec les Malgaches.

C'en est trop. De nouvelles lettres de délation parviennent à l'administration : on a entendu Maxime déclarer – mentionne l'une d'elles – que c'est une conjoncture historique étrange où, pour être digne de la France, il faut passer par l'Angleterre. Une autre s'attaque à sa famille, avec la suave minutie généalogique dont on sait faire preuve dans les temps de moisissure : la tante de Pauline, Émilia Jane Nuñes (dite Tatamiya), est en ménage avec Nicolas Pagoulatos, un Grec, employé boulanger chez son beau-frère Zapandis... Et les Grecs, on le sait bien, sont des gaullistes forcenés. Une autre lettre s'interroge : que fait-il pendant toutes ces journées passées en mer ? Son commerce est au point mort, comme tout le monde. Pour les vichystes, c'est clair : on sait que Maxime a « la science des courants », il doit aider les Anglais à repérer les mines flottantes. Enfin, une missive affirme que le « Mur des fous » pourrait servir en cas de débarquement pour les troupes britanniques (ce qui est aussi l'opinion du vieux bijoutier indien). Devant cette avalanche de « preuves », les autorités n'hésitent pas : quelques jours plus tard, Maxime est jeté en prison.

Quant au Malgache avec lequel Maxime échangea son sang, on ne sait pas grand-chose de lui. J'ai longtemps cru qu'il s'appelait Zamy, avant de comprendre que ce nom signifie « l'oncle » et que c'est la façon dont on désigne, en malgache, un frère de sang. J'ai appris plus tard qu'il se nommait Ando, ce qui signifie « la rosée » : c'était un descendant d'esclave devenu cultivateur, il était connu pour son art de la greffe, un vendeur de fleurs et de fruits. Mais c'est tout : Ando a disparu de tous les registres, de tous les livres et de presque toutes les mémoires. Maxime est emprisonné une première fois en août 1941. C'est aussi à ce moment précis qu'on perd la trace d'Ando.

*

Dès que vous êtes en prison, vous trouvez des gens pour vouloir vous y enfoncer un peu plus profondément. Les barreaux ne suffisent pas, il faut des trappes, des cages, des cachots, des geôles, de sombres puits de fosse d'où vous ne remonterez jamais. Vous avez disparu physiquement mais on va tout faire pour vous éliminer aussi complètement des mémoires. Les oubliettes.

Pourtant, le premier séjour en prison de Maxime ne dure que quelques jours. On pense qu'il a dû faire jouer quelques relations, ou graisser la patte à ses gardiens. Un peu bravache, ou inconscient, il n'en modifie pas son comportement pour autant. Au contraire, à peine sorti, il se lance avec Arthur dans un trafic de postes de radio. Ici, leur piste devient difficile à suivre, une belle partie de cache-cache commence. À cette époque, acheter des composants radioélectriques est un délit : on joue sa vie sur un fil d'antenne, on peut la perdre pour quelques grammes de galène, pour un bout de cristal, une once de sulfure de plomb.

Se cacher, prendre des contacts, s'évanouir, se déplacer : Arthur est à son aise dans cet univers d'agents secrets. L'acrobate du Wuqiao procède avec une telle discrétion dans le déroulement des opérations qu'il est difficile, encore aujourd'hui, d'en faire l'inventaire. Toujours, il manœuvre en sous-main, en secret, en clandestin. Prudence dans l'élaboration, mesure dans l'exécution. On peut aussi penser que les deux hommes s'entendent pour brouiller les pistes : Maxime attire l'attention sur lui, provoque, allume, aiguillonne – pendant ce temps Arthur opère dans l'ombre portée de son partenaire, parallèle et furtif. Un rapport de police rédigé à Antananarivo en mai 1941 émet même l'idée étrange qu'il pourrait s'agir de la même personne. Pendant ce temps, les ondes et les idées se propagent, les pièces détachées circulent.

L'ennemi est omniprésent, et surpuissant. Le régime de Vichy émet ses programmes sur tout le territoire de Madagascar depuis une petite commune du Cher, Allouis, par l'intermédiaire d'un émetteur de radio redoutable : quatre antennes-pylônes en système rayonnant, développant quatre cent cinquante mille watts de puissance d'émission, la plus imposante station d'Europe. À Madagascar, on résiste comme on peut. C'est la bataille des ondes : on tente d'attraper Radio-Brazzaville ou Radio-Alger, plutôt que Radio-Paris et Radio-Vichy. On ne le souligne pas assez : la capitale de la France libre n'est pas Londres ni même Alger, ce fut d'abord Brazzaville et son escouade de scientifiques européens, d'ingénieurs américains, de techniciens congolais.

Le poste à galène est le moins cher, pas besoin de piles ou de courant électrique. Mais il y a aussi quelques postes de forme cathédrale, avec le haut-parleur dans la partie supérieure de l'ogive. *Radia… Radio Sigma… Radiola… Sonora* : ils portent des noms de divinités grecques aux voyelles finales bien ouvertes, qui enchantent Arthur et Maxime. Ils rêvent d'en fabriquer un pareil avec les moyens du bord. Tout peut servir dans la bataille. Quelques mètres de fil de cuivre, un cylindre de carton et une boîte à cigares métallique se transforment en un condensateur. Une jante de bicyclette, trois feuilles d'étain, un ressort à pointe et deux rotules : vous avez un excellent onduleur, qui vous permettra d'amplifier la fréquence et d'augmenter la diffusion.

Les deux amis sont connus pour être des adeptes du bricolage : ils sont aidés en ce domaine par trois Malgaches dont je n'ai pu retrouver que le nom – ils se nommaient Rakoto, Ramanarivo et Ratoandro : on les appelait « les 3 R », c'étaient les as du recyclage. Rakoto, Ramanarivo et Ratoandro sont des génies de la récupération : ils comprennent vite, s'adaptent à la perfection, retrouvent, retapent, requinquent. Tous trois vouent un culte à la cathédrale de la ville d'Ambanja, qui a été construite au début du siècle avec l'ancienne gare en métal de Strasbourg, démontée et remontée pièce à pièce. Ils disent que si l'on peut changer une gare en une cathédrale, alors c'est que tout est possible. Et hop, en deux temps trois mouvements, ils vous changent un pot de ferraille en un radiateur.

Côté pétainistes, c'est une stratégie différente : face à ce déferlement d'inventivité technique, on essaie de brouiller les ondes et on confisque les postes… Surtout – tactique appelée à un grand avenir – on mélange propagande et divertissement : quelques chansons à la mode enveloppent des messages lénifiants. Dans la bataille, on récupère même le jazz, cette musique de nègres ! Un critique musical nommé André Cœuroy vient de démontrer qu'il est en fait, « à l'origine », une musique française… Ici, le recouvrement mémoriel est à son comble. *Lady Be Good* devient *Les bigoudis* ! Et *Some of These Days*, même *Some of These Days* – ce jazz magnifique que Michel Leiris, embarqué au même moment sur un cargo qui le mène en Grèce, décrit superbement comme des « grands coups de trompe taillant des à-pics en plein cœur », celui-là même qui, chanté par la négresse dans *La Nausée* de Sartre, sauve enfin Roquentin de sa déprime existentielle –, le radieux *Some of These Days* passe à la moulinette de la sucrerie ambiante : il sera contrefait en… *Bébé d'amour*. Et voilà comment un ragtime composé par un Noir – Shelton Brooks – et popularisé par une petite Juive d'origine ukrainienne qui se peignait la figure en négresse – Sophie Tucker – devient une comptine sirupeuse, aux rythmes affadis. Simagrées, mièvrerie, surdité généralisée. Le jazz sous la botte de la Propaganda Staffel, c'en est trop : Pauline fulmine et l'oncle Pierre éteint le poste, un air de tristesse sur le visage.

*

Mais le soir venu, on rallume.

La Voix de la France, tous les soirs, de 18 heures à 18 h 45 GMT. L'émission commence, une lueur verte emplit la chambre... Le son est parfois très faible, presque inaudible. Il faut apprendre les rouages et les ressorts de l'arme radiophonique : on écoute, on se concentre, on ne touche pas à l'antenne. On tourne les boutons avec délicatesse, on cherche toutes les sources possibles. L'aiguille se promène sur le cadran mais il faut pas mal de doigté.

À ce jeu-là, Pauline fait des merveilles. Le vieux poste grésille, fait d'abord entendre un abominable bruit de fond, mais bientôt les sifflements et les parasites se transforment en paroles claires, timbrées, à peine ourlées d'un léger crépitement, comme des broderies de clarinette. Le cadran rectangulaire devient une grille harmonique où les doigts agiles de Pauline procèdent par petites anticipations, et d'impondérables substitutions de rythme. Elle avance, elle recule, encore une coda de deux mesures, ça y est, on ne bouge plus, elle a trouvé l'endroit exact : c'est la science du latéral.

À partir de là, on peut écouter New York, Berlin, Washington, Londres, Stockholm, Ankara… c'est une question de technique. Maxime a un faible pour Radio-Maurice, qui a retransmis l'appel du général de Gaulle, et surtout pour la BBC, *Les Français parlent aux Français*. Le langage de cette émission lui plaît, l'alliage léger de la phonie et de la graphie, les métaphores maritimes (« le phare de la France libre »), le ton de la voix aussi, des voix extraordinaires remontant d'on ne sait où, chargées de gomme et de résine. Et, plus que tout, la poésie surnaturelle des messages cryptés : « Ici Londres, Marguerite ne viendra pas ce soir et hier le torrent a débordé… » Ou bien : « Cinq amis visiteront ce soir la perruque de Xénophon… » Et celle-ci encore, qui n'a rien perdu de son actualité : « Le bourdonnement étourdit (il faut supprimer le télégraphe)… »

Évidemment – signe des temps – on ne retient plus aujourd'hui que les violons des sanglots longs de Verlaine, qui servirent à annoncer le débarquement, mais Maxime sait que derrière ces phrases amusantes, incongrues, surprenantes, se cachent souvent des décisions graves : calculs de côté, descentes du ciel, réception de matériels et d'agents parachutés, transactions financières, opérations de rébellion…

Écoutez.

Écoutez. « Andromaque se parfume à la lavande… »

Laissez votre pavillon interne s'ouvrir, dans une grande extase auditive. « Athalie est restée en extase. Nous disons deux fois : Athalie est restée en extase… »

Logique extraordinaire, implicite, immédiatement sensible à l'oreille exercée. Traduction simultanée de la bouche à l'oreille, passage du gosier à l'acte, la parole se transmet par la main… Il faut connaître bien sûr tous les rouages de cette poésie clandestine. L'ambiance est électrique, les appels sont d'une grande subtilité, c'est un jeu de poker : « Messieurs, faites vos jeux » – et c'est un sabotage.

« Le coq chantera à minuit » : les agents sont entrés en territoire ennemi.

« De Marie-Thérèse à Marie-Louise : un ami viendra ce soir – nous disons quatre fois… » : c'est un parachutage (quatre avions).

Et que faire lorsque vous entendez la phrase suivante : « Il a une voix de fausset » ? Bien sûr, tout de suite, déclenchement de la guérilla ! Pas question de se soumettre aux faussaires de la voix.

Alors, les fruits et les légumes entrent dans la partie. « Les carottes sont cuites », « les dés sont sur la table » et « les fraises sont dans leur jus » : « il est temps de cueillir des tomates » ! Dans cette poésie armée radiophonique, tout peut servir d'instrument au combat. Le climat et la géographie : « Il fait chaud à Suez », « Il pleut toujours en Angleterre ». Mais aussi l'histoire politique et religieuse : « La mort de Turenne est irréparable », « Saint Liguori fonda Naples », – les proverbes : « La fortune vient en dormant », – les chansons : « Il n'y a plus de tabac dans la tabatière… »

De temps en temps, quelques excursions vers l'Extrême-Orient, le Japon : « Le soleil se lève à l'est le dimanche. » Je répète : « Le soleil se lève à l'est le dimanche. »

Vous comprenez ?

Le combat est un grand jeu de piste sonore, un jeu de malentendus éclairants. Naît ainsi tout un bestiaire fantastique, ébouriffé : « L'éléphant s'est cassé une défense », « L'angora a les poils longs »… Soudain, les goûts et les couleurs se discutent (« J'aime les chats siamois », « Je n'aime pas les crêpes Suzette »), s'entrelacent et se disputent, n'en déplaise à la vieille manie consensuelle : « Je n'aime pas la blanquette de veau. » C'est le moment de lancer un pavé égrillard dans la mare, pour dépeigner les bien-pensants : « Yvette aime les grosses carottes » (action immédiate : dynamitage de la station de pompage !).

Tout est possible dans ce monde parallèle de sons et de gestes libres, qui débouche sur des résultats très concrets : « L'infirme veut courir » (sabotage d'une voie ferrée), « Les girafes ne portent pas de faux col » (démontage d'une ligne à haute tension) et « La vache saute par-dessus la lune » (nous remercions l'agent Charlie Parker pour cette action d'éclat).

Bien entendu, toute la littérature française y passe : Du Bellay – « Heureux qui comme Ulysse a fait un long voyage » : transfert de livres interdits ; La Fontaine – « Les deux pigeons se promènent sur le balcon » : prise de contact avec un réseau ami ; et Pascal – « Il a pleuré de joie » : parachutage d'armes et d'agents, bousillage des aiguillages, bombardement de toutes les succursales du système... Joie, joie, pleurs de joie !

À toute heure du jour, Maxime joue ainsi avec les nerfs des autorités, fredonnant des phrases terribles et des mots dont on ne sait bientôt plus s'ils sont autorisés ou interdits, chargés de poudre ou inoffensifs. Au nez et à la barbe des délateurs installés à la terrasse du *Nouvel Hôtel*, il multiplie les fausses pistes et les vraies informations. Qu'il lise les nouvelles en sirotant une liqueur d'orange et de cannelle, le voici qui entonne d'une voix ralentie : « La Bénédictine est une liqueur douce... » On l'entend aussi, à plusieurs reprises, réciter d'une façon très distincte :

« Le vin est dans la bibliothèque... »

On dit que cette phrase rend fou le chef de la Sûreté de Mahajanga, qui cherche désespérément à en percer le sens. Pendant ce temps, Maxime s'installe sur sa chaise longue, un petit sourire éclaire ses lèvres, il renverse la tête au soleil. Comprenne qui pourra.

*

À la fin de l'année 1941, les actes de sabotage et de résistance se multiplient dans la région de Mahajanga : incendies de dépôts de paille, vol de marchandises gouvernementales, destruction de signalisations... Un membre de la Légion française des combattants et volontaires de la Révolution nationale est jeté dans la mer près du Jardin d'Amour. Plus grave, deux ponts explosent aux environs de la rivière Betsiboka. Dans quelle mesure Maxime et Arthur sont-ils mêlés à ces diverses opérations ? C'est précisément parce qu'ils furent efficaces et discrets que nous ne le saurons jamais. Il est vrai aussi qu'à une ou deux exceptions près, aucun historien sérieux ne s'est jamais penché sur le sujet, comme si cette Résistance d'outre-mer n'avait jamais existé.

Une chose est sûre : la police les a à l'œil, surtout Maxime. Au début de l'année 1942, la situation est très tendue : le combat fait rage dans l'océan Indien et jusqu'au golfe du Bengale. Les forces japonaises, menées par l'amiral Nagumo, gagnent plusieurs batailles et envisagent d'installer une base de sous-marins à Madagascar. Des noms aux sonorités terribles circulent dans toute la zone – *Akagi*, *Hiryû*, *Ryûjô*, *Shôkaku*, *Sôryû*, *Zuikaku*... – et sèment l'angoisse des sous-marins et des porte-avions.

C'est le moment que choisit Maxime pour détendre l'atmosphère, à sa manière. Désormais, il ne sortira plus que muni de deux longues perches en bambou, bien vertes et bien flexibles, une sur chaque épaule. Il dit qu'il s'en sert pour glaner les mangues ou pour diriger les zébus. Les autorités ne goûtent que modérément cette allusion finaude au général « deux gaules »... À ce moment, de nouvelles mesures législatives permettent d'emprisonner tout individu pour port de symbole non autorisé. Cette loi vise surtout la croix de Lorraine, mais c'est elle qui sera invoquée pour demander la deuxième incarcération de Maxime Ferrier : le rapport de police précise que le prévenu est entré dans sa cellule « en chantonnant, et toujours accompagné de ses deux bambous ».

Même dans un régime ubuesque, il est rare qu'on condamne quelqu'un pour s'être promené entre deux baguettes de bambou. L'absurdité de la situation, un peu d'argent, quelques dernières relations et Maxime sort à nouveau de prison. Sa maison est perquisitionnée, tout son matériel électrique confisqué, on place un espion sous chacune de ses fenêtres. On peut penser qu'il va enfin se tenir à carreau. Peine perdue : une semaine jour pour jour après sa seconde sortie de prison, Maxime est de nouveau incarcéré : vers la tombée de la nuit, il a été attrapé en train de faire du feu sur une plage. Sans doute un signal pour les avions anglais.

À partir de là, Maxime est placé dans une situation périlleuse. On le prend tour à tour pour un plongeur professionnel à la solde des Britanniques, pour un radiotélégraphiste relais de la France libre ou tout simplement pour un fou. On hésite entre ses multiples délits savamment agencés, on ne sait plus trop de quoi l'inculper. Et son ami chinois, où donc est-il passé ? Quoi qu'il en soit, c'est un « irréductible à mettre impitoyablement hors d'état de nuire », comme l'indique un nouveau rapport de police. C'est un civil, mais en ces temps insensés, il risque la cour martiale pour son pont de pierre, pour son feu de plage et pour ses deux bambous déployés.

Déboussolée par ce prisonnier atypique qui fredonne entre ses quatre murs des formules énigmatiques – « Les noix sont sèches et le sapin est vert, je répète, le sapin est vert », « Le canapé est au milieu du salon »… –, l'administration commet une erreur tactique considérable : elle le laisse sortir une demi-journée, sous surveillance militaire, pour récupérer quelques affaires de toilette. Une heure plus tard, Maxime a disparu, comme s'il était aussi simple pour lui de s'évader que pour un oiseau de s'envoler. Les deux gendarmes affectés à sa garde seront retrouvés le lendemain, ligotés et bâillonnés, dans l'église de Mahabibo.

Cette fois, Maxime doit s'enfuir, il n'y a pas de temps à perdre. Il pense d'abord, bien sûr, au Cirque rouge, à ses petits chapeaux de pierre et à ses innombrables cheminées de fées. Il pourrait s'y cacher quelques jours mais l'endroit est trop proche de la ville, il serait vite repris. Il songe aussi à rejoindre les vieux amis qu'il a chez les Bara, ce peuple de pasteurs semi-nomades des plateaux du Sud, qui volent les zébus et les armes, et vivent toute l'année dans la danse et la musique. Perspective alléchante, mais c'est loin, et que ferait-il de Pauline et des enfants ? Pauline d'ailleurs, fine stratège, en profite : il est temps d'abandonner la ville, de quitter aussi les autres femmes, de mettre à l'abri tous les enfants...

En une nuit, la décision est prise : ils iront à Nosy Be. Là, non seulement il y a la grande maison d'Anfelana, mais Maxime y possède aussi une savonnerie, alimentée par de l'huile de coco provenant des Seychelles. Même si lui se cache, Pauline pourra s'en occuper. Comment faire ? Tous ses boutres ont été réquisitionnés, et de toute façon l'île est trop loin pour la navigation d'un homme seul, encombré d'une femme et de plusieurs enfants. Grâce à quelques collusions que plus personne aujourd'hui n'est capable de démêler, ils voyageront de nuit, dans un cargo de marchandises nommé *L'Île-Bourbon*. Le voyage est long et silencieux : on navigue tous feux éteints, par crainte des sous-marins japonais qui patrouillent dans les parages. Maxime monte quelquefois sur le pont, les enfants sont couchés en bas, entre des noix de cajou et des gousses de vanille.

Quant à Arthur, lui aussi menacé, il est parti se réfugier dans les grottes d'Anjohibe. À quatre-vingts kilomètres au nord de Mahajanga, c'est une région désertique et difficile d'accès. Elle abrite un réseau de galeries formé d'innombrables couloirs de calcaire, hanté par des gouffres vertigineux et traversé par une rivière souterraine : pas de problème, on ne l'y retrouvera pas. Jusqu'à la fin de la guerre, il vivra dans ces corridors, à tresser des lianes et à pêcher des anguilles, soudain rendu à une vie quasi préhistorique, claire et calme dans le grabuge ambiant – quelles que soient les circonstances, toujours une poésie étrange sourd de la vie de ces hommes, ils n'ont aucun projet précis mais ils se laissent porter par le mouvement même de la vie, ils sont capables d'exister à la manière des arbres, des fruits et des fleurs : poésie de chasse, de chassés et de chasseurs.

Toute cette nuit, pendant la longue traversée, pour calmer l'angoisse des enfants ou peut-être tout simplement pour célébrer la nouvelle inflexion que vient de prendre sa vie, Maxime chantonne ces superbes formules qu'il affectionnera jusqu'à la fin : « La belle Hélène n'a pas froid aux yeux », « Le cheval bleu se promène sur l'horizon »… Il en connaît des centaines, avec leur intonation spécifique, leur couleur propre et le feu de leurs significations. Mais il aime particulièrement celle-ci, sublime dans sa simplicité : « Véronèse était un peintre… »

Que signifie-t-elle, au juste ? Pendant que tout, tout autour de lui, sombre dans l'obscur et dans le bruit, femmes et enfants en cavale, biens saisis, monde prostré, boutres et bambous confisqués, lui continue de fredonner cette simple ligne mélodique, cette petite musique de fond, cet art de la fugue dans la superposition des tons, la gloire céleste des couleurs… Sur le pont du bateau, dans la douceur terrible de la fuite, il parle à la mer à mi-voix : « Véronèse était un peintre… »

Je répète : *Véronèse était un peintre…*

PROMENOIR
DE LA MORT SEULE

« Frères, je ne veux pas que vous ignoriez que nos pères ont tous été sous la nuée, qu'ils ont tous passé au travers de la mer… »

Ce sont, disent ses enfants, les premiers mots que la pieuse Pauline prononce en arrivant à Nosy Be, sa Bible sous le bras, le matin du 5 mai 1942. C'est en même temps un message pour ses enfants, réunis devant elle dans la soute du cargo, et une prière murmurée vers le Ciel. La voilà seule désormais, avec ses sept enfants : Maxime vient de quitter le bateau pour rejoindre la côte à la nage. Il a plongé, racontera-t-elle plus tard, « dans la mer et dans la nuit… ». Pauline a peur, la traversée a été pénible, elle craint pour Maxime, car les parages de l'île sont infestés de requins. Quant à elle, la police l'attend peut-être sur le quai : elle craint à tout moment d'être incarcérée pour délit de fuite et pour complicité.

Mais le régime exotique de Vichy a désormais d'autres chats à fouetter. Pauline apprend la nouvelle dès qu'elle pose le pied sur le port : toute l'île est en ébullition, les forces anglaises viennent de lancer une grande offensive sur le nord de Madagascar. C'est l'Opération Ironclad, la plus importante campagne amphibie des Britanniques depuis la bataille des Dardanelles. En jeu : le contrôle du canal du Mozambique et de la route du Cap, avec en ligne de mire le Transiranien et le pétrole du Golfe. La flotte 121 de la Royal Navy débarque dans l'immense baie d'Antsiranana (Diégo-Suarez), dont un marin français a dit un jour qu'elle pourrait loger « toutes les escadres du monde », mais qui n'a jamais vu autant de corvettes, de destroyers et de chasseurs de mines.

Sur terre, sur mer et dans les airs, la bataille fait rage… Un ballet aéronaval ininterrompu zèbre le ciel de volutes de fumée et de traînées de poudre. Au milieu des nuages blancs, les Swordfish et les Albacore affrontent les Morane et les bombardiers Potez de Vichy, remontés en toute hâte d'Antananarivo. Cockpit fermé, les biplans déferlent : une mitrailleuse en position-chasse sur l'aile droite, deux autres à l'arrière sur affût, ils larguent sur toute la côte septentrionale un tapis de bombes et de torpilles, accompagnées de tracts qui réclament la reddition immédiate et inconditionnelle de l'île. En face, Vichy propulse en première ligne trois bataillons de tirailleurs malgaches et un bataillon de tirailleurs sénégalais : par un de ces paradoxes dont l'Histoire a le secret, ce sont des nègres et des colorés qui vont défendre le régime raciste de Pétain !

Quatre mois plus tard, les Britanniques donnent l'assaut au reste de l'île avec deux nouveaux débarquements, l'un sur Mahajanga et l'autre sur Toamasina, avant de prendre possession de la capitale. Pendant toute cette période, les combats sont âpres, explosifs, incendiaires. Le feu s'empare des lacs, des baies et des forêts, le grondement des canonnières roule sur l'île comme l'orage, l'odeur de la poudre flotte jusqu'à plusieurs kilomètres à la ronde, les ponts sautent, les rivières brûlent… En novembre, enfin, après des mois de guérilla dont peu de livres retracent l'histoire – c'est pourtant une partie de l'Histoire de France –, un armistice est signé, Madagascar passe sous le contrôle des Anglais, qui la redonneront à la « France libre » vers la fin de l'année.

*

Si elle redonne à Maxime une certaine marge de manœuvre, on doit à la vérité de dire que la prise de pouvoir des Anglais, puis la remise de l'île à la France libre (le représentant gaulliste, au nom délicieux de Paul Legentilhomme, arrive sur place en décembre 1942) ne changent pas grand-chose à la situation de Madagascar. Au contraire, le travail forcé se poursuit à outrance, les prélèvements sont encore augmentés, tout cela au nom de l'effort de guerre.

À la fin des hostilités, Maxime sera appelé par deux fois à Mahajanga, une fois par les autorités britanniques, une autre par les *Free French*, qui ont entendu parler de l'histoire du « général deux gaules ». Toutes les poursuites engagées contre lui sont annulées et il reçoit une décoration. Mais il est ruiné, et de toute façon rien de tout ça ne semble l'intéresser, il repart vite pour Nosy Be.

À Madagascar, la situation est tendue, le peuple des villes est irrité, celui des campagnes épuisé. Dans la brousse, les vols de bœufs se multiplient, on ne compte plus les brigandages et les attaques à la sagaie. Les premiers journaux indépendantistes sont en train de voir le jour, *Imongo Vaovao*, *Maresaka*, *Sahy*... et vont bientôt remplacer *Le Combat de la côte est* ou *Le Madécasse*, les journaux des colons. La défaite française de 1940 contre les Allemands, redoublée par celle de 1942 contre les Anglais, a détruit le mythe de la France invincible, tandis que partout dans le monde les nations se lèvent contre les colonisateurs. En Indochine, la guerre a déjà commencé.

Pendant ce temps, sourds et aveugles comme rarement dans leur Histoire, les Français parlent aux Français et ne parlent plus qu'aux Français, sans plus trop savoir d'ailleurs ce que c'est qu'un Français. En septembre 1946, les députés malgaches rentrent de l'Assemblée constituante sans avoir pu faire reconnaître Madagascar comme un État libre au sein de l'Union française. Partout sur l'île, le marché noir se développe, la misère augmente et la colère gronde. Dès l'année suivante, une grande révolte éclate sur la côte orientale. 1947 : carnages et pillages, massacres, jacqueries accompagnent une insurrection qui, on ne le sait pas encore, est la première étape vers l'indépendance. L'administration française utilise tous les moyens de la répression : tortures, exécutions sommaires, députés arrêtés en dépit de leur immunité parlementaire, villages brûlés, militants enfermés dans des wagons et passés à la mitraille.

Accusé d'être l'instigateur de la révolte malgache de 1947, c'est un poète, Jacques Rabemananjara, qui sera condamné aux travaux forcés à perpétuité à la suite d'un procès dont François Mauriac, l'un des seuls, avait dénoncé l'iniquité. Il sera finalement amnistié en 1956, mais c'est une tache sur le drapeau de la France, qui sonne comme un avertissement : quand on met en prison un poète, alors la France n'est plus vraiment la France.

*

Extrait du *Journal officiel* de la République française, Annales de l'Assemblée nationale, le 15 mars 1950, p. 2078 :

Aimé Césaire : (...) En vérité, alors que, dans nos territoires, la misère, l'oppression, l'ignorance, la discrimination raciale sont de règle, alors que, de plus en plus, au mépris de la Constitution, vous vous ingéniez à faire de l'Union française non pas une union, mais une prison de peuples... [*Exclamations à gauche, au centre et à droite. Applaudissements à l'extrême gauche.*]

Paul Caron : Vous êtes bien content qu'il y ait l'Union française !

Marcel Poimboeuf : Que seriez-vous sans la France ?

Aimé Césaire : Un homme à qui on n'aurait pas essayé de prendre sa liberté.

Paul Theetten : C'est ridicule !

Paul Caron : Vous êtes un insulteur de la patrie ! [*À droite.*] Quelle ingratitude !

Maurice Bayrou : Vous avez été bien heureux qu'on vous apprenne à lire !

Aimé Césaire : Ce n'est pas vous, monsieur Bayrou, qui m'avez appris à lire. Si j'ai appris à lire, c'est grâce aux sacrifices de milliers et de milliers de Martiniquais qui ont saigné leurs veines pour que leurs fils aient de l'instruction et pour qu'ils puissent les défendre un jour. [*Applaudissements à l'extrême gauche.*]

*

Pendant plusieurs années, on a pu penser que Maxime était une force en perpétuelle expansion, l'équivalent lumineux d'un trou noir qui aurait pour ainsi dire atteint sa vitesse de libération, celle qu'un objet acquiert lorsqu'il s'échappe des forces de la gravitation. Invisible, réduit à un point de densité infini quelque part sur la côte d'une île quasi inaccessible, il poursuit sa rotation indétectable, magnifiquement indifférent à tout ce qui se passe derrière l'horizon. Il suit sa propre trajectoire, singulière, dans une sorte d'immense respiration insulaire.

L'année 1960 voit un véritable festival des indépendances africaines : le Cameroun le 1er janvier, le Togo le 27 avril, le Mali le 20 juin, et Madagascar six jours plus tard. Le mois d'août est très chaud : Dahomey, Haute-Volta, Niger, Côte d'Ivoire, Tchad, Congo, Gabon, Centrafrique… À Mahajanga, parfums, couleurs, vibrations, les fleurs s'épanouissent comme jamais.

*

Le temps cependant prépare sa revanche. Le 21 décembre 1961, un violent cyclone nommé Ada s'abat sur la cathédrale de Mahajanga. Le vent arrache la toiture de tuile rouge et des pluies abondantes détériorent l'orgue : la trombe souffle pendant trois jours et trois nuits et ne consent à s'en aller que la veille de Noël. Nosy Be aussi est touchée. Mauvais présage ? L'alambic de Maxime aux fumerolles délectables est gravement endommagé.

Trois semaines plus tard, c'est un nouveau typhon qui ravage l'océan Indien : cette fois-ci, il se nomme Daisy. Pauline a peur, car c'est le nom d'une de ses filles – ou plutôt, le nom d'une des filles de Carmen mais où est la différence ? Possessive, généreuse, elle les a toujours considérées comme les siennes. L'ouragan vient-il lui reprendre ses amours ? Terrés dans la maison, les enfants voient le jour s'éteindre à travers les fentes des persiennes. Le couteau du vent s'engouffre sous les portes, la pluie brise les murs et pulvérise les fenêtres. Au deuxième étage, la bibliothèque qui occupait l'angle sud-ouest de la maison, le plus exposé, est complètement dévastée.

Au même moment, Arthur disparaît en mer. Il était sorti au matin pour une partie de pêche, il ne rentrera pas. Il compte parmi les trois personnes qui le lendemain sont portées disparues, balayées par la tornade, englouties par l'océan Indien ou, qui sait, happées par un requin. À Anfelana, où la nouvelle arrive quelques jours plus tard, on a du mal à y croire. Bien sûr, la tempête a fait rage mais tout de même... Arthur sait nager, il a l'habitude de la mer. Ou bien alors... un requin ? Maxime erre toute la journée sur la terrasse en remâchant sa colère. Quand le soir vient, on dîne dans un grand silence au milieu des acacias : la foudre est tombée, le bois brûlé, le soleil définitivement éteint.

Le lendemain, Maxime et Pauline se précipitent à Mahajanga. Ils participeront pendant deux jours aux recherches en mcr, mais il faut se rendre à l'évidence : Arthur est mort.

C'est à ce moment que Maxime fait édifier dans le cimetière de la Corniche la première des trois tombes. La cérémonie est simple et sobre. Devant la sépulture ouverte, l'oncle Pierre et deux ou trois musiciens qui sont tout ce qui reste de l'orchestre vibrionnant du *Nouvel Hôtel* jouent le *Tuba Mirum* de Mozart. Maxime dépose dans le cercueil vide une baguette de bambou, vestige du Cirque Bartolini, et un simple bol de riz. C'est une variété hybride qu'on appelle le *tsemaka*, un croisement entre une variété malgache, le *Makalioka*, et une variété chinoise, le *Chehuan*.

Tuba mirum spargens sonum per sepulcra regionum…

La trompette au son éclatant jette son appel parmi les tombes : le cercueil est cloué, le corps invisible d'Arthur descend parmi les ombres au son des tubas.

Maxime le sent, une période noire vient de commencer. La mort désormais insère son velours sombre entre les feuillages de jade des frangipaniers. Quelques semaines plus tard, elle frappe à nouveau, en plein cœur du domaine cette fois : au mois de février, Pauline est touchée par un cancer foudroyant, qui l'emporte en quelques semaines.

*

Maintenant, la nuit tombe. J'entre dans la partie la plus noire de l'histoire de Maxime.

Le soir venu, le vent se lève. Il soulève les journaux, fait frémir les rideaux et pousse les portes. Les feuilles des bananiers semblent se blottir en tremblant. En ville, on entend des bruits de moteur, des portières qui claquent, des voitures qui vrombissent : c'est la fin du travail, le repas qui approche.

C'est l'heure d'ombre, l'heure où le ciel se couvre à l'horizon, où les collines s'estompent. C'est la dernière cavalcade des nuages avant la tombée du jour et les passants rentrent la tête dans les épaules en se hâtant un peu.

Les collines résistent longtemps à la nuit qui les gagne. Dans la campagne, vers le sommet des montagnes, les femmes, les hommes, les oiseaux remontent lentement.

Alors, dans la nuit qui engloutit tout, lentement, progressivement, énormément, on ne voit plus que les points colorés des seaux sur la tête des femmes.

*

La mort à ce moment tire le verrou. Un fond de néant se lève. La nuit tombe, des oiseaux passent dans le ciel.

Pauline ce soir va mourir, il le sait. Hier au soir, elle pouvait encore se lever. Le médecin est venu, et à sa manière de bouger la tête, de répéter mille fois les mêmes gestes (prendre le pouls, toucher le front, écarter les mèches de cheveux un peu plus loin, vers les oreilles), il a compris : Pauline va mourir.

Hier encore, elle pouvait se lever.

Vers six heures du soir, elle est sortie de son lit et elle a marché vers la mer, seule, pieds nus. De la fenêtre de sa chambre, Maxime la voit descendre sur le sable, toucher l'eau du bout du pied. Dans sa robe de chambre blanche, elle ressemble à un fantôme. Elle a dû faire un effort démesuré pour cette dernière caresse aux vagues. Essoufflée, près de tomber, elle s'arrête. Alors, se retournant, elle aperçoit la superbe demeure, ses toits de tuile à double pente et ses balcons de bois, ses petits volets ouverts sur des ravins immenses, ses varangues et ses vérandas.

Puis c'est la chambre.

Quand elle a compris la gravité de son état, Pauline n'a pas voulu rester dans sa chambre à coucher, elle a demandé à ce qu'on installe son lit près du piano, à l'ouest de la maison. Elle a voulu rester là, entre les chaises en rotin blanc, juste à côté du piano noir. Il n'y a pas beaucoup de monde, mais tous ceux qui l'ont vue mourir s'en souviennent, vers huit heures du soir soudain, elle a cette phrase étrange :

— Ah ! voilà que ça commence..., murmure-t-elle.
— Que dis-tu ?

Maxime est inquiet. Elle a mal. Sa respiration est saccadée, ses joues sont couleur de feu. Par instants, de longs frissons lui parcourent les épaules.

Mais elle le regarde : sa tête roule sur le côté dans un geste très doux, puis elle ouvre la bouche... Ses dents sont plus blanches que jamais dans la pénombre de la mort. Elle avance doucement les lèvres comme si elle portait sur le bout de la langue quelque chose de très léger. Alors, elle se met à chantonner, ses longs doigts fins se déroulent et pianotent sur le drap. Elle rit. Elle dit que son pouls, qui bat très irrégulièrement, est comme une ligne mélodique, qu'elle entend, dans le battement de ses artères, l'écho d'une musique aux accents inconnus.

Elle a soif. Le médecin s'approche, lui tend un verre d'eau. Elle en boit une gorgée et se tourne vers le balcon.

— Ouvrez la fenêtre, je vous prie…

Le vent du large entre dans la chambre. Il commence à pleuvoir. La poitrine de Pauline se soulève, et c'est presque comme si la mort la rendait joyeuse, attentive qu'elle est aux derniers tourbillons de la vie, au ressac du sang dans ses veines incertaines. À toutes les questions, elle répond d'une voix faible mais claire… Elle sourit plusieurs fois.

— J'aimerais tant jouer un air au piano, dit-elle en s'appuyant sur un coude.

Mais elle est trop faible désormais pour pouvoir se lever. Bientôt, les symptômes reprennent. Elle paraît plus agitée, ses lèvres se serrent, sa poitrine se soulève plus hardiment. Étendue sur le dos, la bouche fermée, elle sent ses membres se crisper. Le médecin se précipite. Son pouls glisse sous ses doigts comme un fil tendu, comme une corde de harpe près de se rompre. Il se passe l'index sous les narines et répète :

— Ce n'est pas bon signe, ce n'est pas bon signe…

Mais Pauline ne veut pas partir ainsi, dans le solennel et le lugubre. Elle demande avec calme qu'on éloigne le médecin. Alors, lentement, dans un effort surhumain, ses mains glissent sur le drap et elle recommence à chanter, d'une voix douce et distincte, une chanson de louve, une étrange mélopée sans paroles… Les lumières de la maison rayonnent de loin dans le brouillard et les notes de musique vont se perdre là-bas, entre les branches des arbres.

Un domestique est allé chercher un prêtre. C'est un vieux Malgache grisonnant qui a mis beaucoup de temps à arriver, car les routes sont dévastées par les deux cyclones qui ont ébranlé l'île ces derniers mois.

Pauline le connaît bien. Elle tourne lentement son visage vers lui, et paraît heureuse de voir l'étole violette.

— Bonsoir Pauline. Pardonnez-moi, je me suis fait attendre.
— Bonsoir mon père. Ne vous en faites pas, je ne suis pas pressée.

Malheureusement, dans sa hâte, le vieux prêtre (dont plus personne aujourd'hui ne se rappelle le nom) a oublié sa sacoche. Il n'y a pas d'huile bénite, pas d'hostie, pas de vin consacré. Qu'à cela ne tienne, il demande à Maxime d'aller lui chercher dans sa réserve une bouteille de rhum. « Pour une fois, votre alambic servira pour le sang du Christ », lui lance-t-il.

Ensuite il récite quelques prières, trempe son pouce droit dans le rhum et commence les onctions : les yeux, les grands yeux noirs de Pauline, son nez qui connaît le secret des parfums, sa bouche chantante, ses mains pianotantes, et enfin la plante de ses pieds. Pauline rit de cette caresse incongrue :

— Le Bon Dieu me chatouille... Est-ce donc ainsi qu'on doit s'abandonner à la miséricorde divine ?

— Les voies du Seigneur sont impénétrables, Pauline. Il peut entrer en vous à la racine des cheveux comme à la pointe des orteils.

Le vieux prêtre a les yeux embués. Il connaît l'humour de Pauline, mais il ne pensait pas qu'aujourd'hui elle serait à la fois si faible et si forte, comme une danseuse de corde au-dessus du précipice.

Une odeur de vieux rhum flotte partout dans la pièce. Pauline entend le battement de la pendule, le bruit des vagues qui entre par la fenêtre ouverte, et Maxime, debout près du lit, qui respire. Dehors, l'averse ouvre des fleurs sauvages.

Pauline a la tête penchée sur l'épaule gauche. Le coin de sa bouche est maintenant fermé, ses yeux sont traversés de mouvements incontrôlables. Ses seins, ses genoux, ses cils, tout vibre sous le drap tendu, il semble qu'elle soit devenue soudain aussi légère qu'une plume. Elle souffre.

Maxime la veille, il chantonne... Il voit sa main bouger, sa bouche, au fur et à mesure qu'elle s'enfonce dans ce pays secret à ses pas interdit. Il reprend pour elle tous les airs qu'elle chantait, amants, heureux amants, voulez-vous voyager, il les mélange à tout ce qu'il sait d'elle, à ses prières, à ses poèmes, ne t'en va pas trop loin mon amour, mon oiseau bengali, à tout ce qui peut peut-être la retenir près de lui un instant, soyez-vous l'un à l'autre un monde toujours beau, reste auprès de moi mon enfant tisserin... Il répète à plusieurs reprises, en se tenant au plus près d'elle dans l'ombre : « Tenez-vous lieu de tout, comptez pour rien le reste... » Elle transpire, ses cheveux sont collés sur son front, il la serre tout contre lui, un rien la chavire, chaque battement de son cœur est comme une détonation.

La lampe est baissée et lui fait sur le visage comme une maison d'ombre, laissant deviner les contours de son corsage délacé. Elle est encore belle, elle est désirable, dans la mort aussi. Tout à fait faible maintenant, son regard lui parvient à travers un mince glacis posé sur ses pupilles noires. La douleur est trop forte et elle ne peut plus parler. Mais elle murmure et elle continue à chanter... Maxime... Depuis des années qu'elle le tenait en elle, elle ne l'abandonnera pas pour tout ce qu'il lui reste de temps humain.

Elle ne le voit plus. Elle lui passe la main dans les cheveux. Elle lui caresse la nuque, les joues, le front, elle promène ses mains sur le promontoire du visage, elle ne parle plus du tout maintenant, elle est bien trop faible, mais elle lui dit qu'elle l'aime par la magie de ses doigts. Une rafale de vent passe dans la chambre et l'emporte. C'est la fin. Elle le prend avec lui, elle le tient, le retient, en un souffle elle l'emporte, elle le maintient en elle, jusqu'au bout, jusqu'à la fin. C'est sur son visage que, pour la dernière fois, ses longs doigts se dénouent. Dans la mort qui vient, c'est elle qui passe ses doigts sur ses tempes, elle lui donne encore une fois ses mains, sa bouche, son chant, afin qu'il soit sauvé.

*

Que faire quand la mort s'empare d'une existence ? Rien. Qui peut abolir le temps ou le suspendre ? Personne. Maxime reste toute la journée à ne rien faire, perdu dans une sorte d'hébétude, pris dans une crampe du temps. Sont-ce les journées de chèvre qui commencent ?

Il entre dans une vie de somnambule. Il ensable sa vie. Sa boussole intérieure se dérègle. Il balbutie. Il passe son temps à feuilleter la Bible, mais sans vraiment la lire, quand il l'ouvre tout à coup les lignes se mettent à danser. Il est transpercé d'une douleur étrange, l'océan se trouble, les teintes du soir même changent, il ne voit plus la mer de la même manière.

Fatigue, blocage, torpeur. Journées sans verbe, feutre noir sur les saisons.

Peut-être ressent-il alors la grande inutilité de toute chose, indifférent aux couleurs, aux odeurs, aux sons, plus fermé qu'une pierre. Quand vient le soir, il regarde le sillage de la journée traversée et l'énorme grabuge de ses inutiles conquêtes. Les gens se souviennent de l'avoir vu passer sur le port à la tombée de la nuit : il chantonnait la Bible et des fragments de psaumes… *Rex gloriae, libera animas omnium…* Roi de Gloire, délivre les âmes de tous les fidèles défunts des peines de l'enfer… *ne cadant in obscurum…* et du gouffre profond, délivre-les de la gueule du lion… *sed signifer sanctus Michael…* pourvu qu'elles ne soient pas englouties dans le gouffre et qu'elles ne disparaissent pas dans les ténèbres… Seule la Bible désormais semble à même de rivaliser avec ce gigantesque abîme, la Bible, qui verse le silence sur les événements comme le sable de la plage fait cesser le murmure des mers.

De temps en temps, toujours le Livre sacré à la main, il roule dans le stupre ou dans le ravin. L'alambic fonctionne-t-il donc toujours dans les jardins d'Anfelana ? Il connaît la tentation de Silène, le génie des sources et des fleuves, il suit le cortège de Dionysos et fréquente les satyres. Ses enfants sont inquiets : se transformera-t-il en un vieillard grotesque, titubant aux filles et presque toujours ivre ? Il répond, plus énigmatique que jamais : peut-être si on m'ouvrait en deux, on verrait que je contiens en moi la statue d'un Dieu.

*

Maintenant, c'est presque fini. Il n'y a rien à faire, attendre que ça arrive, et puis c'est tout.

Le temps a passé, comme on dit, pour faire oublier le fait qu'il ne passe pas, que seuls les signes changent et que le désir est toujours là.

Après la mort d'Arthur et celle de Pauline, Maxime est revenu à Mahajanga. Ironie du sort, il s'est installé dans une petite maison sur le quai aux Boutres, à deux pas de l'endroit où, voilà près d'un demi-siècle, il avait débarqué. C'est une des vieilles maisons indo-arabes qui forment ce qu'on appelle désormais le vieux Mahajanga : elles n'ont rien de luxueux, mais elles sont connues pour leurs antiques portes sculptées à deux battants. Venues de l'Inde au siècle dernier, ce sont des portes divisées en panneaux et décorées de motifs floraux, qui courent sur les chambranles et montent jusque par-dessus les linteaux. C'est la seule décoration de la maison. Pour le reste, deux pièces simples, aux murs nus. Dans la pièce principale, sur une petite table en bois, un vase bleu : chaque jour, jusqu'à la fin de sa vie, il y déposera une nouvelle rose.

Que fait-il toute la journée ? Il se promène. On l'interpelle au coin d'une rue, on l'apostrophe d'une terrasse de café :

— Mais tu n'as donc que ça à faire, te promener toute la sainte journée ?
— *Toute la sainte journée*. Oui, c'est exactement ça.

Et il rit.

La maison est à une dizaine de mètres de la mer. Assis sur le pas de la porte, il regarde : la marqueterie des rouges sur la terre, les criques abritées sous la première pointe à gauche, le silo profond du chenal. Il observe le lent travail des hommes, les opérations de chargement et de déchargement : noix de coco, bananes, oranges, ciment, fleur de farine, bocaux de sel… Il admire la théorie des dockers aux dorsales superbes, aux cuisses musculeuses. Il contemple le jeu des dragues et des chahuts, des tramails et des carrelets, la danse bleue des goélettes.

Il remarque que le trafic maritime se réduit : de l'autre côté, sur la côte de palissandre, le port de Toamasina, plus accessible et mieux équipé, a progressivement pris le dessus sur le trafic des pirogues et le splendide ballet des boutres. Jusqu'à la fin de sa vie, il sera passionné par les poissons. Tous les matins, il assiste à la montée des filets : dorades, barracudas, murènes, il y en a de toutes les couleurs et de toutes les tailles, ce sont les rafles multicolores de la mer. Oui, vieillir en poissonnant, retrouver juste avant de mourir les trajectoires ondoyantes, imprévisibles.

Il observe : les arrangements et le négoce, les compromis et les échanges, les ententes, les transactions. Quand il est arrivé sur l'île, Madagascar n'avait pas de monnaie propre. Aujourd'hui, le pays tout entier est entré dans l'ère fiduciaire : on est passé en quelques années du caoutchouc au bronze, du troc aux piastres puis des piastres aux pièces et des pièces aux billets. L'argent passe de main en main, dans le cliquetis des doigts et le froissement des paumes : il aime la beauté de ce geste simple, mais qui requiert vitesse et coordination. Quant à lui, il a très peu d'argent mais ça ne le dérange pas.

Pendant toutes ces années, Mahajanga se couvre de maisons et d'immeubles. Une nouvelle mairie, un stade, un lycée… Maxime ne compte plus les nouvelles constructions. La ville s'étend, le village de Mahabibo et le quartier du port aux Boutres se rejoignent, les faubourgs alentour sont absorbés. La Résidence, la Douane, le Trésor, tout se transforme, tout ce qui existe est emporté dans un grand mouvement pareil aux cyclones et qu'on appelle le passé. Seul le baobab reste intact, il est là pour défier les siècles, il est le temps lui-même dans sa patience de bois. Ce n'est pas pour rien qu'il est l'emblème de la ville, une énigme pour sa longévité, un monument historique vivant, vieux de plusieurs siècles mais continuant chaque année de renouveler son feuillage et ses fruits.

Maxime se remet au dessin, tout doucement. C'est un œil, un grand soleil déchiffrant. Un fruit peut retenir son attention, une tache de couleur, un porche tout proche, le déplacement d'une lettre sur le glacis d'une affiche. À la fin de sa vie, il trace presque uniquement des contours, des silhouettes, encre noire sur papier blanc. De grands personnages de femmes, des voiliers aux voiles blanches, des oiseaux… On dirait qu'il se dépouille de toutes les fioritures et qu'il essaie de toucher un point crucial, quelque chose qui d'habitude nous échappe, une grâce, un dehors, une vibration.

*

Mais Maxime n'est pas séparé du monde, au contraire. Il y est relié en permanence, par l'oreille. Il vit dans l'oralité : c'est un homme de radio, pas d'image. Un homme d'écoute. Pas encore saisi par la multiplication des écrans entre la vie et nous, le ratissage par l'image, l'investissement narcissique, les sacro-saintes *retombées sur image*. Il connaît tous les événements du monde par la radio : celle d'alors n'est pas encore ce bourdonnement incessant ponctué de messages publicitaires avec des morceaux de parole dedans, elle relie par des nervures électriques toutes les villes de la planète. Souvent le soir, il écoute du jazz. Mais aussi (griffonné dans un petit carnet qui accompagne ses dessins) : « le sifflement du vent dans les cordages, le frisson des feuillages et des fibres, le doux murmure des mâts mangés par le soleil ». Et tous les bruits du port, le pétillement des différentes activités humaines : « frotter, gratter, enduire, poncer, caresser ». Il entre dans le pur temps de l'expérience sensible.

Il se plonge aussi dans l'écrit, dans le seul livre qu'il puisse lire sans ennui : la Bible. Il la lit tous les soirs, il la commente, parfois avec une certaine finesse. Il compare par exemple l'histoire de Moïse et celle du roi Andriamandisoarivo : à la recherche d'un lieu pour bâtir la capitale du royaume sakalava, ce dernier plaça sa petite fille dans une pirogue et la laissa flotter au gré des courants. La pirogue dériva jusqu'à l'emplacement actuel de la ville et c'est ainsi que naquit la cité de Mahajanga. D'autres fois, il l'annote de formules terribles d'une grande écriture violette aujourd'hui presque indéchiffrable. Exemple : « Le problème de l'outre-mer est lié au problème de l'au-delà : ceci est une évidence (ce mot souligné trois fois). » Celle-ci aussi, qui est très belle : « L'océan est une preuve de la lumière divine dont il saisit encore les éclats. »

Il s'intéresse particulièrement au retour du Christ : quelles formes pourrait-il prendre ? Faut-il croire à la vie future ? D'une certaine manière, la sienne l'a toujours été. Dans des pages étranges, auxquelles nous ne pouvons peut-être plus rien comprendre, il lui fait parfois des reproches fulminants mais il se prépare en vue de son retour glorieux. Il croit fermement à la vie éternelle. Maxime a toujours lu la Bible avec beaucoup d'application, mais cette fois on peut dire qu'il la pratique avec effervescence : il *se lance* dans la Bible, tête baissée, comme un plongeur. Il dit souvent que

Moïse avait quatre-vingts ans, et Aaron quatre-vingt-trois, lorsqu'ils parlèrent à Pharaon… Il n'est jamais trop tard pour s'ouvrir au royaume des cieux. On retrouvera dans ces cartons, mêlés à des manuels techniques portant sur des moteurs de voiture (les moteurs à explosion, dont il raffole), *Les Évangiles en créole* de Samuel Honeyman Anderson (1893), le *Catéchisme en créole pour les Zîles là-haut* (1936), ainsi que la *Bible de Port-Royal* de Lemaistre de Sacy et *Les Misérables* de Victor Hugo. Un sacré viatique.

Le reste du temps, il est là, dans la petite maison de la fin, derrière ses portes indiennes. Il reçoit quelques amis, des jeunes gens surtout viennent le voir, qui aiment ses histoires et sa manière atypique de les narrer. De temps en temps, une pirouette sur la barre en métal au-dessus de la porte d'entrée. Maxime n'aborde jamais en premier le sujet du cirque, mais quand on lui en parle, il n'hésite pas à raconter. Ses histoires ne coulent pas d'amont en aval, il y a de brusques retours en arrière, des accélérations subites et de lents étirements, ce sont des histoires flexibles, bondissantes, rétractiles, bien dans sa manière.

Et puis il siffle, il s'est remis à siffler.

Les jeunes se régalent avec ce vieil homme qui tire des sons incroyables de l'alliance de sa langue et de sa bouche. Agile, souple, ductile, c'est tout un travail des lèvres et de la luette, c'est la soufflerie des joues et l'harmonica des dents. Il transporte la conversation dans un univers musical fait de flèches sonores et de branches d'octaves, et tous les bruits de la forêt.

Il est là, immobile, sur le vieux banc de pierre qui regarde la mer, en face du quai aux Boutres. Il est poisson-guetteur, poisson-roche, il regarde passer les navires, il compte les sinuosités des vagues. Il imagine toutes les routes de productions, d'échanges, de finances qui se croisent au large de ce simple estuaire. Toutes ces autres cultures, toutes ces autres coutumes, ces autres valeurs… Il a en face de lui une porte ouverte sur l'Orient et l'autre tournée vers la côte africaine et les îles de la Lune, l'archipel des Mitsio, les îles Comores… Si on regardait plus loin, on pourrait voir la Polynésie française, Wallis-et-Futuna, la Nouvelle-Calédonie, le territoire des Afars et des Issas, les Nouvelles-Hébrides, Saint-Pierre-et-Miquelon, les terres australes et les terres boréales, tout le poème d'argent d'outre-mer. Et puis, plus loin encore, bien après les êtres et les pays… Il saisit maintenant l'ultime légèreté des heures.

*

Peu à peu, le noyau devient plus sensible, les pulsations ralentissent et l'étoile commence doucement à s'éteindre. Une lente dispersion débute. Au fil des ans, l'enveloppe externe est arrachée par les vents. Le corps se transforme et les enfants s'en vont, un à un. On ne change pas complètement mais on sent en soi quelque chose qui se transforme et, pourrait-on dire, qui s'affine.

Comme s'il avait conscience qu'une nouvelle métamorphose est en route, durant toutes ces années, Maxime modifie à nouveau – mais en sens inverse cette fois – le coquillage de son nom… Le livre est en train de se refermer dans l'autre sens, le trombone à coulisse de son nom se replie progressivement en fonction de sa mélodie interne :

Maxime Saint Jean le Roi de la Ferrière
Maxime Le Roy de la Ferrière
Maxime de la Ferrière

C'est le lundi 14 août 1967, à 11 heures du matin, que l'état civil de Mahajanga enregistre son dernier changement de nom :

Maxime Ferrier

Comme une molécule d'hydrogène qui se contracte et en revient à une nudité essentielle, Maxime met ainsi un terme – provisoire, puisque je les relance ici – aux aventures de son nom. Pourtant, il refusera toujours de reprendre le nom de Février, comme pour marquer que la partie n'a pas été jouée pour rien, que quelque chose a été gagné.

*

Un soir, un soir que le tonnerre gronde – la pluie est sombre, les singes gémissent à la nuit –, il sent à l'intérieur de sa bouche une saveur plus grave. Il a froid, il est essoufflé. D'un coup, elle vient : il sent la mort qui lui pince la gorge et lui serre les reins.

La nuit venue, il fait un rêve. Il est entouré de ses amis Bara, il marche sur la terre des grands plateaux du Sud, et il entame avec eux la danse du Papango. C'est une cérémonie impressionnante au cours de laquelle un homme perché en haut d'un poteau de bois se jette dans le vide en mimant l'envol d'un oiseau de proie. Cet homme, c'est lui. Il plonge mais ce n'est pas la mer qui l'attend en bas, il chute lourdement sur le sol. Il sent ses deux mollets gonfler, il a les chevilles brisées, le rêve tourne au cauchemar. Maintenant, il gît sur le sable de la plage d'Anfelana, la tête contre la terre, il voit le crabe du cancer qui a emporté Pauline, puis un filet remonte des profondeurs, le gros œil d'un cœlacanthe le regarde… Il se réveille trempé de sueur.

Le petit matin le trouve, les yeux et les mains anormalement enflés : seul sur le pas de sa porte, il est assis sur le banc de pierre, légèrement incliné sur le côté, comme un voilier abandonné.

C'est une première attaque. Le médecin diagnostique une crise d'urémie. Ce sont les reins qui sont atteints : les substances toxiques ne sont plus éliminées, l'urée passe dans le sang. Le cas est grave et on le presse de rester à l'hôpital. L'infirmier lui prescrit un régime sans sel, on lui ordonne d'éviter les avocats, les nectarines, les bananes plantain, le chocolat, les fèves et les noix... Bref, tout ce qu'il aime. Mais Maxime n'est pas un homme à finir à l'hôpital. « Urémie-fa-sol-la-si-do ! » chantonne-t-il quand on lui annonce la nouvelle. Il veut se raser, se laver, se peigner, il veut descendre dans la rue, boire du vin frais et marcher dans les rues ensoleillées.

Le soir même, contre l'avis du médecin, il est de retour dans la petite maison du quai aux Boutres. Sur le pas de la porte, il secoue le sable de ses sandales. Un peu de poussière s'élève. Toute sa vie lui semble loin devant lui : mémoires d'une cendre.

*

Dans la semaine, il retourne une dernière fois au Jardin d'Amour. Il y reste toute la journée, dans une sorte d'atonie heureuse. Peut-être ces arbres lui rappellent-ils les flamboyants rouges, les acacias jaunes de Maurice, les heures passées avec Pauline. Il y a des lieux ainsi, qui en un instant vous redonnent tout. Ici, ses années expirées ressuscitent et l'environnent comme une bande de fantômes. Des formes aériennes, houris ou songes, sortent de l'abîme, le prennent par la main et le ramènent au temps de Pauline. Ensemble, ils restent là des heures, dans la conversation des fleurs.

Des noms très anciens lui reviennent en mémoire... Beau-Bassin, Maurice... C'est de là qu'il est parti. Peut-être se souvient-il de Marie Adélia d'Albrède, sa mère. Sa mère, elle aussi avait changé de nom, comment avait-elle fait pour passer du beau nom de Marie Adélia d'Albrède à celui si sec de Clifford, son beau-père ? C'est peut-être pour cela simplement qu'il est parti, une affaire de nom ou non, il ne sait plus. Qui peut dire à quoi il pense encore lors de cette dernière promenade ? Au cirque sans doute, à Carmen peut-être, aux concerts du *Nouvel Hôtel* : pourquoi pas ?

Mais chacun se souvient comme il veut. Demi-fleuve vert, demi-fleuve rouge, arrière par la palme et l'eau, la couleur changeante des mémoires... Les souvenirs sont liés au mensonge : on fige, on embellit, on enjolive. La mémoire n'est pas le souvenir : vivante, elle se régénère et se métamorphose, fait ressortir une vérité très ancienne mais aussi éblouissante de nouveauté. Elle retrouve en inventant. C'est pourquoi, contrairement à ce qu'on dit, la mémoire est faite d'oubli, c'est pour cela qu'elle est vivante, et laisse une place au vide, au jeu.

Bientôt, il le sait, il sera enterré non loin de là. On ne sait pas quand exactement il a fait construire les deux autres tombes, il n'a rien dit à personne. Toujours son goût du secret, du clandestin. Mais il a pris ses précautions pour disparaître au bord de la mer.

Maintenant, il entr'oublie son existence et chante à voix basse une chanson de la mer : il va mourir.

*

Sa peau a pris sa dernière couleur, un joli teint gris-jaune, parchemin. Il porte toujours, jusqu'au dernier jour, ses fameuses chemises à col vénitien. Il est élégant, jusqu'à la fin.

Il mange peu, il ne boit presque plus. En revanche, il dort et il marche beaucoup. Il rend visite aux voisins et à quelques amis. Tout le monde le trouve étrangement serein, certains se plaignent même de ce détachement. Il n'a pas perdu le goût de la provocation et un certain sens du jeu : au médecin qui le conjure de prendre ses médicaments régulièrement, il répond qu'il n'en a pas besoin car il est très fier de mourir de la même maladie que Mozart ! Certains disent qu'il veut réussir sa sortie. Une dernière prouesse, le coup de l'acrobate. Je ne le crois pas. Au contraire, il revient vers les choses inépuisables : les oiseaux, les fleurs, le sable de la plage. La mort, il ne la voit pas plus que ce vase bleu où se fane une rose rouge. Il cite souvent le proverbe malgache : *Manaova fatin-tantely, maty mamela mamy*… « Mourir comme une abeille : dans la mort, elle ne laisse que douceur. »

En attendant, il dort. Ça, il sait très bien le faire.

Il dort de plus en plus, il dort de mieux en mieux.

Vers la fin du mois, le dernier vendredi de juin, son fils Willy est auprès de lui. Ce soir, c'est son épouse Éliane qui le veillera tandis que, dans l'ombre, deux petits enfants jouent. À plusieurs reprises, Maxime dit à Éliane qu'il ne veut pas mourir avant le coucher du soleil. Selon lui, on ne doit pas mourir un samedi, car c'est le jour du sabbat. Il est tout à fait calme et sérieux, même s'il entre aussi une part d'humour, voire d'allégresse, dans cette dernière résolution : voilà donc – comme cela semble facile –, il décide de ne pas mourir dans la période qui va du vendredi avant le coucher du soleil au samedi « après la sortie des étoiles ».

Cette nuit-là, il a un peu de mal à respirer : il demande un ventilateur. Il a soif. Il prend des morceaux de glace, qu'il laisse lentement fondre dans sa bouche. La nuit est longue. Mais il rêve, il se retourne. Le lendemain matin, il raconte sa nuit : il a rêvé qu'il est une branche d'arbre tout en haut d'une cascade…

Dans la journée qui suit, il s'enfonce dans un demi-sommeil, qui se prolonge en un coma profond. Toutes ses fonctions vitales semblent suspendues mais il respire toujours. Son souffle s'apaise.

Il entre dans un temps très lent, calme, immobile.

Une inspiration profonde, suivie d'une expiration brève. Puis, plus rien.

Tout se passe comme il l'avait dit. Le samedi 1er juillet 1972, après le coucher du soleil, au moment où les premières étoiles paraissent, il s'échappe pour la dernière fois.

ÉPILOGUE

Rendez-vous avec un journaliste. Le livre va sortir bientôt.

— Alors, votre grand-père s'appelait Maxime Ferrier, il était britannique…

— Mauricien.

— Pardon ?

— Mauricien. Ce n'est pas la même chose. L'île Maurice a été française de 1715 à 1810, britannique de 1810 à 1968, indépendante depuis cette date. (1968 : il s'en est passé des choses, n'est-ce pas ?) Si vous voulez, Maxime est né britannique mais il est mort mauricien, même s'il ne l'a jamais su. Entre-temps, toute sa vie à Madagascar.

— Bon, grand-père mauricien. Votre grand-mère, Pauline, était indienne…

— Non, pas tout à fait. Née à Madagascar, d'une famille indo-portugaise de Goa. L'ancienne capitale des Indes portugaises, la *Goa Dourada* : celle que saint François Xavier appelait la merveille des merveilles. Il s'y trouve toujours d'ailleurs, dans la grande basilique jésuite, sauf son bras droit, qui a été transporté dans un reliquaire de l'église du Gesù, à Rome. C'est ainsi : les morts aussi voyagent… Pauline d'ailleurs était catholique. Elle y tenait beaucoup. Cela veut dire, vous le savez : universelle.

— Bon, grand-père mauricien, britannique et malgache. Grand-mère indienne, portugaise et universelle. Votre père ?

— Engagé dans l'armée française. Blessé à la guerre d'Algérie, il a sauté sur une mine. Trois quarts de poumon en moins, des éclats dans le thorax, le bras et jusque dans les doigts. Opéré en urgence. Ordre national du Mérite, médaille militaire et Légion d'honneur. Très rare d'avoir les trois en même temps. On l'enterrera avec, c'est mérité. Ça vous suffit ?

— Et du côté de votre mère ?

— Alsace toujours. Je raconterai ça aussi un jour. Mère, grand-mère, grand-père, tous alsaciens, depuis longtemps.

— Vous voulez dire : français ?

— Ou allemands, ça dépend des époques. On pourrait dire aussi : européens. Relisez vos manuels d'histoire…

— Oui, oui, je sais… Bon, reprenons : île Maurice, Madagascar, Goa, Indiens et Portugais, commerçants, tailleurs, aventuriers, Alsace, Allemagne, Algérie… c'est compliqué chez vous la famille, dites donc. Et tout ça fait quoi ?

— Vous connaissez la chanson.

— Pardon ?

— D'excellents Français.

Chaque année, au début du printemps et à la fin de l'été, il se produit dans le ciel, au sud de Mahajanga, entre le fleuve Mahavavy et le lac Kinkony, une prodigieuse chorégraphie. Au-dessus d'un enchevêtrement de rivières, de baies et de forêts, qui forment l'un des biotopes les plus diversifiés de la planète, des dizaines de milliers de sternes voyageuses tracent dans l'espace des phrases aussi belles qu'imprévisibles, alternant les longues courses, les arrêts momentanés et les captures de proies. Pendant ce temps, dans les fleuves ou sous les mers, très loin sous la surface des eaux, des poissons de toutes sortes décrivent leurs savantes paraboles.

Oiseaux, poissons, ces particules instables, qui changent à chaque moment de niveau d'énergie, traversent l'espace et déchirent le temps, en des crochets délectables. Ce sont des sortes de singularités ponctuelles qui se déplacent. Au fil de leurs arabesques, ils délivrent une certaine théorie de la mesure qui n'appartient qu'à eux, une méthode consommée de la perturbation, qui entre pourtant à sa manière dans le grand dessein du monde.

Depuis que j'ai commencé ce récit, la belle maison arabe à deux étages qui servait de repère aux bateaux entrant dans la baie et que l'on trouve représentée sur quelques dessins de navigateurs n'existe plus, elle s'est écroulée lors du passage du cyclone Kamisy, en avril 1984.

De la dernière demeure de Maxime, sur le quai aux Boutres, il ne reste rien non plus. La maison qui était juste à côté de la sienne est l'une des dernières à avoir conservé ses fameuses portes indiennes en bois ouvragé qui ont fait longtemps la fierté du vieux Mahajanga : celle de Maxime avait à peu près les mêmes, dit-on, et c'est tout ce à quoi l'on peut se raccrocher, cet à-côté du vestige, cet à-peu-près de la ruine, cette mémoire déplacée.

*

Tout à l'heure je pars, je rentre vers Paris. Li-An est déjà repartie vers la Chine, pour reprendre l'entraînement. J'irai la rejoindre au printemps. Pour l'instant, je vais voir une dernière fois les trois tombes au cimetière… Il est très tôt, vers les cinq heures, le jour se lève. L'entrée, le monument aux morts, le talus herbeux… Je pousse la grille en fer noir déglinguée, j'entre… Nous sommes arrivés au bout du monde, c'est bien net. On ne peut pas aller plus loin, ensuite il n'y a plus que les morts.

Sur le chemin, je songe… Je repense à la dernière conversation que j'ai eue avec le vieux bijoutier indien, hier soir, quand je suis venu lui faire mes adieux. Georges me l'avait dit : seul lui pouvait me dire qui était enterré dans la troisième tombe. Je n'en étais pas tout à fait sûr pourtant. D'une certaine manière, je n'osais pas lui poser la question.

Finalement, je me suis résolu à la lui poser.

— À votre avis, qu'est-ce qu'il y a dans cette troisième tombe ? Un puits ? Une galerie, un souterrain ? Une mine ?

— D'une certaine manière… Une mine de renseignements.

— Au point où j'en suis, je suis prêt à tout entendre.

Sa réponse tombe, simple et claire :

— Il n'y a personne dans la troisième tombe.

— Personne ?

— Personne.

Alors ça, c'est la meilleure… C'est son dernier tour de piste, au grand-père, l'acrobatie finale.

Jean Pivoine sourit. Il goûte l'effet de sa révélation. Puis il reprend :

— Comme vous le savez, Maxime a fait construire la première tombe pour Arthur, lorsque celui-ci a disparu en mer. Puis la deuxième tombe pour lui-même, quelques mois plus tard.

— Mais alors ? La troisième tombe ?

— Vide. Certains ont cru qu'elle contenait un enfant adultérin, d'autres ont pensé qu'il s'agissait d'un autre acrobate du cirque, de Madame Bartolini elle-même, voire d'une maîtresse inconnue… Quelques-uns prétendent même qu'il pourrait s'agir d'Ando, le frère de sang malgache de Maxime.

— Oui, j'ai déjà entendu cette version.

— Mais la vérité, c'est qu'elle est vide. Lorsque Maxime a fait construire la troisième tombe, tout le monde a cru que c'était pour Pauline, évidemment. Mais Pauline, depuis longtemps, voulait être enterrée à Nosy Be, où repose sa première fille, morte à l'âge de quatre ans. Alors, Maxime a laissé la tombe vide.

— Comment le savez-vous ?

— Il me l'a dit, jeune homme. L'idée lui plaisait assez. Vous comprenez, il détruisait ainsi le sens même du monument en même temps qu'il le faisait construire : il ne voulait pas d'une mémoire close, achevée, et livrée comme dans un coffre. Il voulait que quelqu'un vienne, se déplace, s'interroge...

— Et cette épitaphe ?

— *Pourvu qu'elle soit vivante et non anéantie* ?

— Oui. Quel est le sens de cette inscription sur sa tombe ?

— C'est une phrase très simple. Je m'étonne que votre érudition ne l'ait pas encore percée à jour.

— Mon érudition est bien moins vaste que vous ne le supposez.

— *Ho velona fa tsy ho levona*. C'est la devise de la ville de Mahajanga.

— Comment ? Tout simplement !... Maxime a vécu des heures tellement belles dans cette ville qu'il a voulu graver la devise de la ville sur sa tombe ?

— Oui, bien sûr. Mais il y a autre chose aussi... Vous ne devinez toujours pas ?

— Non.

— Ce n'est pas seulement une épitaphe, c'est une épigraphe.

— Une épigraphe ?

— Celle du livre que vous allez écrire.

— ...

— Entre le monde des vivants et le royaume des morts, il y a plusieurs moyens de communiquer... Ces mots sont la seule manière dont votre grand-père peut encore vous parler aujourd'hui. Il voulait croire qu'un jour quelqu'un viendrait, qu'il poserait des questions, qu'il découvre toute cette histoire, le cirque, les acrobates, et surtout le Projet Madagascar, les Juifs, les Indigènes, tous ces gens chassés et pourchassés comme des nègres... La mémoire, c'est la seule chose capable de lutter contre la mort. *Pourvu qu'elle soit vivante et non anéantie...* Et contre cette seconde mort qui est l'oubli. Vous voyez, vous êtes là, il ne s'était pas trompé.

*

Parmi les chiendents et les mousses, trois pierres. Ces pierres ne sont pas plus exemptes que les autres des lèpres du temps, de la moisissure, des embruns et des fientes d'oiseaux. Elles ne sont voisines d'aucun sentier et l'on n'aime pas aller de ce côté-là, parce que l'herbe est haute et qu'on a tout de suite les pieds mouillés. Quand il y a un peu de soleil, les lézards y viennent. Il y a, tout autour, un frémissement d'herbes folles. Au printemps, un courlis cendré chante dans l'arbre.

Plus que les autres encore, ces pierres sont blanches, nues, misérables. On n'y lit aucun nom sauf, sur celle de gauche, celui de Maxime Ferrier.

Seulement, voilà de cela bien des années déjà, une main y a écrit au crayon ces simples mots, qui sont devenus peu à peu illisibles sous la pluie et la poussière, et qui probablement sont aujourd'hui effacés :

Ho velona fa tsy ho levona…

Pourvu qu'elle soit vivante et non anéantie

Il est tard maintenant. Le jour s'annonce, la nuit est déjà passée. Il est temps de sortir du cimetière. Quelques pas dans l'allée centrale, je retourne en arrière, je franchis à nouveau le vieux portail de fer qui donne sur le terre-plein de la Corniche : l'océan est partout. De quelque côté que les regards se portent dans la lumière de l'aube, on n'aperçoit que sa surface continue qui n'offre ni commencement ni fin, et plus on la parcourt, et plus elle s'agrandit.

Autour des trois tombes, et comme suscitées par elles, la nature se déploie dans l'incroyable variété de ses opérations et la vaste étendue de sa puissance, repoussant loin les murailles et les herses qui délimitent le cimetière. Un nombre impressionnant d'oiseaux niche autour des fossés et des mares : des hérons, des canards, des ibis sacrés et des aigles pêcheurs. Les couleurs propres de la vie dansent et se dégagent dans l'anarchie des broussailles alentour, la masse émeraude des feuillages qui leur prêtent l'ombrage – palmiers et tamariniers, badamiers – et le bleu profond du ciel de Madagascar. Flèches vertes des herbes, fougères arborescentes, lianes enroulées... Ce n'est plus un cimetière maintenant, c'est un jardin peuplé de mille formes qui se réveillent : arbres-fontaines, arbres-bouteilles et arbres-pieuvres, plantes multipliantes criblées d'éclats colorés. On n'a jamais vu mausolée plus festif ni caveaux mieux décorés.

Ici, là, les pervenches buissonnent, les palmiers poussent leurs feuilles gracieusement arquées, offertes aux vents salés du bord de mer. Par touffes successives, les fleurs décochent leurs folioles de tous côtés, sur différents plans, dans des axes variés. Partout ce ne sont que jacarandas mauves, bougainvillées empourprées, frangipaniers aux pennes rouges et aux parfums déployés. On dirait que les morts eux-mêmes veulent sortir du sol et rebondir à l'autre bout du ciel, en cortèges et cascades, en spirales florales, en bouquets de plumes et d'oiseaux.

Derrière moi, les trois tombes pivotent une dernière fois. Elles sortent du gouffre maintenant, elles passent aux rivages, elles partent très loin vers la plage... Elles emportent avec elles toute la ville et les jours et les gens, les territoires et les temps différents, loin, plus loin... C'est l'aube : à dix doigts de la Grande Ourse, on les voit voltiger d'un ciel à l'autre à travers les rafales et les buées du large, de pleins nuages d'anges extravagants, elles inondent l'aurore de leur turbulence, c'est la grande ruée du ciel. L'horizon se colore de rouge et la joie du jour monte par un grand trou qu'elles ont fait en crevant la nuit pour s'enfuir, victoire précaire, insensée, comme pour nous donner la preuve que la joie des hommes n'est pas faite pour mourir dans la guerre du temps.

L'INFINI

Dans la même collection

Daniel ACCURSI *Le néogâtisme gélatineux — La nouvelle guerre des dieux — La pensée molle*

Louis ALTHUSSER *Sur la philosophie*

Dominique AURY *Vocation : clandestine (Entretiens avec Nicole Grenier)*

Frédéric BADRÉ *L'avenir de la littérature*

Frédéric BEIGBEDER *Nouvelles sous ecstasy*

Pierre Alain BERGHER *Les mystères de* La Chartreuse de Parme *(Les arcanes de l'art)*

Emmanuèle BERNHEIM *Le cran d'arrêt*

Frédéric BERTHET *Journal de Trêve — Felicidad — Daimler s'en va — Simple journée d'été*

Victor BOCKRIS *Avec William Burroughs*

Amélie de BOURBON PARME *Le sacre de Louis XVII*

Pierre BOURGEADE *L'objet humain — L'argent — Éros mécanique — La fin du monde*

Judith BROUSTE *Le cercle des tempêtes — Jours de guerre*

Antoine BUÉNO *L'amateur de libérines*

Alain BUISINE *Les ciels de Tiepolo*

Emmanuel CATALAN *Prolégomènes à une révolution immédiate*

Brigitte CHARDIN *Juste un détour*

Frank CHARPENTIER *La Dernière Lettre de Rimbaud*

COLLECTIF *Poésie hébraïque du IVe au XVIIIe siècle (choix de poèmes)*

COLLECTIF (sous la direction de Yannick Haenel et François Meyronnis) *Ligne de risque (1997-2005)*

Béatrice COMMENGÉ *Et il ne pleut jamais, naturellement — L'homme immobile — Le ciel du voyageur — La danse de Nietzsche*

Gilles CORNEC *Gilles ou le spectateur français — L'affaire Claudel*

Michel CRÉPU *Lecture (Journal littéraire 2002-2009* - La Revue des Deux Mondes*)*

Catherine CUSSET *La blouse roumaine*

Marc DACHY *Il y a des journalistes partout*

Joseph DANAN *Allégeance*

René DEFEZ *Méditations dans le temple*

Raphaël DENYS *Le testament d'Artaud*

Marcel DETIENNE *L'écriture d'Orphée*

Conrad DETREZ *La mélancolie du voyeur*

Jacques DRILLON *Sur Leonhardt — De la musique*

Bernard DUBOURG *L'invention de Jésus,* I *et* II

Hélène DUFFAU *Combat — Trauma*

Benoît DUTEURTRE *Tout doit disparaître — L'amoureux malgré lui*

Alexandre DUVAL-STALLA *Claude Monet - Georges Clemenceau, une histoire, deux caractères — André Malraux - Charles de Gaulle, une histoire, deux légendes*

Raphaël ENTHOVEN *Le philosophe de service et autres textes — L'endroit du décor*

H. M. ENZENSBERGER *Feuilletage — La grande migration* suivi de *Vues sur la guerre civile*

François FÉDIER *Soixante-deux photographies de Martin Heidegger*

Jean-Louis FERRIER *De Picasso à Guernica*

Michaël FERRIER *Mémoires d'outre-mer — Fukushima. Récit d'un désastre — Sympathie pour le fantôme — Tokyo. Petits portraits de l'aube*

Alain FLEISCHER *Prolongations — Immersion*

Philippe FOREST *L'enfant éternel*

Philippe FRAISSE *Le cinéma au bord du monde (Une approche de Stanley Kubrick)*

Jean GATTY *Le président — Le journaliste*

Henri GODARD *L'autre face de la littérature (Essai sur André Malraux et la littérature)*

Romain GRAZIANI *Fictions philosophiques du « Tchouang-tseu »*

Camille GUICHARD *Vision par une fente*

Cécile GUILBERT *L'écrivain le plus libre — Pour Guy Debord — Saint-Simon ou L'encre de la subversion*

Pierre GUYOTAT *Vivre*

Yannick HAENEL *Les renards pâles — Jan Karski — Cercle — Évoluer parmi les avalanches — Introduction à la mort française*

Yannick HAENEL et François MEYRONNIS *Prélude à la délivrance*

Martin HEIDEGGER *La dévastation et l'attente*

Jean-Luc HENNIG *De l'extrême amitié — Voyou* suivi de *Conversation au Palais-Royal* par Mona Thomas *— Femme en fourreau — Apologie du plagiat — Bi (De la bisexualité masculine)*

Jean-Louis HOUDEBINE *Excès de langage*

Nicolas IDIER *La musique des pierres*

Alain JAUBERT *Val Paradis — Palettes*

Régis JAUFFRET *Sur un tableau noir — Seule au milieu d'elle*

Christine JORDIS *L'aventure du désert*

Alain JOUFFROY *Conspiration — Manifeste de la poésie vécue (Avec photographies et arme invisible)*

Jack KEROUAC *Journaux de bord 1947-1954 — Vieil Ange de Minuit* suivi de *citéCitéCITÉ* et de *Shakespeare et l'outsider*

Alain KIRILI *Statuaire*

Julia KRISTEVA *Histoires d'amour*

Bernard LAMARCHE-VADEL *Tout casse — Vétérinaires*

Louis-Henri de LA ROCHEFOUCAULD *La Révolution française*

Lucile LAVEGGI *Le sourire de Stravinsky — Damien — Une rose en hiver — La spectatrice*

Sandrick LE MAGUER *Portrait d'Israël en jeune fille*

Bruno LE MAIRE *Musique absolue. Une répétition avec Carlos Kleiber*

Gordon LISH *Zimzum*

Jean-Michel LOU *Corps d'enfance corps chinois Sollers et la Chine — Le petit côté (Un hommage à Franz Kafka)*

Pierre MARLIÈRE *Variations sur le libertinage. Ovide et Sollers.*

Éric MARTY *Une querelle avec Alain Badiou, philosophe — Bref séjour à Jérusalem — Louis Althusser, un sujet sans procès (Anatomie d'un passé très récent)*

Gabriel MATZNEFF *Les Demoiselles du Taranne (Journal 1988) — Calamity Gab — Mes amours décomposés (Journal 1983-1984) — Les Soleils révolus (Journal 1979-1982) — La passion Francesca (Journal 1974-1976) — La prunelle de mes yeux*

Jeffrey MEHLMAN *Legs de l'antisémitisme en France*

François MEYRONNIS *Tout autre. Une confession — Brève attaque du vif — De l'extermination considérée comme un des beaux-arts — L'Axe du Néant — Ma tête en liberté*

Catherine MILLOT O Solitude — *La vie parfaite (Jeanne Guyon, Simone Weil, Etty Hillesum) — Abîmes ordinaires — Gide Genet Mishima (Intelligence de la perversion) — La vocation de l'écrivain*

Claude MINIÈRE *Pound caractère chinois*

Emmanuel MOSES *Ce jour-là — Le théâtre juif et autres textes — Le rêve passe — Un homme est parti — Rien ne finit*

Stéphane MOSÈS *Rêves de Freud (Six lectures)*

Philippe MURAY *Le XIXᵉ siècle à travers les âges*

Marc-Édouard NABE *Je suis mort — Visage de Turc en pleurs — L'âme de Billie Holiday*

Alain NADAUD *L'envers du temps — Voyage au pays des bords du gouffre — L'archéologie du zéro*

Dominique NOGUEZ *L'homme de l'humour — Le grantécrivain & autres textes — Immoralités* suivi d'un *Dictionnaire de l'amour — Amour noir — Les Martagons*

David di NOTA *Ta femme me trompe — Bambipark une enquête* suivi de *Têtes subtiles et têtes coupées — J'ai épousé un Casque bleu — Projet pour une révolution à Paris — Traité des élégances, I — Quelque chose de très simple — Apologie du plaisir absolu — Festivité locale*

Rachid O. *Ce qui reste — Chocolat chaud — Plusieurs vies — L'enfant ébloui*

Marc PAUTREL *Orpheline — Polaire — Un voyage humain — L'homme pacifique*

Marcelin PLEYNET *L'étendue musicale — Chronique vénitienne — Le savoir-vivre — Rimbaud en son temps — Le Pontós — Les voyageurs de l'an 2000 — Le plus court chemin (De «Tel Quel» à «L'Infini») — Le propre du temps — Les modernes et la tradition — Prise d'otage — Fragments du chœur*

Olivier POIVRE D'ARVOR *Les dieux du jour*

Jean-Yves POUILLOUX *Montaigne, une vérité singulière*

Lakis PROGUIDIS *Un écrivain malgré la critique (Essai sur l'œuvre de Witold Gombrowicz)*

Jean-Luc QUOY-BODIN *Un amour de Descartes*

Thomas A. RAVIER *L'œil du prince — Éloge du matricide — Le scandale McEnroe — Les aubes sont navrantes*

Valentin RETZ *Noir parfait — Double — Grand Art*

Alina REYES *Quand tu aimes, il faut partir — Au corset qui tue*

Jacqueline RISSET *Petits éléments de physique amoureuse — Les instants les éclairs*

Alain ROGER *Proust, les plaisirs et les noms*

Dominique ROLIN *Plaisirs — Train de rêves — L'enfant-roi*

André ROLLIN *Quelle soirée*

Clément ROSSET *Route de nuit (Épisodes cliniques)*

Jean-Philippe ROSSIGNOL *Vie électrique*

Wanda de SACHER-MASOCH *Confession de ma vie*

Jean-Jacques SCHUHL *Entrée des fantômes — Ingrid Caven — Obsessions*

Bernard SICHÈRE *L'Être et le Divin — Pour Bataille — Le Dieu des écrivains — Le nom de Shakespeare — La gloire du traître*

Philippe SOLLERS *Poker. Entretiens avec la revue* Ligne de Risque *— Le rire de Rome (Entretiens avec Frans De Haes)*

Leo STEINBERG *La sexualité du Christ dans l'art de la Renaissance et son refoulement moderne*

Bernard TEYSSÈDRE *Le roman de l'Origine* (Nouvelle édition revue et augmentée)

Olivier-Pierre THÉBAULT *La musique plus intense (Le Temps dans les* Illuminations *de Rimbaud)*

François THIERRY *La vie-bonsaï*

Chantal THOMAS *Casanova, un voyage libertin*

Guy TOURNAYE *Radiation — Le Décodeur*

Jeanne TRUONG *La nuit promenée*

Jörg von UTHMANN *Le diable est-il allemand ?*

R. C. VAUDEY *Manifeste sensualiste*

Philippe VILAIN *L'été à Dresde — Le renoncement — La dernière année — L'étreinte*

Arnaud VIVIANT *Le génie du communisme*

Patrick WALD LASOWSKI *Dictionnaire libertin (La langue du plaisir au siècle des Lumières) — Le grand dérèglement*

Bernard WALLET *Paysage avec palmiers*

Stéphane ZAGDANSKI *Miroir amer — Les intérêts du temps — Le sexe de Proust — Céline seul*

Composition : I.G.S Charente-Photogravure.
Achevé d'imprimer par CPI Firmin Didot,
à Mesnil-sur-l'Estrée, le 17 juin 2015.
Dépôt légal : juin 2015.
Numéro d'imprimeur : 129036.

ISBN : 978-2-07-010677-6/Imprimé en France

290154